침대에서 담배를 피우는 것은 위험하다

침대에서 담배를 피우는 것은 위험하다

마리아나 엔리케스 지음　엄지영 옮김

LOS
PELIGROS
DE
FUMAR
EN
LA
CAMA

MARIANA
ENRIQUEZ

orangeD

일러두기

1 주석은 모두 옮긴이 주이다.

2 본문 중 고딕체는 원서에서 이탤릭체로 강조한 부분이다.

3 책명은 『 』, 시와 단편소설은 「 」, 연속간행물과 앨범, 방송 프로그램 등은 〈 〉, 노래
   제목은 ' '로 구분 지어 표기하였다.

우리 고양이 폴과 채트윈을 위하여

내가 저주를 받아
그에게 염소 머리를 던져 주고
그의 자리를 차지하는 것을 지켜보게 만드는 동안
여기에 머물러다오
밤은 그에게 훨씬 더 안 좋은 것을 안겨 주었지

―윌 올덤, '어느 애송이의 저녁' 중에서

목차

EL
DESENTIERRO
DE
LA
ANGELITA

땅에서 파낸 앙헬리타

우리 할머니는 비를 좋아하지 않는다. 먹구름이 잔뜩 낀 하늘에서 빗방울이 떨어지려고 하면, 병을 몇 개 들고 얼른 마당으로 나간다. 그러곤 병을 땅에 반쯤 묻은 다음, 주둥이까지 흙으로 덮어 버린다. 그럴 때면 나는 할머니 뒤를 따라 나가 조잘조잘 떠들어 댔다. 할머니, 할머니는 왜 비를 좋아하지 않아요? 왜 비를 싫어하는 거죠? 하지만 할머니는 내 말을 못 들은 척 아무 말도 하지 않았다. 대신 습한 냄새를 맡기 위해 콧살을 찡그리며 모종삽으로 흙을 팠다. 가랑비든 폭우든 비가 내리기 시작하면, 할머니는 바람 소리와 함석지붕을 두드리는 빗소리가 들리지 않도록 문과 창을 모두 닫고 텔레비전의 볼륨을 높였다. 할머니가 가장 좋아하는〈컴

뱃!Combat!〉*을 할 때 소나기가 내리면, 말을 붙일 수도 없었다. 할머니가 빅 모로에 푹 빠져 있다는 것을 알고 있었기 때문이다.

할머니와 달리 나는 비를 무척이나 좋아했다. 비가 오면 마른 땅이 말랑말랑해져서 마음껏 땅을 팔 수 있었기 때문이다. 구덩이를 얼마나 팠는지! 나는 할머니와 똑같은 삽을 썼다. 어린아이들이 해변에서 가지고 노는 것처럼 작았지만, 플라스틱이 아닌 나무와 쇠로 만든 삽이었다. 마당 구석의 땅을 파면 깨진 초록색 유리병 조각이 자주 나왔는데, 가장자리가 반질반질할 정도로 닳아서 베일 염려가 없었다. 그리고 둥근 조약돌이나 해변의 작은 바윗돌처럼 매끄러운 돌멩이도 많이 나왔다. 우리 집 뒷마당에서 왜 이런 것들이 나오는 걸까? 누군가 거기에 묻어 둔 것이 틀림없다.

한번은 거기서 크기와 색깔은 바퀴벌레 같지만 다리와 더듬이가 없는 계란 모양의 돌멩이를 발견했다. 한 면은 매끄러웠지만, 반대 면에는 금이 가 있어서 마치 웃는 얼굴 같았다. 나는 무슨 유물이라도 발견한 줄 알고 신이 나서 곧장 아빠에게 달려가 돌멩이를 보여 주

---

* 1962년에서 1967년까지 미국 ABC 방송국에서 방영된 연속극. 2차 세계대전 당시 유럽 전선에서 싸우던 미군의 활약을 그린 작품이다.

었다. 하지만 아빠는 돌멩이가 사람 얼굴처럼 보이는 것은 단순히 우연의 일치일 뿐이라고 했다. 아빠는 어떤 일에도 흥분하지 않았다.

마당 구석에서 검은색 주사위도 찾아냈는데, 잘 보이지 않았지만 눈은 흰색이었다. 풋사과와 터키옥 빛깔의 간유리 조각도 발견했다. 할머니의 기억에 의하면 옛날 문에 달려 있던 유리였다고 한다. 땅을 파다 심심해지면 지렁이를 가지고 놀다가 토막을 내곤 했다. 동강 난 지렁이가 고통스러운 듯 몸을 비틀며 기어가는 모습을 보는 건 결코 즐겁지 않았다. 하지만 지렁이를 양파 썰듯 잘게 잘라 서로 다시 붙지 못하게 하면, 절대 되살아나지 못할 것 같았다. 아무튼 지렁이처럼 기어 다니는 벌레라면 딱 질색이었다.

한번은 폭우가 쏟아져 집 뒷마당이 진창으로 변하고 말았다. 나는 거기서 뼈를 발견했다. 나는 그 뼈를 조심조심 양동이에 넣어 마당의 수도꼭지로 가져가 씻었다. 그리고 아빠에게 그 뼈를 보여 주었다. 아빠는 닭이나 비프스테이크에서 나온 뼈, 아니면 오래전에 땅에 묻힌 죽은 반려동물의 뼈일 거라고 했다. 누군가 키우던 강아지나 고양이 말이다. 그리고 어렸을 적에 할머니가 그 자리에서 닭을 키우셨기 때문에 닭 뼈일 가능성이 높다고도 덧붙였다.

그러려니 하고 있는데, 할머니가 작은 뼈를 보더니 갑자기 머리를 쥐어뜯으며 고함을 지르기 시작했다. "이건 앙헬리타잖아! 앙헬리타란 말이야!"*

호들갑을 피우던 할머니는 아빠가 무서운 눈빛으로 노려보자 바로 잠잠해졌다. 아빠는 지나치지만 않으면 할머니가 어떤 "미신"(아빠는 그렇게 말했다)을 믿든 용인해 주었다. 하지만 아빠가 못마땅한 표정을 짓기만 하면 곧바로 눈치채고 어쩔 수 없이 입을 다물었다. 할머니는 내게 그 뼈를 내놓으라고 했다. 그리고 뼈를 받아 내자마자 당장 방으로 가서 자라고 소리를 질렀다. 내가 무슨 잘못을 저질렀기에 저렇게 화를 내시는지 섭섭한 마음이 들었다.

하지만 그날 밤 할머니는 나를 불러내더니 모든 사실을 털어 놓았다. 뼈의 주인은 할머니의 열 번째, 혹은 열한 번째 여동생이라고 했다. 그 당시만 해도 어린아이에게 크게 관심을 기울일 여유가 없던 때라 정확하게 기억하지 못하는 것은 흔한 일이었다. 아이는 태어난 지 몇

---

* '앙헬리타angelita'는 아기 천사라는 뜻으로, 죄를 짓기 전에 세상을 떠난 어린아이의 영혼을 가리킨다. 여기서는 '아기 천사', '아기 천사 앙헬리타', 혹은 '앙헬리타'(원문에 대문자Angelita로 표기된 경우)로 옮기기로 한다.

달 되지도 않아 고열과 설사에 시달리다가 결국 세상을 떠났다고 했다. 아이는 순진무구한 어린 천사였기에 몸에 장밋빛 천을 두르고, 베개를 등에 받친 채 꽃으로 장식한 탁자 위에 올려졌다. 그리고 가족들은 아이가 빨리 천국으로 날아갈 수 있도록 마분지로 날개를 만들어 어깨죽지에 달아 주었다. 하지만 다른 아이들처럼 입에 빨간 꽃잎을 채워 넣지는 않았는데, 아이의 어머니, 그러니까 증조할머니가 피처럼 보인다며 기겁을 했기 때문이다. 그날 밤 내내 아기 천사를 기리는 춤과 노래가 계속되었다. 술에 취한 삼촌이 내쫓기는가 하면, 푹푹 찌는 날씨에 곡을 하다 끝내 실신한 증조할머니의 정신을 차리게 하느라 한바탕 소동이 벌어지기도 했다. 그 자리에서 곡을 해 주던 인디오 여인은 삼성경*을 읊조렸다. 그녀가 그 대가로 얻은 것은 고작 엠파나다** 몇 개뿐이었다.

"할머니, 여기서 그런 거예요?"

"아니야. 사라비나에서 있었던 일이지. 산티아고주***

---

* 삼성경은 '거룩하시다santo'를 세 번 외치는 가톨릭 미사의 예식으로, 상투스Sanctus라고도 한다.
** 빵 반죽 안에 야채, 고기, 생선 등 다양한 속을 넣고 오븐에 찌거나 튀기는 스페인과 라틴아메리카의 전통 요리로, 만두와 비슷하다.
*** 아르헨티나 북부의 산티아고 델 에스테로주의 사라비나군을 가리킨다.

말이다. 얼마나 덥던지!"

"그렇다면 이건 그 여자아이의 뼈는 아니겠네요. 거기서 죽었다면 말이에요."

"아니란다, 애야. 여기로 이사 올 때 내가 유골을 가져왔단다. 매일 밤 울어 대는 바람에 혼자 두고 올 수 없었어. 아, 가엾은 것. 그나마 우리 가까이서 우는 편이 훨씬 낫지. 혼자 버려진 채 운다고 생각해 봐, 얼마나 끔찍하겠어! 그래서 유골이나마 가방에 담아서 여기로 데려온 거란다. 여기 도착하자마자 저 뒤쪽에 묻어 주었지. 네 할아버지는커녕 증조할머니도 몰랐어. 아무튼 이걸 아는 사람은 아무도 없단다. 하기야 아이의 울음소리를 들은 것은 나뿐이었으니까. 물론 네 증조할아버지도 들었지만 모른 체 하셨지."

"그럼 그 여자아이는 여기서도 계속 울어요?"

"비 오는 날에만 운단다."

나중에 아빠에게 어린 아기 천사 앙헬리타 이야기가 사실인지 물어보았다. 아빠는 할머니가 이제 연로해서 터무니없는 말씀을 자주 하시는 거라고 딱 잘라 말했다. 하지만 아빠의 표정은 왠지 석연치 않아 보였다. 아니면 이야기를 나누다 기분이 상해서 그런 건지도 모른다.

얼마 후, 할머니가 돌아가시고 나서 우리가 살던 집은 팔렸다. 나는 남편이나 아이는커녕, 아무도 없이 혼자 살게 되었고, 아빠는 발바네라에 있는 아파트로 이사했다. 그 후로 아기 천사 앙헬리타는 내 기억 속에서 까맣게 잊혔다.

그리고 그렇게 10년이라는 세월이 흘렀다. 폭풍우가 몰아치던 어느 날 밤, 아기 천사 앙헬리타는 내가 사는 아파트, 침대 바로 옆에서 울음소리를 내며 다시 나타났다.

그런데 아무리 봐도 유령 같지가 않았다. 허공을 떠다니지도, 핏기 하나 없는 창백한 얼굴에 하얀 옷을 입고 있지도 않았다. 몸이 절반가량 썩어 있었을 뿐, 아무 말도 하지 않았다. 아기 천사가 처음 나타났을 때, 나는 꿈인 줄만 알았다. 악몽에서 깨어나려고 바둥거려도 아무 소용이 없자, 그제야 꿈이 아니라는 것을 깨달았다. 나는 비명을 지르며 울부짖었다. 이불을 머리끝까지 뒤집어쓰고 눈을 질끈 감은 채, 아무 소리도 듣지 않으려고 귀를 막았다. 그때까지만 해도 아이가 말을 못 하는지 전혀 몰랐다. 몇 시간이 흐른 뒤, 이불 밖으로 고개를 빼꼼 내밀었다. 아이는 낡은 담요 쪼가리를 판초처럼 어깨에 두른 채, 그 자리에 서 있었다. 아이는 손으로 밖을,

유리창과 거리 쪽을 가리키고 있었다. 나는 그제야 날이 밝았다는 것을 깨달았다. 아무튼 죽은 아이가 환한 낮에 보인다는 것은 이상한 일이었다. 뭘 원하는지 물었지만, 아무런 대답 없이 손으로 계속 그곳을 가리키기만 했다. 마치 공포 영화의 한 장면 같았다.

　나는 자리에서 일어나 설거지용 고무장갑을 가지러 부엌으로 뛰어갔다. 그러자 아기 천사는 당연하다는 듯이 내 뒤를 따라왔다. 이건 아이의 요구 많은 성격을 알리는 첫 번째 신호에 불과했다. 다행히 나를 윽박지르지는 않았다. 고무장갑을 낀 손으로 아이의 비쩍 마른 목을 잡아 비틀었다. 물론 이미 죽은 아이의 목을 조른다는 것 자체가 이상한 일이지만, 절박한 상황에서 분별 있게 행동한다는 것도 말이 안 되기는 마찬가지다. 심지어 나는 아이가 기침조차 하지 못하게 했다. 고무장갑을 낀 손가락 사이로 썩어 문드러진 살점이 삐져나왔다. 그러자 아이의 기관지가 훤히 드러났다.

　그때까지만 해도 그 아이가 할머니의 동생 앙헬리타인 줄은 꿈에도 몰랐다. 그 아이가 사라질지 아니면 내가 이 악몽에서 깨어날지 끝장을 보려고 계속 눈을 질끈 감고 있었다. 그래도 소용이 없자 나는 아이 주위를 맴돌며 유심히 살펴보기로 했다. 누렇게 변한

천 조각―자세히 보니 원래는 장밋빛 수의였던 듯하
다―을 걸친 등에 무언가가 달려 있었다. 마분지에 닭
털을 붙여 엉성하게 만든 작은 날개 두 개였다. '세월이
흐르면서 붙어 있던 털이 거의 다 빠져 버린 모양이네'
하고 생각했다. 그러곤 신경질적인 웃음을 터뜨리며 혼
잣말로 중얼거렸다. 부엌에 죽은 아기가 있어. 그런데
저 아기는 내 고모할머니야. 멀쩡하게 걸어 다니지만,
몸집으로 보면 석 달도 채 살지 못한 것 같아. 이럴 때일
수록 무엇이 가능하고, 가능하지 않은지 판단하면 절대
안 돼.

　나는 그녀에게 내 고모할머니 아기 천사―요즘과 달
리 그 당시에는 아이가 태어나도 정식으로 호적에 이름
을 올릴 여유가 없었기 때문에 보통명사로 부르는 경우
가 대부분이었다―가 맞는지 물어보았다. 그제야 아기
가 직접 말하지는 않고, 고개를 끄덕이는 것으로 대답
한다는 걸 알아차렸다. 할머니 말씀이 모두 사실이었어.
어렸을 적에 내가 파낸 건 닭이 아니라 할머니 동생의
뼈였던 거야.

　그런데 앙헬리타는 묻는 말에 고개를 끄덕이거나 절
레절레 흔들기만 했을 뿐 무엇을 원하는지 도무지 알 길
이 없었다. 하지만 계속 손가락질을 해 대고 나를 가만

히 내버려 두지 않는 걸 보면 분명 무언가를 몹시 원하고 있었다. 아이는 내가 어디를 가든 졸졸 따라다녔다. 샤워를 하면 커튼 뒤에서 기다렸고, 변을 볼 때면 비대 위에 걸터앉아 있었다. 그리고 설거지를 하고 있으면 냉장고 옆에 가만히 서 있었고, 컴퓨터로 작업을 하는 동안에는 의자 옆에 가만히 앉아 있었다.

아이를 처음 만난 한 주 동안 약간 어색하기는 해도 그럭저럭 지낼 만했다. 그러자 경험한 모든 것이 스트레스로 인한 망상에 불과할지도 모른다는 생각이 들었다. 정말 그렇다면 아이도 눈앞에서 곧 사라질 것 같았다. 나는 직장에 휴가를 내고 푹 자기 위해 수면제를 먹었다. 하지만 아기 천사는 침대 옆에서 꼼짝도 안 한 채, 내가 깨어나기만을 기다리고 있었다. 그사이 친구들이 집으로 찾아왔다. 처음에는 문자메시지를 받기도, 문을 열어 주기도 싫었지만, 걱정을 덜어 주기 위해 결국 그들을 만나기로 했다. 정신적으로 탈진해서 그랬다고 둘러대자 친구들도 고개를 까닥이며 충분히 이해한다는 표정을 지었다. "그동안 쉬지 않고 일만 했으니 그럴 만도 하지." 친구들이 말했다. 하지만 그들 중 아기 천사를 눈치챈 사람은 아무도 없었다. 친구 마리나가 처음 집에 왔을 때, 나는 아기 천사를 벽장 속에 숨겨 놓았다. 그런데 아이는 어느 틈엔가 빠져나와 다 썩어 가는 추악한 얼굴을 하고 소파 팔걸이에 떡 하니 앉아 있었다. 그 순간, 너무 끔찍해서 진저리를 치며 혐오감을 느꼈다. 마리나는 자기 옆에 아기 천사가 있는지 전혀 몰랐다.

잠시 후, 나는 아기 천사를 거리로 데리고 나갔다. 다행히 아무 일도 일어나지 않았다. 다만 지나가면서 아이를 힐끔 쳐다본 남자가 있긴 했다. 몸을 돌려 다시 아이를 쳐다보더니 순간 혈압이 떨어졌는지 얼굴이 일그러졌다. 그리고 아이를 보자마자 걸음아 나 살려라 하고 달아나다가 차카부코 거리에서 유고 45*에 치일 뻔한 부인도 있었다. 저 아이를 본 사람들이 분명 있을 거야. 나는 속으로 생각했다. 물론 많지는 않겠지만. 혹시라도 사람들이 충격을 받을까 봐 함께 외출할 때—아이가 나를 따라왔다고 말하는 편이 정확할 것이다. 그럴 때면 내버려 두는 수밖에 없었다—는 언제나 아이를 배낭에 넣어 다녔다(그 아이가 걸어 다니는 모습이 혐오스러운데다, 몸집이 너무 작아서 그런지 부자연스

---

* 세르비아의 자스타바 오토모빌스에서 생산된 자스타바 코랄 모델 중 하나로, 미국에도 수출될 만큼 가장 인기 있는 차종이었다.

럽기 이를 데 없었다). 복면처럼 아이의 얼굴 전체를 가리는 아주 비싼 붕대도 사 주었다. 화상 흉터를 가리는 데 사용하는 그런 붕대 말이다. 이제 사람들은 아이를 보면서 역겨움과 동시에 동정심과 연민을 느낀다. 그들의 눈에는 중병을 앓고 있거나 온몸이 문드러진 아이만 보일 뿐, 죽은 아이는 보이지 않으니 말이다.

아빠가 이 모습을 본다면 뭐라고 하실까. 나는 생각했다. 안 그래도 손자도 못 보고 죽을 거라고 늘 투덜거리던 분이셨는데(결국 아빠는 손자도 못 보고 돌아가셨으니, 나는 그런 점뿐만 아니라 여러 면에서 아빠를 실망시켰다). 나는 아이가 가지고 놀 장난감과 인형, 플라스틱 주사위, 그리고 질겅질겅 씹을 수 있는 고무젖꼭지도 사 주었다. 하지만 그 어떤 것도 마음에 안 드는 눈치였다. 그 대신 오전이든, 오후든, 밤이든 가리지 않고 혐오스러운 손가락으로 계속 남쪽을 가리켰다. 나는 그 손가락이 향하는 곳이 언제나 남쪽이라는 것을 깨달았다. 말도 걸어 보고 이것저것 물어도 봤지만, 아이는 자신의 생각을 제대로 표현하지 못했다.

그러던 어느 날 아침, 예전 우리 집의 사진을 들고 내 앞에 나타났다. 내가 뒷마당에서 그의 뼈를 파냈던 바로 그 집이었다. 옛날 사진을 넣어 둔 상자에서 그것을 꺼낸 모양이었다. 썩어 문드러져 축축하고 끈적거리는 살점이 덕지덕지 묻은 다른 사진들을 보자 왈칵 구역질이 솟았다. 이제는 손으로 그 집을 가리켰다. 꽤나 집요했다. 거기 가고 싶다는 거니? 내가 묻자, 고개를 끄덕거렸다. 그 집은 더 이상 우리 집이 아니야. 옛날에 팔았거든. 내가 이유를 설명하자, 그녀는 다시 고개를 끄덕였다.

나는 아이의 얼굴에 복면을 씌우고 배낭에 넣은 다음, 15번 버스를 타고 아베야네다*로 갔다. 함께 차를 타고 가면 아이는 창밖을 내다보거나 주변 사람들을 둘러보지도 않을뿐더러, 뭘 가지고 놀 생각도 않는다. 아이의 눈에는 바깥세상이나 장난감이나 똑같아 보이는 모양이었다. 나는 아이가 편안하게 갈 수 있도록 무릎 위에 앉혀 주었다. 하지만 아이가 과연 불편함을 느낄 수나 있는지, 그리고 내 호의가 아이에게 어떻게 비칠지 전혀 모르겠다. 사실 아이의 기분이 어떤지도 모른다. 내가 아는 거라곤 앙헬리타는 못된 아이가 절대 아니라는 것, 그리고 그 아이를 처음 봤을 때는 겁이 났지만, 이제는 그렇지 않다는 것뿐이다.

---

* 부에노스아이레스 남쪽에 위치한 수도권 항구 도시.

오후 4시경, 예전에 우리가 살던 집에 도착했다. 여름이면 늘 그랬듯이, 개천에서 풍기는 심한 악취가 미트레 대로* 위를 떠도는 휘발유 냄새, 그리고 쓰레기에서 나오는 가스와 뒤섞여 코를 찔렀다. 우리는 광장을 가로질러 할아버지가 돌아가셨던 이토이스 병원을 지나, 마침내 라싱** 경기장을 돌아서 갔다. 그 뒤, 그러니까 경기장에서 두 블록을 더 걸어가자 옛날 우리 집 대문이 나타났다. 이제 어떻게 하지? 주인에게 부탁해서 안으로 들여보내 달라고 해 볼까? 그런데 무슨 핑계를 대지? 그것까지는 미처 생각지 못했다. 어디를 가든 죽은 아기를 데리고 다니다 보니 아무래도 정신이 이상해진 모양이었다.

어쩔 줄 모르고 우왕좌왕하고 있는데, 앙헬리타가 어딘가를 손가락으로 가리켰다. 굳이 안으로 들어갈 필요가 없었다. 담장 너머로 뒷마당을 들여다볼 수 있었으니까. 아이가 원하는 것은 오로지 그것, 뒷마당을 보는 것밖에 없었다. 아이를 품에 안은 채, 둘이서 함께 안을 엿보았다. 담장이 이렇게 낮은 걸 보면, 엉망으로 만든 게

---

* 아베야네다를 남북으로 가로지르는 대로.
** 아베야네다를 대표하는 프로 축구팀.

틀림없었다. 네모반듯한 맨땅이었던 곳에 파란색 플라스틱 풀장이 있었다. 풀장을 넣을 구덩이를 만들기 위해 그곳의 흙을 다 파낸 것이 분명했다. 그러다 땅에서 나온 아기 천사의 뼈를 아무렇게나 버렸고, 다른 것들과 함께 뒤섞여 버리는 바람에 영영 찾을 수 없게 된 것이었다. 그 장면이 눈앞에 떠오르자 안타까운 마음이 들었다. 불쌍해서 어쩌나. 나는 아기에게 미안하다고 했지만, 더 이상 어떻게 해 볼 도리가 없었다. 심지어 집이 팔렸을 때, 아이의 뼈를 모두 파내 양지바른 곳에, 혹은 ―아이가 원했다면― 가족과 가까운 곳에 묻어 주지 못해서 후회스럽다고 말하기까지 했다. 하지만 아무일 없었다는 듯이 태연하게 아기의 뼈를 상자나 화분에 담아 집으로 가져갈 수 있었을까! 어쨌든 나는 아기의 유해를 소홀히 다룬 점에 대해 깊이 사과했다. 내 말을 듣고 앙헬리타는 고개를 끄덕였다. 그 모습을 보자 그녀가 나를 용서했다는 것을 알 수 있었다. 나는 아이에게 물었다. 이제 마음이 좀 놓여? 그럼 이제 떠날 거니? 내 곁을 떠날 수 있겠어? 하지만 아이는 고개를 저었다. 알았어. 나는 대답했다. 아이의 대답이 썩 내키지는 않았지만, 나는 15번 버스 정류장을 향해 빠르게 걷기 시작했다. 그 바람에 아이는 맨발로 거의 뛰다시피 나를 쫓

아왔다. 썩어 문드러진 아이의 발에 하얀 뼈가 드러나
보였다.

LA
VIRGEN
DE
LA
TOSQUERA

실비아는 임대 아파트에 혼자 살았다. 그 집 발코니에는 키가 150센티미터나 되는 마리화나가 자라고 있었고, 커다란 방에는 매트리스만 깔려 있었다. 그녀는 교육청에 개인 사무실이 있었고 월급도 꼬박꼬박 받았다. 칠흑처럼 검게 염색한 머리에, 소매 폭이 손목 부분으로 갈수록 점점 넓어지고 햇빛을 받으면 반짝이는 은실로 수놓아진 인도산 셔츠만 입었다. 그녀는 올라바리아 출신인데, 멕시코를 여행하다가 감쪽같이 사라진 사촌도 있었다. 그녀는 우리의 어른스러운 친구였다. 우리가 함께 밖에서 시간을 보낼 때면 이것저것 챙겨 주는가 하면, 대마초를 피우거나 남자 친구를 몰래 만나고 싶을 때 집을 빌려주기도 했다. 하지만 우리는 그녀가 약해지고 망가져서 완전히 무너져 버리기를 바랐다. 그건 실비아가 언제나 우리보다 더 많은 것을 알고 있었기 때문이다. 가령 우리가 프리다 칼로를 방금 알아내면, 그녀는 이미 오래전에 사촌—물론 실종되기 전에—과 함께 멕시코의 프리다 집까지 다녀왔을 정도였다. 우리가 새로운 마약에 손을 대면, 그녀는 이미 그것에 중독되어 있었다. 우리가 취향에 맞는 밴드를 발견하면, 그녀는 그 그룹의 열성적인 팬 활동을 이미 그만둔 상태였다. 우리는 그녀의 숱이 많은 긴 생머리를, 더구나 이상한 염색약—우리는 그 염색약을 어떤 미용실에서도 찾지 못했다—으로 칠흑처럼 새까맣게 물들인 그녀의 머리카락을 지독히도 싫어했다. 어떤 회사 제품일까? 말해 줄지도 모르지만, 절대 물어보지 않았다. 우리는 그녀가 맥주를 한 잔 더 마시고, 마약 25그램을 더 사고, 또 피자를 하나 더 주문할 정도의 돈을 늘 가지고 있다는 사실이 너무나 싫었다. 어떻게 그럴 수 있을까? 그녀는 자기 월급 말고도 아버지 계좌의 돈을 쓸 수 있다고 했다. 아버지는 부유했지만, 그녀를 만나지 않았고 친자식으로 여기지도 않았다. 그렇지만 그녀를 위해 은행에 돈은 넣어 두었다. 거짓말이 분명해. 자기 동생이 모델이라고 했던 것만큼이나 뻔한 거짓말이야. 우리는 실비아를 만나러 온

동생을 실제로 본 적이 있다. 그런 아이가 모델이라니, 어림 반 푼어치도 없는 소리였다. 땅딸막한 체구에 까무 잡잡한 피부, 그리고 크고 펑퍼짐한 엉덩이와 젤을 덕지 덕지 발라 번들거리는 곱슬머리. 한마디로 천한 티가 줄 줄 흘렀다. 그런 아이가 멋진 옷을 입고 캣워크를 한다 는 것은 상상도 할 수 없는 일이었다.

우리가 그녀를 파멸로 몰아가려고 했던 진짜 이유는 디에고가 그녀를 좋아했기 때문이다. 우리는 졸업 여행 을 갔던 바릴로체에서 디에고를 알게 되었다. 호리호리 한 몸매에, 짙은 눈썹을 가진 그는 항상 매번 다른 롤링 스톤스 티셔츠를 입고 다녔다(내민 혀가 그려진 티셔츠 와 〈타투 유Tatto you〉의 앨범 커버가 있는 티셔츠, 그리고 뱀 머리처럼 생긴 마이크를 쥐고 열창하는 믹 재거의 사 진이 인쇄된 티셔츠 등). 디에고는 날이 어두워지면 세 로 카테드랄산 부근에서 말을 타고 어쿠스틱 기타를 치 면서 노래를 들려주었다. 그리고 호텔로 돌아가면 보드 카와 오렌지 주스를 정확한 비율로 섞어 스크루드라이 버를 직접 만들어 주었다. 그는 우리에게 항상 잘해 주 었고 키스만 하려고 했을 뿐 같이 자려고 하지는 않았 다. 그건 어쩌면 우리보다 나이가 많았기 때문일 수도 있고(그는 한 학년을 유급해서 열여덟 살이었다), 아니면 애당초 그럴 마음이 전혀 없었을 수도 있다. 그 후, 그가 부에노스아이레스로 돌아왔을 때 우리는 그를 파티에 초대했다. 그가 잠시나마 우리에게 관심을 보이는 듯했는데, 실비아가 그에게 말을 걸기 시작했다. 물론 그 후로도 그는 우리에게 정말 잘해 주었다. 결국 실비아가 그를 독차지하고 말았지만……. 그녀는 멕시코와 페요테*, 그리고 설탕 해골 등의 이야기를 늘어놓으면서 그가 넋을 잃게 만들었다(그 정도가 아니라 그를 완전히 주눅 들게 만들었다고 보는 이도 있었다). 그녀는 2년 전에 고등학교를 졸업했기 때문에, 그보다 나이가 많았다. 디에고는 여행을 다닌 적이 없었지만, 그해 여름에 북부 지방으로 배낭여행을 떠나고 싶어 했다. 실비아는 이미 그곳을 다녀왔던 터라(당연히!), 여러 가지 조언을 해 주었다. 더구나 값싼 호텔이나 민박집을 구하려면 자기한테 언제든지 연락하라고 했다. 사실 실비아는 북쪽 지방은 물론, 다른 곳—그녀 자신의 말에 따르면 안 가본 곳이 없을 정도로 여행을 많이 했다고 했다—에 정말 다녀왔다는 것을 입증할 수 있는 사진을 단 한 장도

---

* 멕시코와 미국 텍사스 남서부에 자생하는 작은 무자 선인장으로, 향정신성 알칼로이드를 함유하고 있어서 아메리카 원주민들이 5,700년 이상 의료 및 의례를 위해 사용해 왔다.

가지고 있지 않았다. 그럼에도 그는 그녀의 말이라면 무엇이든 곧이곧대로 믿었다.

그해 여름, 함께 채석장 호수*에 가자고 한 사람은 바로 실비아였다. 우리는 그녀의 뜻에 따를 수밖에 없었다. 그거 정말 좋은 생각이야! 실비아는 공공 수영장이나 클럽 수영장이라면 질색했다. 주말 별장이나 주택에 갖춰진 수영장도 싫어하기는 마찬가지였다. 실비아는 그런 곳일수록 물이 시원하지도 않을뿐더러, 항상 고여 있어 찝찝한 느낌이 든다고 했다. 더구나 부근의 강물은 너무 더러워서 마땅히 수영할 곳이 없었다. 그럴 때마다 우리는 모두 입을 모아 말하곤 했다. "도대체 실비아는 자기가 누구라고 생각하는 거지? 혹시 프랑스 남부 해안에서 태어났다고 착각하고 있는 게 아닐까?" 하지만 디에고는 그녀가 왜 시원하고 맑은 물을 찾는지 그 이유를 듣고 거기에 전적으로 동감했다. 바다와 폭포, 그리고 개울에 대해 둘이서 잠시 이야기를 나누던 중 갑자기 실비아가 채석장 호수 이야기를 꺼냈다. 직장에서 누

---

* 채석장이나 탄광을 개발하기 위해 깊게 파 놓은 땅에 자연적 또는 인공적으로 물이 괴어 만들어진 호수. 공공 온천이나 수영장으로 이용되는데, 수심에 따른 급격한 온도 차이와 해저류 등에 의해 소용돌이 현상이 일어나 인명 피해가 종종 발생한다.

가 그러는데, 남부 고속도로를 타고 가다 보면 그런 곳이 널려 있대. 그런데 그곳에서 수영하는 사람들은 거의 없다고 하더라고. 자칫 잘못하면 물에 빠져 죽을 수도 있다고 하니까 겁이 나서 그런 거겠지. 바로 그 자리에서 그녀는 다음 주말 다 같이 거기에 가보자고 했다. 우리는 한 치의 망설임도 없이 그녀의 제안에 동의했다. 솔직히 말해 디에고도 같이 갈 것이 뻔한 상황에서 둘만 가도록 내버려 둘 수는 없었다. 그녀의 볼품없는 몸매와 무다리를 본다면 디에고는 무슨 생각을 할까? 실비아는 자기가 어렸을 때 필드하키를 해서 그렇게 되었다고 둘러대곤 했다. 우리 중 절반도 하키를 했지만, 다리가 하몬 같지는 않았다. 게다가 엉덩이는 또 얼마나 크고 펑퍼짐한지, 어떤 청바지를 입어도 어울리지 않았다. 볼품없는 그 모습을 자기 두 눈으로 똑똑히 보면 디에고도 실비아에게 정이 떨어져 결국 우리에게 눈길을 줄지도 모를 일이었다.

그녀는 주변에 조금 물어본 다음, 성모상이 있는 채석장 호수로 가자고 했다. 채석장 호수 중에서도 그곳이 가장 물이 맑고 시원할 뿐만 아니라, 크고 깊어서 제일 위험한 곳이라는 말도 덧붙였다. 그곳은 307번 버스를 타고 거의 종점까지 가야 할 정도로 멀리 떨어져 있었다. 사람들 말에 따르면, 성모상이 있는 채석장 호수는 수영을 하는 사람이 거의 없어서 특별하다고 했다. 사람들이 그곳을 기피하는 이유는 깊은 수심이 위험해서가 아니라 주인 때문이었다. 우리는 누군가 그곳을 매입했다는 소문을 곧이곧대로 받아들였다. 하지만 그런 채석장 호수를 어디에 쓰려고 사는지, 심지어 그런 곳을 돈 주고 살 수 있는 건지는 아무도 몰랐다. 그럼에도 그런 호수에 주인이 있다는 게 전혀 어색하게 들리지 않았다. 물론 외지인들이 함부로 자기 땅에 들어와 수영한다면 주인 입장에서는 기분이 좋을 리 없을 것 같았다.

사람들 말에 따르면 침입자가 눈에 띄면 주인은 트럭을 타고 언덕 뒤에서 나타나 총을 마구 쏘아 댄다고 했다. 사나운 개들을 풀어놓는 경우도 종종 있었다고 했다. 그는 자기 소유의 채석장 호수에 커다란 제단을 꾸며 놓았다. 호수 한쪽에 성모상을 모셔 놓은 동굴이 바로 그 제단이었다. 그곳에 가려면 도로 부근의 입구에 임시로 세워 놓은 작은 아치형 철문에서 오른쪽으로 난 흙길을 따라 호수를 빙 돌아서 가야 한다. 맞은편에는 주인의 트럭이 언제라도 모습을 드러낼 수 있는 언덕이 솟아 있었다. 성모상 동굴 앞의 물은 검은 빛을 띤 채 고요하기만 했다. 우리 쪽의 호숫가는 점토질 흙으로 덮여 있었다.

그해 1월, 우리는 토요일마다 그곳에 갔다. 폭풍우가 몰려올 듯 날씨는 푹푹 쪘지만 물은 깜짝 놀랄 만큼 차가웠다. 물속에 몸을 담그는 순간 마치 기적과 경이의 세계 속으로 빠져들어 가는 것만 같았다. 우리는 잠시 동안이나마 디에고와 실비아의 존재도 잊어버렸다. 그들 또한 서늘하면서도 신비로운 분위기에 홀린 나머지 서로의 존재를 잊어버렸다. 시끄럽게 떠들어 봤자 숨어 있는 주인이 달려올 것이 뻔했기 때문에 최대한 조용히 하려고 애썼다. 호수에서는 우리 말고 아무도 보지 못했다. 물론 집으로 돌아갈 때 가끔 정류장에서 다른 사람들과 함께 버스를 기다리기는 했지만 말이다. 그들은 우리의 젖은 머리와 살갗에서 풍기는 돌과 소금 냄새 때문에 우리가 채석장 호수에서 놀다 왔다는 것을 금방 알아차렸을 것이다. 언젠가 한번은 버스 운전사가 우리에게 이상한 말을 한 적이 있었다. 거긴 개들을 풀어놓으니까 조심해야 할 거요. 말이 개지 들개나 마찬가지니까요. 그 말을 듣는 순간 온몸에 소름이 돋았다. 하지만 그다음 주말에 갔을 때도 호수에는 여전히 우리밖에 없었다. 멀리서 개 짖는 소리조차 들리지 않았다.

드디어 디에고가 우리의 눈부신 허벅지와 가녀린 발

목, 군살 없이 날씬한 배를 유심히 바라보기 시작했다. 그는 여전히 실비아에게 푹 빠져 곁을 떠나지 않았지만, 우리가 그녀보다 훨씬 더 예쁘다는 것을 깨달은 눈치였다. 그런데 문제는 그들이 수영을 아주 잘한다는 점이었다. 그들은 우리와 함께 놀면서 몇 가지 묘기도 가르쳐 주었지만 그러다 종종 따분해지면 빠르고 정확한 동작으로 멀리 헤엄쳐 나갔다. 그들을 따라잡기는 불가능했다. 호수는 정말 컸다. 우리는 호숫가에 앉아 그들의 거무스름한 머리가 수면 위에 둥둥 떠 있는 모습을 보곤했다. 그들의 입술이 달싹거렸지만 무슨 말을 하는지 전혀 알 수 없었다. 그들은 뭐가 그리도 재밌는지 연방 깔깔대고 웃었다. 특히나 실비아의 웃음소리가 요란해 그녀에게 목소리를 좀 낮추라고 주의를 주어야만 했다. 아무튼 두 사람은 매우 행복해 보였다. 하지만 우리는 잘알고 있었다. 머지않아 그들은 한동안 서로를 얼마나 사랑했는지, 그리고 도로변에서 보낸 시원한 여름이 얼마나 덧없이 지나가 버렸는지 떠올리게 되리라는 것을 말이다. 무슨 수를 써서라도 두 사람의 관계가 발전하는 것을 막아야만 했다. 따지고 보면 디에고를 발견한 것은 우리였다. 실비아가 모든 것을 독차지하도록 내버려 둘수는 없었다.

디에고는 날이 갈수록 더 멋있어졌다. 그가 셔츠를 벗자 바지 위로 떡 벌어진 어깨와 모래 빛깔의 넓은 등이 훤히 드러났다. 그저 아름답다는 말밖에 나오지 않았다. 그는 성냥갑으로 마리화나 파이프 만드는 방법을 가르쳐 주었고, 취해서 몽롱해졌다면 절대 물에 못 들어가게 우리를 관리했다. 그는 CD 앨범—그에 따르면 우리가 꼭 알아야 하는 밴드의 음악이었다—을 틀어 가장 좋아하는 노래를 들려준 다음, 어떤 느낌이 드는지 물어보았다. 그리고 우리가 정말 마음에 들어 하면 얼굴에 희색이 가득했다. 그럴 때 그의 얼굴은 정말 매력적이었다. 우리는 열심히 듣고 거기서 메시지를 찾으려 애썼다. 우리에게 무언가를 말하려고 한 걸까? 영어 가사가 나오면, 사전을 뒤적이며 의미를 해석하기도 했다. 그것도 모자라 전화로 서로에게 가사를 읽어 주면서 정확한 뜻을 알아내기 위해 토론도 펼쳤다. 갖은 애를 다 써 보았지만 수십 가지의 메시지가 어지럽게 뒤엉켜 있을 뿐 원하던 답은 찾을 수 없었다.

실비아와 디에고가 사귀고 있다는 것을 알았을 때, 마치 차디찬 칼이 척추를 꿰뚫은 것처럼 갑자기 모든 추측이 중단되었다. 언제부터 그런 사이가 된 거야! 어떻게 그럴 수가 있어! 그들은 이미 성인이라고. 그러니 우리처럼 집에 일찍 들어갈 필요도 없지. 게다가 실비아는 자기 아파트도 가지고 있잖아. 어린 여자아이들의 유치한 기준으로 그들을 판단하다니, 이렇게 멍청할 수가! 여태 이리저리 잘도 빠져나왔지만, 우리는 애당초 시간표와 휴대전화, 그리고 서로 죽이 잘 맞아 어디든—바, 친구 집, 우리 집, 클럽 등— 차로 우리를 데려다주는 엄마 아빠의 울타리 속에서만 갇혀 살았잖아.

곧 자세한 사정을 알게 되었지만 그리 놀랄 만한 내용은 없었다. 디에고와 실비아는 오랫동안 우리만 쏙 빼고 그것도 주로 자기들끼리 만났던 모양이다. 가끔은 그가 교육청에 그녀를 데리러 가 밖에서 술을 마시기도 했고 때로는 그녀의 아파트에서 함께 자기도 했다. 그들은 섹스를 나눈 뒤 분명 실비아의 침대에 누워 직접 재배한 마리화나를 피웠을 것이다. 끔찍하게도 우리 중 적지 않은 아이들이 열일곱 때까지 섹스를 한 번도 해 보지 못했다. 거시기 빨기, 그건 우리도 참 잘했다. 하지만 우리 중 섹스를 해본 건 일부지 모두가 아니었다. 우린 그런 사실이 끔찍이도 싫었다. 우리는 디에고를 우리 것으로 만들고 싶었을 뿐이다. 사실 디에고가 우리의 연인이 되기를 바랐던 건 아니다. 단지 그가 우리와 섹스해 주기만을, 우리에게 로큰롤 음악과 칵테일 만드는 법, 그리고 접영 동작을 가르쳐 주었듯이 섹스를 가르쳐 주기만을 원했을 뿐이다.

우리 중에서 그에게 가장 집착했던 건 나탈리아였다. 그녀는 아직 처녀였다. 그 아이는 마음에 끌리는 짝이 나타날 때까지 처녀로 남겠다고 선언했다. 그러던 중 디에고가 나타난 것이다. 디에고라면 자기의 모든 것을 바칠 만하다고 믿었던 모양이다. 나탈리아는 무엇이든 마음에 꽂히면, 물러서는 법이 없었다. 언젠가 그녀는 부모님이 일주일 동안 댄스 클럽 출입 금지령을 내리자, 엄마 약 스무 알을 한꺼번에 삼킨 적도 있다. 그러다 보니, 학교 성적은 바닥을 기고 있었다. 결국 부모님은 보다 못해 외출을 허용했지만, 대신 정신과 병원에 다니게 했다. 나탈리아는 병원에 간다고 집을 나와 슬그머니 딴 데로 새곤 했다. 그리고 잡동사니를 사는 데 돈을 다 써버렸다. 그녀는 디에고에게 무언가 특별한 것을 원했다. 그에게 일방적으로 모든 것을 바치고 싶지는 않았다. 그가 자기를 원하고 진심으로 사랑할 뿐만 아니라, 자기에게 푹 빠지게 만들고 싶어 했다. 하지만 파티 때 그녀가 말을 걸려고 다가가면 디에고는 입술을 씰룩이며 미소를 지어 보일 뿐이었다. 그러곤 우리 중 어떤 아이와 계속 대화를 나누었다. 디에고는 나탈리아의 전화를 자주 받지 않았고, 설령 받아도 지루한 대화만 오갈 뿐이었다. 더구나 전화를 끊는 쪽은 언제나 디에고였다. 채석장 호수에 가서도 그는 그녀의 길고 튼실한 다리와 단단한 엉덩이를 거들떠보지 않았다. 아니면 마치 싫증 나는 식물―가령 고무나무―을 보는 듯한 눈빛으로 그녀를 쳐다보았다. 하지만 나탈리아는 현실을 도무지 받아들이지 못했다. 그녀는 수영을 할 줄 몰랐지만, 온몸이 젖을 때까지 호수 가장자리에서 놀았다. 차가운 물에서 나오면 젖은 노란 수영복이 구릿빛 피부에 착 달라붙어 있었다. 물이 얼음처럼 차가웠던 탓인지 그녀의 딱딱해진 젖꼭지가 수영복 위로 도드라져 보였다. 다른 남자들 같았으면 그 모습을 보고 수음하느라 정신을 못 차렸을 것이다. 하지만 디에고는 그렇지 않았다. 그는 엉덩이가 펑퍼짐한 저 여자를 더 좋아했다! 우리는 아무리 생각해도 디에고의 취향을 이해할 수 없었다.

어느 날 오후, 함께 체육 수업을 들으러 가는 길에 나탈리아는 디에고의 커피에 자기 생리혈을 넣었다고 했다. 그것도 실비아의 집에서 말이다. 하긴 거기 말고 어디서 그런 짓을 했을까! 집 안에는 셋만 있었다고 했다. 디에고와 실비아는 커피와 비스킷을 가지러 주방에 갔고 커피는 이미 테이블 위에 놓여 있었다. 그들이 자리를 비운 틈을 이용해, 나탈리아는 샘플 향수용 작은 용기에 받아온 피—얼마 안 되는—를 재빨리 커피 속에 따라 부었다. 평소에는 생리대나 탐폰을 사용하지만, 피를 모으기 위해 일부러 탈지면을 몸속에 집어넣었다. 그녀는 축축하게 젖은 탈지면을 짜서 간신히 피를 모을 수 있었지만, 속이 메스꺼워서 혼났다. 피에 물을 조금 탔지만, 그녀는 똑같은 효과를 낼 거라고 장담했다. 그녀는 그 방법을 초심리학 책에서 배웠다. 그 책에 따르면, 그다지 위생적이지는 않지만 그것이야말로 사랑하는 사람을 붙잡을 수 있는 가장 확실한 방법이었다.

하지만 그녀의 기대와는 달리 아무 효과도 없었다. 디에고는 아무것도 모른 채 나탈리아의 피를 마신 지 일주일 만에 실비아와 연인 사이임을 알렸다. 두 사람이 공식 연인으로 밝혀진 셈이었다. 그다음 우리와 만난 자리에서 두 사람은 잠시도 입술을 떼지 않았다. 그 주말, 우리와 채석장 호수에 갔을 때도 그들은 꼭 잡은 두 손을 놓지 않았다. 우리로서는 두 사람의 행동을 도저히 이해할 수 없었다. 아무리 생각해도 이해가 되지 않았다. 우리 중에는 하트 모양이 그려진 빨간 비키니를 입은 아이도 있었고, 군살 하나 없이 홀쭉한 배에 배꼽 피어싱을 한 아이도 있었다. 그리고 머리카락 한 올이 이마 위로 살짝 흘러내리도록 멋을 부린 헤어스타일, 털 하나 없이 매끈한 다리, 그리고 대리석처럼 희고 깨끗한 겨드랑이. 그런데도 실비아를 더 사랑한다고? 대체 이유가 뭐지? 혹시 그녀와 섹스했기 때문일까? 하지만 우리도 섹스하고 싶었다고! 우리라고 다른 걸 원했던 건 아니라니까! 우리가 그의 무릎에 앉아 그의 민감한 부위를 엉덩이로 지그시 누르거나, 실수를 가장해서 그의 성기를 손으로 슬쩍 만지려고 했는데, 어떻게 우리의 마음을 전혀 알아차리지 못할 수 있지? 더구나 그의 입술 가까이에서 혀를 날름거리며 웃었다고. 왜 우리는 눈 딱 감고 그에게 몸을 던지지 않았던 걸까? 그건 단지 나탈리아의 집착만이 아니고, 우리 모두에게 해당되는 문제였다. 우린 디에고가 우리를 선택해 주기만을 원했다. 우리는 차가운 호수에서 놀다가 물에 흠뻑 젖은 채 그의 곁에 있고 싶었다. 그가 호숫가에 드러누워 있는 동안, 그와 차례로 섹스를 나누고 싶었다. 주인이 나타나 총을 쏠 때까지 기다리다, 총알이 비 오듯 쏟아지면 거의 벌거벗은 채로 도로까지 뛰어가고 싶었다.

하지만 현실은 그렇지 못했다. 우리가 공상에 빠져 자리에 얌전하게 앉아 있는 동안, 그는 펑퍼짐한 엉덩이에 나이 든 실비아와 여전히 입을 맞추고 있었다. 실비아의 콧등은 뜨거운 햇볕에 타서 거무스름해지더니 결국 살갗이 벗겨지고 말았다. 펑퍼짐한 엉덩이의 실비아가 싸구려 선크림을 바르더니 결국 일을 내고 말았다. 반면 우리는 아무렇지도 않았다. 그러던 어느 순간 디에고가 드디어 깨달은 것 같았다. 그는 지금까지와는 전혀 다른 눈빛으로 우리를 바라보기 시작했다. 여태껏 못생긴 여자한테 빠져 헤어 나오지 못하고 있었다는 것을 이제야 알아차렸다는 듯이 말이다. "우리, 저기 성모상이 있는 곳까지 헤엄쳐 가볼까?"

그 말을 듣는 순간 나탈리아의 안색이 백지장처럼 창백해졌다. 수영을 못했으니 그럴 만했다. 그녀를 제외한 나머지는 수영을 할 줄 알았지만, 호수가 너무 크고 깊어서 엄두도 내지 못했다. 너무 외진 곳이기에 헤엄치다 물에 빠져도 구해 줄 사람이 없었다. 디에고는 우리 표정에서 어떤 낌새를 눈치채고 말했다. "그럼 실과 나는 헤엄쳐 가고, 너희는 저 길을 따라 걸어가기로 하자. 그러면 거기서 만나게 될 테니까. 안 그래도 저 제단을 가까이에서 보고 싶었거든. 어때, 괜찮은 생각이지?"

"그럼, 물론이지."

우리는 그의 제안을 흔쾌하게 받아들였다. 말은 그렇게 했지만, 그녀를 '실'이라고 부른 것이 못내 꺼림칙했

다. 어쩌면 그가 우리를 다른 눈빛으로 보기 시작했다
는 것은 착각이었는지도 모른다. 그저 그것이 사실이기
만을 간절히 바라던 우리로서는 정말 기가 막힐 노릇이
었다. 우리는 걷기 시작했다. 호수 둘레길을 따라 걷는
것은 결코 쉽지 않았다. 물가에 앉아 있으면 아담한 호
수 같아 보였지만, 실제로는 어마어마하게 컸기 때문이
다. 대략 세 블록은 되고도 남는 거리였다. 디에고와 실
비아는 우리보다 앞서 나갔다. 햇볕을 받아 거의 금빛
으로 반짝이는 그들의 머리가 일정한 간격을 두고 수면
위로 희미하게 나타났고 그들의 팔은 부드럽게 물살을
가르고 있었다. 그러던 어느 순간 그들은 갑자기 헤엄
치다 말고 물 위로 고개를 빠끔 내밀었고 우리—뜨거운
햇살 아래 뿌옇게 일어난 흙먼지가 땀에 젖은 몸에 달
라붙었다. 어떤 아이는 더위를 먹었는지 머리가 아프고
또 강한 햇빛 때문에 눈도 아프다고 했다. 우리는 마치
가파른 언덕길을 올라가는 것처럼 힘겹게 걸음을 옮겼
다—는 호숫가에서 그 모습을 지켜보았다. 그들은 수영
을 멈추고 이야기를 나누고 있었다. 실비아는 가라앉지
않기 위해 두 팔로 물을 저으면서 머리를 뒤로 젖히고
소리 내어 웃었다. 그들이 아무리 수영을 잘한다고 해도
선수급은 아니었기 때문에, 저 멀리까지 단숨에 헤엄쳐

가기는 불가능했다. 그런데 나탈리아의 직감으로는 그들이 지쳐서 멈춘 게 아닌 것 같았다. 둘이서 무언가를 꾸미고 있는 것이 틀림없었다. "저 여우한테 무슨 꿍꿍이속이 있는 게 분명해." 그녀가 말했다.

그러곤 동굴 안에 있어 제대로 보이지도 않는 성모상을 향해 계속 걸음을 옮겼다.

우리가 마지막 50미터를 가기 위해 오른쪽으로 길을 꺾었을 때, 디에고와 실비아는 먼저 성모상 동굴에 도착해 있었다. 겨드랑이에서는 양파 냄새가 진동하고 머리카락은 땀에 젖어 관자놀이에 딱 달라붙은 몰골로 숨을 헐떡이며 걸어오는 우리를 지켜보고 있었다. 그들은 우리를 유심히 바라보며 방금 전 물속에 있을 때처럼 웃음을 터뜨렸다. 그들은 다시 물속으로 뛰어들어 호숫가를 향해 전속력으로 헤엄쳐 갔다. 그러더니 난데없이 물을 철벙철벙 튀기면서 조롱하는 듯한 웃음을 터뜨렸다. "잘 있어라, 애송이들아!" 실비아는 의기양양하게 소리치면서 다시 헤엄치기 시작했다. 우리는 찌는 듯한 더위에도 불구하고 그 자리에서 얼어붙은 듯 꼼짝도 하지 못했다. 대체 이게 무슨 일이람. 우리는 온몸이 얼어붙은 것 같으면서도 더위로 숨이 막힐 지경이었다. 게다가 두 귀는 증오심과 분노로 이글이글 타오르는 듯 벌겋게 달아올랐다. 헤엄도 못 치는 얼간이들을 비웃으며 멀어져 가는 그들의 모습을 말없이 지켜보면서 속으로 우리 자신을 자책하고 비난했다. 모욕감을 느낀 우리는 50미터 앞에 있는 성모상에 가고 싶은 마음이 싹 사라져 버렸다. 물론 그 성모상이 보고 싶어 거기까지 간 것은 아니었다. 우리는 나탈리아에게로 시선을 돌렸다. 그녀는 분노가 극에 달했는지 눈물 한 방울 흘리지 않았다. 우리는 그녀에게 돌아가자고 했다. 하지만 자기는 성모상을 꼭 봐야겠다며 싫다고 했다. 너무 지친데다 민망한 나머지 우리는 자리에 앉아 담배를 물며 말했다. 우린 여기서 기다릴 테니까 갔다 와.

그녀는 15분이 지나서야 돌아왔다. 이상한 느낌이 들었다. 정말 거기 가서 기도라도 하고 온 걸까? 우리는 그녀가 감정이 상했을 때 어떻게 변하는지 이미 잘 알고 있었기 때문에, 물어볼 수도 없었다. 언젠가 한번은 끓어오르는 분노를 이기지 못해 한 아이를 깨문 적도 있었다. 얼마나 세게 물었던지 그 아이의 팔에 난 자국이 거의 일주일 동안 사라지지 않았다. 우리가 있는 곳으로 돌아온 그녀는 담배 한 모금 ―평소에도 담배 한 개비를 다 피는 경우는 드물었다―만 달라고 했다. 그러곤 곧장 걷기 시작했다. 우리는 그녀를 뒤쫓아갔다. 실비아와 디에고가 호숫가에 나란히 앉아 서로의 몸을 닦아 주는 모습이 보였다. 무슨 말을 하는지는 알 수 없었지만, 그들은 웃고 있었다. 그러던 중 실비아가 갑자기 우리를 향해 소리를 질렀다. "너무 화내지 마, 얘들아. 장난 한번 쳐본 거니까."

그 말을 듣는 순간 나탈리아는 우리를 향해 몸을 홱 돌렸다. 그녀는 먼지를 뽀얗게 뒤집어쓰고 있었다. 심지어는 눈에도 먼지가 묻어 있었다. 그녀는 우리를 찬찬히 뜯어보더니 미소를 지으며 말했다.

"저건 성모상이 아니야."

"뭐라고?"

"하얀 망토로 대충 덮어서 가려 놓았는데, 자세히 보니까 성모상이 아니더라고. 석고로 된 빨간 여자인데, 벌거벗고 있었어. 젖꼭지는 검은색이고."

그 말을 듣자 겁이 덜컥 났다. 그럼 그게 누구야? 우리가 묻자 그녀는 자기도 잘 모르지만 브라질 것* 같다고 했다. 그녀는 그 여인상에게 도움을 청했다고 했다. 빨간색이 얼마나 잘 칠해져 있던지 아크릴처럼 반짝거리는데다, 검은색의 아름답고 긴 머리 또한 얼마나 아름다

---

* 브라질의 민간 신앙에서 섬기는 여신상.

운지 실비아보다 훨씬 더 짙고 곱더라는 말도 했다. 그녀가 가까이 다가가자 가짜 성모상에 걸쳐져 있던 하얀 망토가 건드리지도 않았는데 저절로 떨어졌다고 했다. 마치 나탈리아가 자기를 알아보기를 바란 것처럼 말이다. 바로 그때 여인상에게 무언가를 빌었다는 것이다.

우리는 아무 대꾸도 하지 않았다. 그녀는 자기의 생리혈을 커피에 탄 것처럼, 정신 나간 짓을 할 때가 종종 있었다. 그러고 나면 언제 그랬냐는 듯이 다시 멀쩡해졌다.

우리는 시무룩한 표정을 짓고 호숫가에 도착했다. 실비아와 디에고가 우리의 기분을 풀어 주기 위해 우스갯소리를 했지만, 아무 소용이 없었다. 그들의 얼굴에는 미안해하는 기색이 역력했다. 그들은 우리에게 잘못을 사과하고 용서를 빌었다. 우리에게 무안을 주고 무시하는 듯한 기분 나쁜 농담이었음을 인정했다. 그들은 우리가 채석장 호수에 올 때마다 늘 가져온 작은 아이스박스를 열어 차가운 맥주를 꺼냈다. 디에고가 열쇠고리 겸용 오프너로 병마개를 땄을 때, 처음으로 으르렁거리는 소리가 들렸다. 그런데 그 소리가 너무 크고 선명하고 생생하게 들려서 아주 가까운 곳에서 나는 것 같았다. 그 순간, 실비아가 벌떡 일어나더니 주인이 나타난다던 언덕을 손가락으로 가리켰다. 거기에는 검은 개 한 마리가 있었다. 그때 디에고가 내뱉은 첫마디는 "저건 말이야"였다. 그의 말이 끝나기도 전에 검은 개는 사납게 짖기 시작했다. 개 짖는 소리가 공허한 오후 속으로 퍼져 나갔다. 그 소리에 채석장 호수의 수면이 조금 떨렸다고 장담할 수 있다. 그 개는 망아지만큼 덩치가 컸고, 온몸이 새까만 털로 덮여 있었다. 녀석은 당장이라도 언덕을 내려올 기색이었다. 그런데 그 개만 있는 게 아니었다. 처음 들었던 으르렁거리는 소리는 우리 바로 뒤, 그러니까 호숫가 끝 쪽에서 났다. 거기, 아주 가까운 곳에서 망아지만 한 개 세 마리가 침을 질질 흘리며 우리에게 다가오고 있었다. 놈들은 너무 말라 옆구리가 부풀어 올랐다 꺼질 때면 갈비뼈가 앙상히 드러났다. 저건 주인의 개가 아니라는 생각이 들었다. 그 순간, 위험하니까 들개를 조심하라던 버스 운전사의 말이 떠올랐다. 디에고는 놈들을 달래기 위해 "쉿!" 하는 소리를 냈고, 실비아는 "녀석들을 보고 겁에 질린 표정을 지어서는 안 돼"라고 했다. 바로 그때 나탈리아는 분노를 삭이지 못하고 울음을 터트리더니 둘을 향해 버럭 소리를 질렀다. "흥, 끝까지 잘난 척하는군. 넌 엉덩이가 펑퍼짐하고 사악하기 짝이 없는 여자라고. 그리고 넌 바보 멍청이야. 그리고 쟤들은 내 개들이란 말이야!"

　실비아에게게서 5미터 떨어진 곳에 개 한 마리가 나타
났다. 디에고는 나탈리아에게 신경 쓸 겨를이 없었다.
그는 자기 여자 친구를 보호하기 위해 그 앞을 막아섰지
만, 또 다른 개가 그의 뒤에서 나타났다. 그리고 작은 개
두 마리가 사납게 짖으며 언덕을 뛰어내려 오고 있었다.
하지만 주인은 여전히 코빼기도 보이지 않았다. 오랫동
안 굶주린 탓인지, 아니면 우리에 대한 적대감 때문인지
녀석들이 갑자기 울부짖기 시작했다. 우리가 아는 것,
너무 분명해서 알아차릴 수밖에 없던 것은 개들이 우리
를 거들떠보지도 않았다는 사실이다. 우리 중 누구도 쳐
다보지 않았다. 놈들은 마치 우리가 존재하지 않는 것
처럼, 호숫가에는 실비아와 디에고 둘밖에 없다는 듯이,
우리에게 전혀 신경 쓰지 않았다. 나탈리아는 셔츠와 치
마를 입었다. 그러곤 우리한테도 빨리 옷을 입으라고 속
삭이더니, 잠시 후 우리 손을 꼭 붙잡았다. 그녀는 도로
로 이어지는 아치 모양의 철문을 향해 걸어갔다. 철문
에 이르자마자 그녀는 307번 버스 정류장으로 냅다 뛰
기 시작했다. 우리도 그녀의 뒤를 쫓아갔다. 도움을 구
하려는 걸까? 하지만 아무도 그 말을 입 밖에 내지 않았
다. 아니면 곧장 집으로 돌아가려는 걸까? 이것 역시 아

무도 묻지 않았다. 도로에 이르렀을 때, 실비아와 디에고의 비명 소리가 들렸다. 우리는 지나가는 차가 멈추어서서 그 소리를 듣게 되지 않기를 마음속으로 기도했다. 그때만 해도 우리는 어리고 예뻤기 때문에, 공짜로 도시까지 태워 주겠다고 하는 이들이 종종 있었다. 마침내 307번 버스가 도착하자, 우리는 괜한 의심을 사지 않기 위해 태연한 척 버스에 올라탔다. 운전사는 우리를 보고 잘 지냈냐고 물었다. 우리는 천연덕스레 대답했다. 그럼요. 잘 지내고 있죠. 아무 걱정 없이, 편안히 지내고 있어요.

EL
CARRITO

그날 오후, 후안초는 술에 거나하게 취해 있었다. 그는 호전적으로 거리를 횡보하고 있었지만, 술 취한 그를 겁내거나 불안해하는 동네 사람은 아무도 없었다. 반 블록 떨어진 곳에 사는 오라시오는 반바지 차림에 고무 샌들을 신고 불룩 튀어나온 배와 가슴을 덮은 하얀 털을 드러낸 채, 라디오로 축구 경기 중계방송을 들으며—일요일이면 늘 그랬듯이—열심히 차를 닦고 있었다. 길모퉁이에서 잡화점을 운영하는 스페인 남자들은 날씨가 화창하게 개자, 밖에 꺼내 둔 두 개의 접이식 의자 사이에 파바 주전자를 놓고 한가롭게 마테차를 즐기고 있었다. 맞은편에는 코카 아주머니의 아들들이 문간에서 맥주를 마시고 있었고, 이제 막 목욕을 하고 화장을 진하게 한 여자아이들이 발레리아의 카센터 앞에 모여 수다를 떨고 있었다. 아버지는 동네 사람들에게 인사도 하고 몇 마디 대화라도 나눌 겸 한참 전에 밖에 나갔다가 여느 때와 마찬가지로 고개를 숙인 채 화난 얼굴로 돌아왔다. 아버지는 좋은 사람이었지만 사람들과 즐겁게 이야기할 줄 몰랐다. 일요일 오후마다 늘 같은 말만 해 대니 사람들이 좋아할 리 만무했다.

엄마는 창문으로 밖을 엿보고 있었다. 엄마는 뻔한 일요일 텔레비전 프로그램이 지겨워했지만, 그렇다고 딱히 밖에 나가고 싶은 마음도 없어 보였다. 반쯤 열린 페르시아나* 틈으로 밖을 내다보면서 가끔 우리에게 차 한 잔이나 비스킷, 혹은 아스피린을 갖다 달라고 했다. 형과 나는 특별한 일이 없으면 집에서 일요일을 보냈다. 그러다 가끔 아빠가 차를 빌려주면 밤에 시내를 한 바퀴 돌곤 했다.

그를 제일 먼저 본 것은 엄마였다. 그는 후안초보다 더 취해 있었지만, 빈 병과 상자부터 전화번호부에 이르기까지 온갖 잡동사니를 가득 채운 쇼핑카트를 밀며, 투유티 거리 모퉁이를 돌아 길 한복판으로 걸어오고 있

---

* 햇볕을 막기 위해 창문에 설치한 셔터형 덧문.

었다. 그는 비틀거리면서 오라시오의 차 앞에 멈춰 섰다. 그날 오후는 무척이나 더웠다. 하지만 그 남자는 허름한 초록색 스웨터를 껴입고 있었다. 얼굴로 봐서는 예순 살 정도 되어 보였다. 그는 쇼핑카트를 인도 옆에 세우고 차가 있는 곳으로 다가갔다. 그러더니 엄마에게 가장 잘 보이는 곳에 다다르자, 갑자기 바지를 내리기 시작했다.

엄마는 소리를 지르며 우리를 불렀다. 형과 아빠, 그리고 나는 창가로 다가가 반쯤 열린 페르시아나 틈으로 밖을 엿보았다. 꼬질꼬질한 바지 안에 속옷도 입지 않은 남자는 길에다 똥을 쌌다. 그것도 설사처럼 묽은 똥을 엄청나게 많이 누었다. 고약한 냄새가 우리 집 안까지 퍼졌다. 똥 냄새에 술 냄새까지 더해지면서 악취가 코를 찔렀다.

"불쌍한 사람 같으니." 엄마가 말했다.

"사람은 어디까지 비참해질 수 있는 걸까." 아빠도 거들었다.

이 장면을 눈앞에서 목격한 오라시오는 아연실색했다. 이내 화가 치밀어 오르기 시작하는지, 목까지 벌겋게 달아올랐다. 하지만 오라시오가 나서기도 전에 후안초가 길 건너편에서 달려와 있는 힘껏 남자를 밀쳐 버렸다. 그가 자리에서 일어나 바지를 추스르기도 전에 말이다. 늙은 남자는 자기 똥 위로 자빠지고 말았다. 그 바람에 스웨터와 오른손에 똥이 튀었지만, 그는 에잇 하고 중얼거리기만 했다.

"야, 이 더러운 자식아!" 후안초가 남자에게 고함을 질렀다. "이 망할 놈이, 여기가 감히 어디라고 똥을 싸고 지랄이야, 이 쓰레기 같은 새끼야!"

후안초는 바닥에 쓰러진 그에게 발길질을 했다. 그런 데 샌들을 신고 있던 터라 발에 똥이 묻고 말았다.

"일어나, 이 개자식아! 당장 일어나서 오라시오 씨 집 앞을 깨끗이 치우란 말이야! 또다시 여기서 얼쩡거리면 죽을 줄 알아! 네가 사는 소굴로 당장 기어들어 가라고, 이 망할 놈의 비렁뱅이야!"

그러곤 다시 그의 가슴과 등에 발길질을 해 댔다. 남자는 일어나지 못했다. 이게 웬 날벼락이냐는 듯 어안이 벙벙한 표정이었다. 갑자기 그는 울음을 터뜨렸다.

"저렇게 심하게 굴 것까지는 없는데." 아빠가 말했다.

"저 불쌍한 노인네를 어쩌면 저리도 무자비하게 때릴 수 있는 거지?" 엄마가 말했다.

그 순간 엄마는 자리에서 벌떡 일어나 대문으로 향했다. 우리도 엄마를 뒤따라갔다. 엄마가 그곳에 도착하자, 후안초는 남자를 일으켜 세웠다. 남자는 울먹거리면서 잘못했다고 빌었다. 그러곤 자기 똥을 치우려는지, 오리시오가 세차하느라 쓰고 있던 고무호스를 떨리는 손으로 잡으려고 했다. 온 동네에 악취가 진동했다. 아무도 가까이 오려고 하지 않았다.

"후안초, 그만 내버려 둬." 오라시오가 나직한 목소리로 말했다.

그때 엄마가 나섰다. 동네 사람들 모두, 특히 후안초는 엄마를 존경했다. 그가 손을 벌릴 때마다 포도주라도 사 마시라고 동전 몇 닢을 쥐여 주었기 때문이었다. 엄마가 물리치료사라 그런지 다른 이들은 엄마를 늘 조심스럽게 대했다. 동네 사람들은 엄마를 의사로 여기고 박사님이라고 불렀다.

"이제 그만 하게. 그냥 보내 주는 게 좋지 않겠어? 청소는 우리가 하면 되니까. 저 남자는 술에 취해서 자기가 무슨 짓을 하는지도 모를 거야. 굳이 그런 사람을 때릴 이유가 뭐 있겠나."

늙은 남자는 엄마를 바라보았다. 엄마가 그에게 말했다. "사과하고 이만 가보도록 하세요." 그는 무슨 말을 중얼거리면서 고무호스를 바닥에 떨어뜨렸다. 남자는 바지를 올리지도 않고 쇼핑카트를 끌고 가려고 했다.

"여기 계신 박사님을 봐서 네 놈을 살려준 거니까 그리 알아. 그리고 그 쇼핑카트는 여기 두고 가. 더러운 짓을 한 대가를 치러야 하지 않겠어. 앞으로는 이 동네에 얼씬거리지도 말라고."

엄마는 후안초를 만류하려고 했지만, 그 역시 술에 취해 제정신이 아니었기 때문에 아무 소용이 없었다. 그는 자율 순찰대원이라도 된 듯이 길길이 날뛰며 소리를 질렀다. 이제 그의 눈에는 흰자위가 보이지 않았다. 대신 그가 입고 있던 바지 색처럼 온통 검고 벌건빛으로 번득였다. 후안초는 남자가 쇼핑카트를 끌고 가지 못하게 하려고 앞을 가로막고 섰다. 나는 또 싸움이 벌어질까—후안초가 다시 발길질을 해 댈 것만 같았다—겁이 났지만 다행히 남자는 술이 깬 것 같았다. 그는 바지의 지퍼—그 바지에는 단추가 없었다—를 올리고 다시 길 한복판으로 걸어가기 시작했다. 아마 카타마르카 쪽으로 가는 모양이었다. 모두들 멀어져 가는 그의 뒷모습을 지켜보고 있었다. 스페인 사람들은 이런 젠장이라고 중얼거렸고, 코카의 아들들은 낄낄거리며 웃었다. 발레리아의 카센터 앞에서 놀던 여자아이들 중 일부는 자지러지게 웃는가 하면, 얼굴이 화끈거려 고개를 들지 못하는 아이도 있었다. 오라시오는 속으로 욕을 내뱉었다.

후안초가 쇼핑카트에서 빈 병을 하나 꺼내 남자를 향해 던졌지만, 아스팔트에 떨어지면서 박살이 나고 말았다. 그 소리에 놀란 남자는 뒤를 돌아보며 소리를 질렀지만, 무슨 말을 하는지 도무지 알아들을 수 없었다. 다른 나라 말(그런데 어느 나라 말일까?)을 한 건지 아니면 술에 취해 혀가 꼬여서 그런 소리를 낸 건지 우리로서는 알 길이 없었다. 그런데 다시 고함을 지르며 뒤를 쫓아간 후안초를 피해 지그재그로 도망가던 남자가 갑자기 멀쩡한 눈빛으로 엄마를 바라보더니 고개를 두 번 끄덕였다. 그러면서 무슨 말을 하려는 듯 입술을 달싹거렸고, 눈을 굴리면서 동네 전체, 아니 그 너머를 가리켰다. 그러곤 곧장 길모퉁이로 사라졌다. 후안초는 있는 힘을 다 썼는지 따라갈 엄두도 내지 못했다. 대신 한동안 악다구니를 썼다.

우리는 집으로 돌아갔다. 동네 사람들은 오후 내내, 아니 그 주 내내 그 사건을 놓고 수군거렸다. 오라시오는 호스로 물을 뿌리면서 내내 투덜거리기만 했다. 에잇, 빌어먹을 거지새끼들 재수 없게시리.

우리 동네에서 뭘 더 기대할 수 있겠니? 엄마가 말했다. 그러곤 페르시아나를 내렸다.

누군가가—후안초인 듯했다—투유티 거리 모퉁이에 세워 둔 쇼핑카트를 끌고 가더니 리타 부인의 집 앞에 세워 두었다. 리타 부인이 그 전해에 세상을 떠난 터라 그 집은 주인을 잃은 채 텅 비어 있었다. 며칠이 지나자 동네 사람들은 쇼핑카트를 거들떠보지도 않았다.

처음에는 그것 때문에 모두 신경이 쓰이는 눈치였다. 그 빈민굴 노인—그것 말고는 마땅히 부를 만한 호칭이 없었다—이 쇼핑카트를 찾으러 돌아올 거라 예상했기 때문이었다. 하지만 남자는 끝내 나타나지 않았다. 사람들은 거기에 있던 물건을 어떻게 처리해야 할지 몰라 망설이다가 결국 그 자리에 그대로 방치해 버렸다. 그러던 어느 날, 비가 오는 바람에 그 물건들은 모두 젖고 말았다. 비에 젖어 흐물흐물해진 종이 상자에서 악취가 났다. 카트에 담겨 있는 쓰레기 중에서 가장 냄새가 심했던 것은 상한 음식들이었던 것 같다. 냄새가 얼마나 지독했는지 사람들은 치울 엄두도 내지 못했다. 어쩔 수 없이 그 앞을 지나가야 하는 사람들은 충분한 거리를 두고 집이 있는 쪽으로 딱 붙어서 고개를 돌린 채 걸어갔다. 동네에서는 언제나 숨을 들이쉬기 어려울 만큼 역겨운 냄새가 났다. 그 냄새는 도랑 옆에 쌓인 푸르스름한 진흙탕에서 주로 났지만, 해 질 녘 리아추엘로 개천에서 바람을 타고 날아오기도 했다.

　모든 일은 그 쇼핑카트가 동네에 온 지 보름 후에 시작되었다. 어쩌면 그전부터 시작되었는지도 모르지만, 아무튼 그 무렵 동네에 불행한 사건 사고들이 연달아 일어났다. 동네 사람들은 돌아가는 낌새가 심상치 않다고 느끼기 시작했다. 제일 먼저 날벼락을 맞은 건 오라시오였다. 그는 시내에서 스테이크 식당을 운영하고 있었는데, 장사가 꽤 잘 되는 편이었다. 그러던 어느 날 밤, 영업을 마치고 매상을 정리하고 있는데, 갑자기 강도들이 들이닥쳐 그날 번 돈을 다 가져가 버렸다. 사실 그건 변두리에서 드물지 않게 일어나는 일이다. 하지만 그날 밤 오라시오는 경찰에 신고—대부분의 강도 사건과 마찬가지로 강도들이 복면을 쓰고 있었기 때문에 신고해 봐야 아무 소용도 없었지만—한 뒤 돈을 인출하기 위해 ATM에 갔는데, 확인 결과 계좌에는 단 한 푼도 남아 있지 않았다. 그는 당장 은행에 전화해서 난리를 부렸다. 그래도 분이 풀리지 않았는지 은행에 직접 찾아가 문을 발로 걷어차는가 하면, 이를 말리려던 은행원의 목을 비틀다가 결국 은행 지점장, 그리고 그다음에는 지역 총책임자를 찾아가 따지기도 했다. 하지만 아무 소용도 없었다. 누군가 돈을 모두 인출해 가는 바람에 계좌에는 한 푼도 남아 있지 않았다. 결국 오라시오는 하루아침에 파산하고 말았다. 결국엔 차도 헐값에 팔아야 했다.

대로변의 자동차 정비 공장에 다니던 코카의 두 아들도 별안간 일자리를 잃었다. 아무 예고도 없이 갑작스럽게 말이다. 공장 사장은 일언반구의 해명도 하지 않았다. 그들은 사장에게 고함을 지르고 욕설을 퍼부어 댔지만, 결국 쫓겨나고 말았다. 설상가상으로 코카가 받던 연금도 갑자기 끊겼다. 두 아들은 한 주 내내 일자리를 구하러 다녔지만, 일이 뜻대로 풀리지 않았고 그간 저축해 두었던 돈을 맥주 마시는 데 모두 탕진해 버렸다. 코카는 자리에 드러누운 채 죽고 싶다는 말만 입에 달고 살았다. 아무도 그들에게 돈을 빌려주지 않았다. 이제는 버스비 낼 돈도 없을 지경이었다.

잡화점을 운영하던 스페인 사람들도 문을 닫아야 했다. 단지 코카의 아들들과 오라시오 때문에 그렇게 된 것은 아니다. 동네 사람들 모두가 별안간 며칠 사이에 모든 것을 잃었기 때문이다. 동네 매점에 있던 물건들은 감쪽같이 사라져 버렸고 택시 운전사가 몰던 차도 도난당했다. 마리의 남편이자 그녀의 삶에 유일한 버팀목이던 미장이도 발판에서 떨어져 죽고 말았다. 부모들이 더 이상 학비를 댈 수 없게 되자, 여자아이들은 사립학교를 자퇴할 수밖에 없었다. 한 아이의 아버지가 운영하던 치과뿐 아니라, 어떤 어머니의 양장점에도 손님의 발길이 뚝 끊어진데다, 전기 합선으로 인해 정육점 냉동고도 모두 망가져 버렸기 때문이다.

그로부터 두 달이 지나자, 동네에서 전화를 가진 집이 단 한 군데도 없었다. 전화 요금을 낼 여유가 없었기 때문이다. 석 달 후, 전기 요금마저 낼 형편이 못 되자 전봇대에서 전선을 무단으로 끌어와 써야만 했다. 코카의 아들들은 시내에 나가 소매치기를 하다가, 그중 솜씨가 서툰 한 명이 결국 경찰에 체포되고 말았다. 그러던 어느 날 밤, 나머지 아들들도 집으로 돌아오지 않고 자취를 감추었다. 어쩌면 어디선가 살해되었는지도 모른다. 택시 운전사는 위험을 무릅쓰고 대로 맞은편으로 걸어갔다. 그의 말에 따르면 그곳은 모든 것이 제대로 돌아가고 있다고 했다. 흉흉한 일이 일어나기 시작한 지 석 달이 지날 때까지 대로 맞은편 상점에서는 외상으로 물건을 주곤 했다. 하지만 그 후로는 일절 외상을 주지 않았다.

오라시오는 집을 팔려고 내놓았다.

동네 사람들은 모두 문에 낡은 자물통을 채워 놓았

다. 단단한 자물쇠나 경보 장치를 살 돈이 없었기 때문이었다. 그런데도 집에서 물건들이 하나둘씩 없어지기 시작했다. 이웃 사람들이 텔레비전과 라디오, 그리고 스테레오와 컴퓨터 같은 가전제품들을 두어 명이 함께 들고 다니거나 쇼핑카트에 넣어 끌고 다니는 모습이 종종 보였다. 그들은 그것들을 대로 건너편의 전당포에 맡기거나 중고 가전제품 상점으로 가져갔다. 반면 서로 힘을 합쳐 집과 동네를 지키려는 이들도 있었다. 도둑들이 대문을 부수려고 하면 그들이 나서서 칼이나 총 등 손에 잡히는 대로 들고 맞서 싸웠다. 길모퉁이에서 청과물을 팔던 촐로는 고기를 구울 때 쓰던 쇠막대기로 택시 운전사의 두개골을 깨기도 했다. 처음에는 냉장고에 남아 있던 음식을 모아 동네 사람들에게 배급하려고 여자들이 모여 팔을 걷어붙였다. 하지만 일부 여자들이 거짓말을 하거나 자기 먹을 것을 몰래 챙긴 사실이 탄로 나자 흐지부지 끝나고 말았다.

코카는 키우던 고양이를 잡아먹더니 끝내 스스로 목숨을 끊었다. 그녀의 시신을 수습하고 무료로 매장해 달라고 부탁하기 위해 대로변에 있는 사회복지센터에 가야만 했다. 거기서 일하는 직원이 이것저것 물어보자 이웃 사람들은 아는 대로 말해 주었다. 그러고 나자 불행의 수렁으로 빠져든 세 블록의 현장을 취재하기 위해 텔레비전 방송국 카메라들이 속속 도착했다. 그들은 무엇보다 조금 더 먼 곳에 사는 이웃들—가령 네 블록 떨어진 곳에 사는 사람들—이 왜 그들에게 도움의 손길을 내밀어 연대하지 않는지 궁금해했다.

사회복지사들이 와서 음식을 나누어 주었지만 이로 인해 더 많은 싸움과 갈등이 빚어지고 말았다. 5개월이 지나자, 그동안 뻔질나게 동네에 오던 경찰들도 발길을 뚝 끊었다. 대로변의 가전제품 상점 쇼윈도에서 텔레비전을 보고 온 사람들에 따르면, 어느 채널을 틀어도 뉴스에는 우리 동네 소식만 나온다고 했다. 하지만 우리 동네는 곧 세상으로부터 완전히 고립되고 말았다. 우리 동네 사람들이 대로변에 나타나기만 하면 어떻게든 알아보고 쫓아 버리기 일쑤였다.

우리 가족은 그나마 아직 텔레비전과 전기, 그리고 가스와 전화가 있었기 때문에 고립된 상태에서도 그럭저럭 지낼 수 있었다. 물론 누가 물어보면 그런 것들이 어디 있냐며 정색을 했다. 우리는 집 안에 틀어박힌 채 모든 것을 숨기고 살았다. 길을 가다가 누군가와 마주치기라도 하면 거짓말을 늘어놓기 바빴다. 예를 들어 기르던 개를 잡아먹었다거나 심지어 집에서 키우던 화초도 뜯어 먹었다면서 말이다. 이제 얼마나 뻔뻔스러워졌는지, 우리 형 디에고는 스무 블록 떨어진 가게에서 외상으로 물건을 가져오기도 했다. 엄마는 출근할 때마다 남의 눈에 띄지 않게 이웃집 지붕 위로 뛰어다녔다(모든 집이 납작납작한 동네에서 그러기는 정말 힘들다). 그나마 아빠는 현금인출기에서 연금을 인출할 수 있었고, 우리는 아직 인터넷이 끊기지 않았기 때문에 온라인으로 각종 공과금을 냈다. 다행히 우리 집을 터는 사람은 아무도 없었다. 거의 의사 대접을 받던 엄마에 대한 존경심 때문일 수도 있지만, 우리 식구의 연기에 모두 감쪽같이 속아서 그랬던 건지도 모른다.

어느 날, 후안초는 먼 곳에 있는 슈퍼마켓에서 포도주를 훔친 뒤, 길가에 퍼질러 앉아 병째로 들이켜면서 악다구니를 써댔다.

"다 이 빌어먹을 카트 때문이야. 그 망할 비렁뱅이의 카트 때문이라고."

그는 몇 시간 동안 고래고래 악을 쓰다가, 또 몇 시간 동안 남의 집 대문과 창문을 주먹으로 치면서 돌아다녔다.

"그 카트 때문이야. 모든 게 그 늙은 거지 때문에 벌어진 일이란 말이야. 자, 어서 그놈을 찾으러 가야 해. 그

똥싸개 말이야. 빌어먹을 그놈이 우리한테 마쿰바*의 저주를 내린 거라고."

사실 우리 동네에서 후안초만큼 배를 곯은 사람도 없었다. 수중에 돈 한 푼 없던 그는 매일 집집마다 돌아다니며 동냥을 해서 근근이 먹고살았다(사람들은 겁이 나서, 아니면 불쌍해서 그의 손에 동전을 쥐여 주었다). 그날 밤, 후안초는 그 쇼핑카트에 불을 지르고 말았다. 동네 사람들은 창문으로 그 장면을 지켜보고 있었다. 후안초의 말에 일리가 있어. 모두들 그 카트 때문에 동네에 저주가 내린 거라고 믿었다. 저 안에 무언가 있을 거야. 그 노인네가 빈민굴에서 가져온 무시무시한 것이 숨겨져 있을지도 몰라.

그날 밤, 아빠는 할 이야기가 있다면서 우리를 부엌으로 불러 모았다. 이제 여기를 떠나야 할 것 같구나. 얼마 안 있으면 이곳 사람들도 우리만 끄떡없다는 것을 이상하게 여길 테니까 말이다. 가령 우리 옆집에 사는 마리만 해도 눈치챈 것 같아. 다른 건 몰라도 음식 냄새 숨기기는 정말 힘들거든. 우리가 아무리 조심한다고 해도 연기와 냄새가 문 아래나 창문 틈으로 새어 나갈 테니까.

---

* 브라질에서 비롯된 주술 신앙으로 부두교와 그리스도교가 혼합된 것이다. 아르헨티나의 도시 빈민들 사이에 널리 퍼져 있다.

우리도 더 이상 행운을 누리기 어려울 것 같구나. 상황이 점점 악화되고 있어. 엄마도 아빠의 말에 동의했다. 출근할 때 뒤쪽 천장에서 뛰어내리다가 동네 사람들한테 발각된 것 같다고 했다. 확실하지는 않지만, 자기를 노려보는 듯한 시선을 느꼈다고 했다. 디에고도 마찬가지였다. 어느 날 오후, 페르시아나를 열었더니 창문 앞을 기웃거리던 이웃들이 화들짝 놀라며 도망갔다고 했다. 그런데 어떤 이들은 달아나지도 않고 무서운 눈으로 자기를 노려보더란다. 나쁜 놈들 같으니. 제정신이 아닌데 무슨 짓인들 못 하겠어. 우리 식구는 집 안에만 틀어박혀서 지냈기 때문에 아무도 우리를 보지 못했다. 하지만 꼬리가 길면 잡히는 법, 하루빨리 집을 뜨는 것이 상책인 듯싶었다. 게다가 우리는 못 먹어 비쩍 마르지도, 수척해지지도 않았다. 우리는 충분히 겁에 질려 있었지만 두려움은 결코 절망과 같지 않았다.

우리는 아빠의 계획을 듣고 곰곰이 따져 보았지만, 그다지 설득력이 없었다. 이번에는 엄마 차례였다. 엄마의 계획은 아버지의 것보다 나았지만, 실현 가능성이 없어 보였다. 결국 우리는 디에고의 계획을 따르기로 했다. 형은 언제나 간단명료하면서 냉철하게 생각하는 습성이 있었다.

우리는 모두 자러 갔지만, 잠을 이루지 못했다. 밤 내내 뒤척거리던 끝에 형의 방문을 두드렸다. 형은 바닥에 앉아 있었다. 오랫동안 햇볕을 못 쬔 탓인지 얼굴이 백지장처럼 창백했다. 하긴 나머지도 다 마찬가지였다. 나는 형에게 후안초의 말이 맞는지 물어보았다. 그는 고개를 끄덕였다.

"우리가 무사한 건 다 엄마 덕분이야. 그날 엄마를 쳐다보던 그 노인의 눈빛이 어땠는지 봤니? 자리를 뜨기 전에 말이야. 엄마가 우리 모두를 구한 거라고."

"적어도 지금까지는 그렇지." 내가 말했다.

"지금까지는 그런 셈이지." 형이 말했다.

그날 밤, 어디선가 고기 타는 냄새가 났다. 얼핏 보니 엄마가 부엌에 있었다. 나는 엄마를 나무라기 위해 부엌으로 달려갔다. 엄마, 지금 제정신이에요? 아니 이 시간에 무슨 스테이크를 굽는다고 그래요? 이제 이웃 사람들도 다 눈치챘을 거라고요. 어쩌려고 이러는 거죠?

하지만 엄마는 빈 조리대 옆에서 벌벌 떨고만 있었다.

"저건 보통 고기가 아니야." 엄마가 말했다.

우리는 페르시아나를 열고 위를 쳐다보았다. 맞은편 집 테라스에서 연기가 피어오르고 있었다. 시꺼먼 연기였다. 더구나 우리가 익히 알고 있던 냄새하고는 전혀 달랐다.

"망할 놈의 늙은 비렁뱅이 같으니! 모든 게 그놈 때문
이라고!" 엄마는 말을 마치자마자 울음을 터뜨렸다.

EL
ALJIBE

내 속에서 잠자고 있는 이 어두운 것이
난 무서워요.
온종일 나는 깃털처럼 가볍고 부드러운 그것의 선회,
그것의 악의를 느낀답니다.
── 실비아 플라스, 「느릅나무」 중에서

호세피나는 여섯 살 때 후덥지근하고 답답하던 르노
12를 타고 여행 갔던 기억이 마치 엊그제 일처럼 선명
하게 떠올랐다. 크리스마스 직후라서 질식할 것만 같은
1월의 햇볕이 내리쬐고 있었다. 아버지는 거의 말을 하
지 않고 운전만 했다. 조수석에는 어머니가 앉아 있었
고, 뒷좌석에는 언니와 리타 할머니, 그리고 그사이에
호세피나가 끼어 있었다. 그때 하필 할머니가 귤껍질을
까는 바람에 안 그래도 후덥지근하던 차 안에 시큼한 냄
새가 진동했다. 외삼촌 집에서 휴가를 보내기 위해 코리
엔테스로 가는 길이었다. 하지만 여행에는 그 당시 호세
피나가 짐작조차 할 수 없었던 더 큰 목적이 있었다. 그
때 아무도 말을 많이 하지 않았던 기억이 났다. 할머니

와 어머니는 선글라스를 끼고 있었고, 트럭이 가까이 다가오거나 아버지에게 속도를 줄이라고 할 때만 입을 열었다. 그들은 사고가 일어나기를 기다리는 사람들처럼 잔뜩 긴장하고 경계하는 눈치였다.

그들은 무언가를 두려워하고 있었다. 언제나 두려움에 떨었다. 여름에 호세피나와 마리엘라가 가정용 풀장에서 놀고 싶어 하면, 할머니는 고작 10센티미터가량의 물을 채워 주었다. 그러곤 안마당 레몬 나무 그늘 아래 앉아 아이들이 물장구치는 것을 지켜보았다. 혹시나 손녀들이 놀다가 물에 빠져 허우적거리기라도 하면 곧장 달려오기 위해서였다. 호세피나는 자기와 언니가 자다가 조금만 열이 나도 무슨 큰일이라도 난 것처럼 울음을 터뜨리며 꼭두새벽에 의사와 앰뷸런스를 부르곤 했던 어머니의 모습이 떠올랐다. 흔한 감기만 걸려도 학교를 못 가게 했던 것도 기억났다. 어머니는 그녀가 친구의 집에서 자고 오는 것을 일절 허락하지 않았을 뿐만 아니라, 아이들과 길가에서 놀지도 못하게 했다. 그녀가 밖에서 친구들과 놀고 있으면, 어머니는 커튼 뒤에 몸을 숨긴 채 창문으로 그들을 감시하고 있었다. 마리엘라 언니는 밤에 침대 아래에서 무언가가 기어 다니는 것 같다면서 울곤 했다. 그래서 마리엘라는 불을 끄고 잠을 자지 못했다. 아버지처럼 겁을 내지 않는 건 호세피나뿐이었다. 적어도 코리엔테스로 여행을 떠날 때까지는 그랬다.

외삼촌 집에서 며칠이나 지냈는지, 그리고 해안의 산책로에 갔는지, 아니면 보행자 전용 도로로 걸어 다녔는지는 잘 기억나지 않았다. 하지만 이레네 부인의 집을 찾아갔던 것만큼은 또렷이 기억났다. 그날 하늘에는 구름이 잔뜩 끼어 있었지만, 폭풍우가 몰아치기 직전 여느 때의 코리엔테스처럼 푹푹 찌는 날씨였다. 아버지는 함께 가지 않았다. 이레네 부인의 집은 외삼촌 집에서 그리 멀지 않은 곳에 있었기 때문에, 네 사람은 클라리타 외숙모와 함께 걸어서 갔다. 그들은 이레네 부인을 절대 마녀라고 부르지 않았다. 대신 꼬박꼬박 여사님이라고 불렀다. 여사님의 집에는 잘 가꾸어진 아름다운 앞뜰이 있었는데, 화초와 나무가 조금 과하다 싶을 만큼 울창하게 우거져 있었다. 그리고 정원 한복판에는 하얗게 칠한 우물이 하나 있었다. 호세피나는 그 우물을 보자마자 할머니의 손을 뿌리치고 쪼르르 달려갔다. 안이 어떻게 생겼는지 보지 않고는 배길 수 없었기 때문이다. 겁에 질린 할머니가 울부짖으며 만류했지만, 그녀는 아랑곳하지 않고 우물가로 다가갔다. 어른들이 미처 막기도 전에 그녀는 우물 바닥과 저 깊은 곳에 괴어 있는 물을 보았다.

화가 난 어머니는 호세피나를 찰싹 때렸다. 보통 아이 같았으면 당장이라도 울음을 터뜨렸겠지만, 호세피나는 이미 그런 상황에 이골이 나 있었다. 어머니는 화를 참지 못한 채 때리고 나면 울음보가 터진 아이를 안아 주면서 "아가야, 아가야. 이게 무슨 일이니" 하며 달래 주었다. 일은 무슨 일. 그럴 때마다 그녀는 혼자서 구시렁거렸다. 누군가 자기를 밀지만 않는다면 우물 속에 뛰어들 일은 전혀 없었다. 단지 동화에 나오는 것처럼 물속에 자기 얼굴이 비치는지 알고 싶었을 뿐이었다. 금발에 달처럼 하얀 얼굴이 검은 물에 비치는지 말이다.

그날 오후, 호세피나는 여사님의 집에서 재미있게 놀았다. 호세피나가 제단 앞에 쌓여 있는 각종 공물과 음식을 신기한 듯이 들여다보는 동안, 그녀의 어머니와 할머니, 그리고 언니는 의자에 앉아 있었다. 그사이, 클라리타 외숙모는 마당에서 담배를 피우며 조용히 기다렸다. 여사님은 이런저런 말을 하거나 기도를 올렸지만, 별달리 이상한 점은 없었다. 괴상한 노래를 부른 것도, 집안이 연기로 자욱한 것도, 그렇다고 그녀 가족의 몸에 손을 댄 것도 아니었으니까 말이다. 여사님은 할머니와 어머니의 귀에 대고 소곤거렸다. 호세피나는 그녀가 무슨 말을 하는지 도저히 알아들을 수 없었다. 어차피 뭐라고 하든 전혀 신경 쓰지 않았다. 그보다 더 신기하고 재미난 구경거리가 많았기 때문이다. 제단 위에 털실로 짠 아기 신발과 다발로 묶어 놓은 생화와 드라이플라워, 컬러 및 흑백 사진들과 붉은 나비매듭으로 장식된 십자가들, 그리고 각종 성인화와 수많은 묵주—플라스틱으로 된 것과 나무로 된 것, 그리고 은도금 된 것도 있었다—들이 놓여 있었다. 그 밖에 할머니가 늘 기도드리던 흉한 모습의 성인, 자루가 긴 낫을 든 해골 모양의 산타 무에르테* 상도 있었다. 해골 성상은 조잡하고 엉성한 것부터 깊게 파인 새까만 눈구멍과 흰 이를 드러내며 히죽히죽 웃는 모습이 아주 정교하게 조각된 것까지 크기와 소재가 매우 다양했다.

얼마 지나지 않아 호세피나가 지루한 듯 몸을 비틀자, 여사님이 말했다. "아가야. 소파에서 좀 자는 게 어떻겠니? 이리 온." 그녀가 시킨 대로 의자에 앉은 호세피나는 곧장 곯아떨어졌다. 잠에서 깨어나 보니 날은 이미 저물어 밤이 이슥히 깊어 가고 있었다. 클라리타 외숙모

---

* 문자 그대로 해석하면 죽음의 성인이다. 파라과이와 아르헨티나 북부, 그리고 브라질 남부의 대중들이 숭배하는 해골 성상. 주로 손에 낫을 들고 있다.

는 기다리다 지친 나머지 혼자 집에 가 버렸고 넷은 알아서 집에 걸어가야만 했다. 호세피나는 여사님의 집을 나서기 전에 마지막으로 한 번 더 우물 안을 들여다보려고 했지만 엄두가 나지 않아 쭈뼛쭈뼛 망설이기만 하던 기억이 났다. 뒤를 돌아본 순간, 우물은 짙은 어둠 속에 잠겨 있었지만 산 라 무에르테 성상의 뼈처럼 하얗게 빛나고 있었다. 그녀가 두려움을 느낀 건 그때가 처음이었다. 며칠 뒤, 호세피나 가족은 부에노스아이레스로 돌아갔다. 집으로 돌아간 첫날 밤, 마리엘라가 전기스탠드를 끄자 호세피나는 무서워 잠을 이룰 수가 없었다.

마리엘라는 맞은편 작은 침대에서 깊이 잠들었고 전기스탠드는 이제 호세피나의 침대 옆 탁자 위에 놓여 있었다. 그녀는 헬로키티 시계의 형광 바늘이 새벽 세, 네 시를 가리킬 때까지 전혀 졸리지 않았다. 마리엘라는 인형을 품에 꼭 껴안고 있었는데, 호세피나는 희미한 어둠 속에서 인형의 플라스틱 눈이 사람의 눈처럼 빛나고 있는 것을 느꼈다. 한밤중에 닭 울음소리가 들리기도 했는데, 야심한 시간에 닭이 우는 것은 어떤 이가 곧 죽을 징조라는 말—대체 누구한테 그 말을 들었던 걸까?—이 떠올랐다. 불현듯 자기 머릿속에서 만들어진 이야기라는 생각이 스쳤고 불안에 떨며 서둘러 팔목의 맥을 짚어 보았다. 그녀는 열이 날 때마다 가슴에 손을 대고 심장 박동수를 확인하던 엄마를 보면서 그 방법을 배웠다. 심장이 너무 빠르게 뛰면 겁이 덜컥 나서 살려달라고 엄마 아빠를 부를 엄두도 내지 못했다. 반대로 맥박이 너무 느리면, 심장이 멈추지 않게 하려고 가슴에 손을 대고 있었다. 그녀는 때때로 시계의 분침에 시선을 고정시킨 채, 숫자를 세다 잠이 들곤 했다. 그러던 어느 날 밤, 자기 침대 바로 위 천장에 덧칠한 얼룩―위에서 물이 새서 수리한 흔적이다―이 뿔 달린 얼굴 형상을 하고 있다는 것을 알아차렸다. 악마의 얼굴이었다. 그녀는 그 사실을 마리엘라에게 이야기했다. 하지만 언니는 웃으며 얼룩이 오히려 구름처럼 생겼다고 했다. 그리고 무엇이든 너무 오래 보고 있으면 여러 가지 모양으로 보이기 마련이라는 말도 덧붙였다. 언니는 아무리 봐도 악마 같지는 않고 차라리 두 발로 서 있는 새와 비슷해 보인다고 했다. 또 어느 날 밤, 말 혹은 당나귀의 울음소리가 들렸다……. 저건 노새 혼령이 틀림없어. 그녀의 손이 땀으로 흥건해지기 시작했다. 들리는 말에 따르면, 그건 죽은 뒤 노새로 변해 잠시도 쉬지 못하고 밤이 되면 밖으로 나와 벌판을 가로질러 달려가는 어느 여인의 혼령이라고 했다. 이번에는 아버지에게 이야기를 털어놓았다. 아버지는 그녀의 이마에 입을 맞추며 터무니없는 소문일 뿐이라고 했다. 그날 오후, 그녀는 아버지가 어머니에게 소리를 질러대는 것을 들었다. "당장 당신 어머니한테 가서 애한테 헛소리 좀 그만하라고 해! 그러니까 저 아이 머릿속에 미신 같은 헛생각만 가득 차 있는 게 아니냐 말이야! 에잇, 무식한 노인네 같으니라고!" 외할머니는 손녀에게 그런 말을 한 적이 없다고 펄펄 뛰었고 그 말은 사실이었다. 호세피나 자신도 어디서 그런 말을 들었는지 전혀 몰랐으니까 말이다. 하지만 그녀는 그런 이야기를 잘 알고 있다는 느낌이 들었다. 마치 불에 덴 적이 없는데도 뜨거운 난로에 손을 대면 안 된다는 것, 그리고 가을이 되면 밤에 날이 쌀쌀해지니까 셔츠 위에 재킷을 걸쳐야 한다는 것을 아는 것과 마찬가지였다.

몇 년 후, 그녀는 정신과 의사 앞에 앉아 자신의 공포증을 하나씩 털어놓고 정당화하려고 애를 썼다. 천장의 얼룩에 관해서는 마리엘라의 말이 옳은 것 같아요. 아마 이상한 이야기는 모두 외할머니한테서 들었던 것 같아요. 코리엔테스 지방에서 예로부터 전해 내려오던 전설이나 신화의 일부분이니까요. 그 당시 이웃 중 한 분이

닭장을 가지고 있었던 것 같기도 하고요. 어쩌면 길모퉁이에 살던 고철상 아저씨가 기르던 노새의 울음소리였을지도 몰라요. 하지만 그녀는 자신이 한 어떤 해명도 사실이라고 여기지 않았다. 진료 때마다 병원에 따라간 어머니는 의사에게 자기뿐만 아니라 자기 어머니도 불안과 공포증에 시달리고 있다고 털어놓았다. 호세피나가 늘 두려움에 떠는 것 또한 모두 자기들 탓이라고 했다. 다행히 그들의 증세는 점차 호전되었고, 마리엘라도 더 이상 악몽에 시달리지 않았다. 그런 점에서 '호세의 병'도 시간이 지나면 저절로 치유될 것 같았다.

하지만 몇 년의 세월이 흐르자 호세피나는 아버지를 증오하게 되었다. 아버지가 오랫동안 자기를 집 안에 가두어 둔 것도 모자라 휴가철만 되면 여행을 떠나거나 주말에 외출이나 나갈 궁리만 하는 여인들 틈에 자기를 내팽개친 채 떠나 버렸기 때문이었다. 그사이, 그녀는 현관 앞에만 가도 현기증이 났다. 호세피나는 학교를 제대로 못 다니게 된 것뿐만 아니라, 학기 말에 어머니를 대동하고 학교에 시험 보러 가는 것마저도 싫었다. 또한 자기 집에 찾아오는 남자아이들이 모두 마리엘라의 친구라는 사실이 너무 싫었다. 사람들이 자기들끼리 모여 귓속말로 호세 어쩌고저쩌고 쑥덕거리는 것과 며칠이고 혼자 방 안에 틀어박혀 이야기를 읽는 것을 끔찍이도 싫어했다. 그런 이야기들이 밤마다 악몽으로 변했기 때문이다. 가령 아나이와 에리트리나 크리스타―갈리 꽃에 얽힌 전설*을 읽고 나면, 빨간 불길에 휩싸인 여인이 꿈에 나타났다. 그리고 쏙독새**에 관한 이야기를 읽고 나면, 잠자리에 들기 전에 꼭 새의 울음소리가 들렸다. 그런데 그 소리를 듣고 있으면 정말로 죽은 여자아이가 창가에서 울고 있는 것만 같았다. 그녀는 리아추엘로 강가에 다가가기만 해도 시커먼 물속에 잠겨 있던 몸뚱이들이 갑자기 튀어나올 것 같아 보카 지구***에 가지 못했다. 그리고 왠지 누군가의 차디찬 손이 다리를 어루

---

* 남아메리카 과라니 음비아 부족에서 전해 내려오는 전설로, 아나이는 가족 중 막내라는 뜻이다. 아름다운 목소리로 유명하던 아나이는 스페인 사람들의 침략으로 포로가 되었지만 경비병을 죽이고 탈출한다. 하지만 다시 침략자들의 손에 붙잡혀 노래를 부르며 화형을 당하고 만다. 그녀가 화염에 휩싸여 죽은 자리에 빨간색 꽃―에리트리나 크리스타 갈리―이 피어났다고 전해진다.

** 주로 야행성으로 입이 큰 것이 특징이다. 아르헨티나에서 전해지는 전설에 따르면, 자기 동생을 구박하던 못된 누나가 있었는데, 어느 날 참다못한 동생이 누나를 데리고 나무 위로 올라간다. 동생은 자기가 꿀을 따올 때까지 거기서 꼼짝 말고 있으라고 한 뒤, 내려오면서 나뭇가지를 모두 잘라버린다. 동생이 돌아오지 않자 두려워진 누나는 내려오지도 못한 채 동생의 이름―"투라이, 투라이"―을 부르며 울다 새로 변했다고 한다.

*** 부에노스아이레스 동쪽, 리아추엘로 강어귀에 위치한 노동자 주거 지구. 초기에는 이탈리아 이민자들이 모여 살았다.

만질 것만 같아 속살을 드러내고는 잠을 이루지 못했다. 어머니는 외출할 일이 생기면 언제나 그녀를 리타 할머니에게 맡겨 놓곤 했다. 그런데 어머니가 30분만 늦게 와도 호세피나는 구토를 일으켰다. 혹시라도 어머니가 교통사고로 돌아가셨을지 모른다는 두려움 때문이었다. 그녀는 돌아가신 할아버지의 영정 사진 앞에서 좌우로 뛰어다니곤 했다. 한 번도 본 적이 없는 할아버지였지만, 그렇게 하면 그의 검은 눈동자가 자기를 좇아오는 것 같았기 때문이다. 그리고 엄마의 오래된 피아노가 있는 방 근처에도 가지 않았다. 아무도 피아노를 치지 않을 때는 악마의 차지라는 것을 알고 있었기 때문이다.

호세피나는 기름기가 잔뜩 껴서 물에 젖은 것처럼 번들거리는 머리를 한 채, 소파에 앉아 잃어버린 세상이 눈앞에서 사라지는 모습을 지켜보곤 했다. 심지어 언니의 열다섯 번째 생일 파티에도 가지 않았다. 물론 자신의 결정을 마리엘라가 고마워한다는 것을 알고 있었다. 그녀는 여러 해 동안 이 병원 저 병원을 옮겨 다녔지만, 뾰족한 해결책을 찾지 못했다. 그러나 다행히 어떤 약을 복용한 덕분에 중등교육 과정을 시작할 수 있었다. 하지만 그것도 3학년 때까지 뿐이었다. 그 무렵, 학교 복도를 돌아다니다가 파티에서 술 마시고 놀 계획을 쑥덕거리던 남자아이들의 목소리 속에서 다른 소리가 들리기 시작했다. 그리고 화장실 변기에 앉아 소변을 누고 있는 동안에는 누군가가 맨발로 타일 위를 걸어가는 모습이 보이기도 했다. 그 말을 들은 한 친구는 오래전 깃대에 목을 매어 자살한 수녀의 혼령이 틀림없다고 했다. 그녀의 어머니와 교장 선생님, 그리고 학교 상담사가 학교 운동장에서 자살한 수녀는 없다고 여러 차례 말을 했지만, 아무 소용이 없었다. 호세피나는 예수의 성스러운 심장, 그리스도의 갈라진 가슴에서 피가 쏟아져 얼굴을 벌겋게 적시거나, 바위틈 무덤에서 나사로가 창백하고 썩어가는 몸을 일으키거나, 천사가 자기를 겁탈하려 하는 악몽에 시달렸다.

그녀는 집에서 혼자 공부를 해야 했고, 학기 말이면 시험을 치르기 위해 의사의 진단서를 가지고 학교에 갔다. 반면 마리엘라는 새벽이 다 되어서야 집에 돌아오곤 했다. 끼익하는 소리와 함께 차가 대문 앞에 멈추어 서면, 마리엘라와 떠들썩한 밤을 보낸 남자아이들이 왁자지껄 떠드는 소리가 들렸다. 호세피나로서는 상상조차 못 할 일이었다. 전화 요금이 감당하지 못할 정도로 많이 나오자 어머니가 고래고래 소리를 질러 댔지만, 마리엘라가 부러웠다. 호세피나는 말동무가 되어 줄 사람만 있다면 더 바랄 게 없었다. 그녀는 집단 치료에 참여했지만, 아무 효과도 없었다. 거기에는 부모가 안 계시거나 폭력으로 얼룩진 유년 시절을 보내는 등 심각한 문제를 안고 있는 아이들이 대부분이라서 입만 열었다 하면 마약과 섹스, 그리고 거식증과 애정 결핍에 관한 이야기뿐이었다. 그렇지만 그녀는 왕복으로 택시를 타고 계속 그 자리에 나갔다. 갈 때마다 늘 같은 택시 운전사를 불렀는데, 그는 미리 대문 앞에서 대기해 주었다. 택시를 기다리느라 거리에 혼자 있으면, 현기증이 나면서 가슴이 죄여 제대로 숨을 쉴 수 없었기 때문이다. 게다가 그녀는 코리엔테스에 다녀온 이후로 버스를 타본 적이 없었다. 지하철을 타본 적은 딱 한 번 있었는데, 그때 얼마나 악을 쓰고 소리를 질러댔는지 나중에는 목소리도 제대로 나오지 않을 정도였다. 함께 있던 어머니는 그녀를 데리고 그다음 정거장에서 내릴 수밖에 없었다. 그때, 어머니는 그녀의 손을 낚아채 계단으로 질질 끌고 올라갔지만, 호세피나는 아무렇지도 않았다. 그녀는 어떤 수를 써서라도 밀폐된 공간과 귀를 찢는 굉음, 그리고 굽이치며 이어지는 암흑의 세계에서 벗어나야만 했기 때문이다.

병원에서 새로 받은 하늘색 알약은 연구실에서 막 나온 듯 반짝거렸다. 임상시험용으로 나온 약이지만 삼키기 쉬웠다. 그리고 복용한 지 얼마 되지 않아 보도가 더이상 지뢰밭으로 보이지 않을 뿐만 아니라, 꿈을 꾸지 않고도—꿈을 꾸었다고 해도 전혀 기억나지 않았다—깊게 잠들 수 있었다. 어느 날 밤에는 스탠드 전등을 껐는데도, 이불이 무덤처럼 차디차게 느껴지지 않았다. 그녀는 여전히 두려워했지만, 적어도 가는 도중에 죽을 것이라는 불길한 예감에 사로잡히지 않고 혼자서 신문 가판대까지 갈 수 있을 정도가 되었다. 마리엘라는 호세피나보다 더 신나 보였다. 마리엘라가 같이 나가서 차를 마시자고 했을 때, 호세피나는 용기를 내어 따라나섰다—물론 왕복으로 택시를 탔다—. 그날 오후, 그녀는 난생처음 언니와 즐겁게 이야기를 나누었다. 그녀의 입에서 영화 보러 가자는 말이 나왔을 때는 스스로도 깜짝 놀랐다(마리엘라는 필요하면 중간에 같이 나오겠노라 약속했다). 심지어 강의실에 학생이 너무 많지 않고 유리창이나 문 근처에 앉을 수만 있다면 대학에 가보고 싶다는 뜻을 내비치기도 했다. 그 말을 듣자, 마리엘라는 주변의 시선에 아랑곳하지 않고 그녀를 와락 껴안았다. 그 바람에 커피잔이 바닥에 떨어져 반으로 쪼개지고 말았다. 웨이터도 미소를 지으며 깨진 잔을 치웠다. 그도 그럴 수밖에 없었던 것이 마리엘라가 너무 아름다웠기 때문이었다. 찰랑거리듯 얼굴 위로 흘러내린 금발 머리, 항상 촉촉하게 젖어 있는 두툼한 입술, 그리고 검은색 아이라인이 그려진 초록색 눈동자를 본 사람이라면 누구든 그녀에게 반하지 않을 수 없었으니까.

그들은 그 후로도 여러 번 차를 마시러 나갔다―아쉽게도 영화를 보러 갈 기회는 좀처럼 오지 않았다―. 그러던 어느 날 오후, 마리엘라는 호세피나가 좋아할 만한 여러 전공―인류학, 사회학, 문학― 안내 책자를 갖다 주었다. 하지만 무슨 일인지 초조해 보였다. 물론 언제라도 호세피나를 집으로 데려가거나 병원으로 옮기기 위해 택시―최악의 경우에는 앰뷸런스―를 부를 각오를 하고 있던 첫 나들이 때만큼 조마조마해 보이지는 않았다. 마리엘라는 긴 금발 머리를 귀 뒤로 넘기면서 담배를 물었다.

"호세, 말할 게 있어." 그녀가 말했다.

"뭔데?"

"우리가 코리엔테스에 갔던 거 기억나? 넌 여섯 살이

고, 내가 여덟 살 때…….”

“응.”

“그럼 어느 마녀의 집에 갔던 것도 기억하니? 거긴 엄마랑 할머니 때문에 갔던 거야. 엄마나 할머니는 너처럼 항상 두려움에 떨었거든. 그래서 치료받으러 간 거지.”

호세피나의 주의가 집중되었다. 갑자기 심장이 두방망이질하듯 빠르게 뛰어, 숨을 깊게 들이마시고 땀에 젖은 손을 바지에 문질러 닦았다. 정신과 의사가 권유한 바대로(의사는 그녀에게 말하곤 했다. 두려움이 밀려오면 아무거나 상관없으니까, 다른 일에 신경 쓰도록 해봐요. 가령 옆 사람이 무엇을 읽고 있는지 유심히 살펴보는 것도 괜찮을 거예요. 아니면 광고판을 읽는다든지, 도로에 빨간색 차가 몇 대나 지나가는지 세어보는 것도 나쁘지 않아요) 언니의 말에 집중하려고 노력했다.

“그때 마녀가 그랬어. 다시 그런 일이 생기면 자기한테 찾아오라고 말이야. 그 말이 진심이라면 네가 한번 찾아가 보는 것도 나쁘지 않을 것 같아. 이제 많이 좋아졌으니까. 허튼소리라는 건 나도 다 알아. 시골 미신이나 좋아하는 걸 보면 난 할머니를 닮았나 봐. 어쨌든 간에 할머니랑 엄마는 거기 갔다 오고 나서 다 괜찮아졌잖아. 안 그래?”

"언니, 나는 차 타고 그렇게 멀리 갈 수 없어. 언니도 잘 알잖아."

"그럼 내가 따라갈까? 너만 좋다면 같이 가 줄 수 있어. 정말이야. 우리 둘이서 근사하게 계획을 세워보자."

"아무래도 안 되겠어. 난 못 가."

"알았으니까 천천히 잘 생각해 봐. 내가 뭘 알겠냐마는 어떻게든 널 도와주고 싶어. 진심이야."

어느 날 아침, 대학 등록을 하러 집을 나서던 호세피나는 대문에서 택시까지의 거리가 까마득히 멀게만 느껴졌다. 보도에 발을 내딛기도 전에 이미 무릎을 후들후들 떨면서 울고 있었다. 며칠 전부터 약의 효과가 점점 떨어지기 시작하더니 결국 증세가 도로 악화되었다. 폐 속에 공기를 가득 채울 수도 없었기에 숨 쉬는 것에 병적으로 신경 쓸 수밖에 없었다. 마치 호흡기가 제대로 기능하도록 직접 공기 흡입을 조절하고, 목숨을 부지하기 위해 스스로에게 구강 대 구강 심폐소생술을 행하고 있는 것처럼 말이다. 그녀는 방 안에 있던 물건의 위치가 조금 바뀐 것을 보고 마비 증세를 보였다. 조금의 어둠도 견디지 못했기 때문에, 잠들기 위해서는 탁자 위의 전기스탠드뿐만 아니라, 천장 전등과 텔레비전도 다시

켜놓아야 했다. 그녀는 이런 증상들을 언제나 예상하고 있었고 조금이라도 조짐이 보이면 곧바로 알아차렸다. 그러다 처음으로 이 체념과 절망감의 밑바닥에 무언가가 도사리고 있다는 것을 느꼈다. 분노가 치밀었다. 그녀는 이미 지칠 대로 지쳐 있었다. 하지만 팔다리가 심하게 떨리고 가슴이 두근거린다고 다시 침대로 돌아가고 싶지는 않았다. 고작 정신병원에서 개인 간호사의 감시를 받으며 살아갈 남은 인생을 떠올리기 위해 잠옷 바람으로 몸을 질질 끌며 소파에 가고 싶지 않았다. 그리고 자살로 삶을 마무리할 자신도 없었다. 죽는 것이 너무 무서웠다!

한편 그녀는 코리엔테스와 여사님에 대해 생각하기 시작했다. 그곳에 가기 전 자신의 삶이 어땠는지도 생각했다. 침대 옆에 웅크리고 앉아 제발 폭풍우를 멈추게 해 달라고 울면서 기도하던 외할머니의 모습이 떠올랐다. 외할머니는 번개와 천둥이 치는 것은 물론, 심지어 비만 와도 무서워 벌벌 떨었다. 거리가 물에 잠길 때마다 눈이 휘둥그레져서 창밖을 내다보다가 비가 그치지 않으면 모두 물에 떠내려갈 것이라고 고래고래 악을 쓰던 어머니의 모습도 떠올랐다. 또 동네 남자아이들이 찾아와 같이 놀자고 해도 들은 척도 않고, 빼앗기기라도 할까 봐 인형만 꼭 껴안고 있던 마리엘라의 모습도 떠올랐다. 아버지가 일주일에 한 번씩 어머니를 정신과 의사에게 데려가던 것도 떠올랐다. 그럴 때마다 어머니는 늘 비몽사몽 한 상태로 돌아와 곧장 침대로 갔다. 그리고 잡일을 거들어 주고, 집 밖으로 나가기 싫어하던─정확히 말하면 나갈 수가 없었다. 호세피나는 이제야 그 사실을 알았다─ 할머니를 대신해 연금을 타다 주던 카르멘 부인도 생각이 났다. 카르멘 부인은 10년 전에 돌아가셨다. 할머니보다 2년 먼저 돌아가신 셈이다. 그런데 코리엔테스에 다녀온 뒤로 카르멘 부인은 차를 마실 때만 집에 오셨다. 할머니의 칩거 생활과 두려움이 모두 끝났기 때문이었다. 적어도 그들은 그랬다. 하지만 호세피나에게는 모든 것이 시작되고 있었다.

　코리엔테스에서 대체 무슨 일이 일어났던 걸까? 여사님이 깜박 잊고 그녀를 '고쳐 주지' 않았던 걸까? 하지만 그 당시만 해도 호세피나는 불안해하거나 두려워하지 않았기 때문에 고칠 것이 전혀 없었다. 그러나 얼마 지나지 않아 그녀에게서 할머니, 어머니와 같은 증세가 나타나기 시작했다. 그런데 왜 그들은 호세피나를 여사님에게 데려가지 않았던 걸까? 그녀를 그다지 사랑하지 않았기 때문일까? 만약 마리엘라가 잘못 짚은 것이라면? 호세피나의 분노는 한계에 도달했다. 만약 마음의 위안을 찾지 못한다면, 그래서 분노에 이끌려 장거리 버스를 타고 여사님한테 가지 않는다면, 고립 상태에서 끝내 벗어나지 못할 것만 같았다. 죽는 한이 있더라도 한번 가보는 것이 좋을 것 같았다.

그녀는 새벽부터 마리엘라가 깨기만을 기다렸다. 언니가 일어나자 정신이 들게 하려고 커피를 내려 주었다.

"언니, 같이 가자. 나도 한번 가보고 싶어."

"어디를 간다는 거니?"

호세피나는 언니가 그런 말을 한 적 없다고 잡아뗄까 봐 두려웠다. 다행히 마리엘라는 술이 덜 깨서 무슨 소리인지 알아듣지 못했을 뿐이었다.

"코리엔테스 말이야. 마녀한테 찾아가 보자고."

그 말을 듣고 정신이 번쩍 든 마리엘라는 그녀를 빤히 바라보았다.

"너 정말이니?"

"그동안 곰곰이 생각해 봤어. 일단 약을 듬뿍 먹고 버스에서 푹 자면 괜찮을 거야. 혹시 가다가 문제가 생기면 말이야…… 언니가 알아서 약을 더 먹여줘. 그 약은 많이 먹어도 아무 탈이 없으니까 괜찮아. 기껏해야 죽은 듯이 자겠지."

호세피나는 비몽사몽간에 버스에 올라탔다. 벤치에서 언니 옆에 앉아 버스를 기다리는 동안, 가방에 머리를 기댄 채 코를 골았다. 마리엘라는 그녀가 약 다섯 알을 세븐업 한 모금에 꿀꺽 삼켜 버리자 깜짝 놀랐지만, 아무 말도 하지 않았다. 약은 확실히 효과가 있었다. 호세피나가 코리엔테스 버스 터미널에 도착해서야 잠에서 깼으니 말이다. 오래 자기는 했지만, 입안에 신맛이 돌고 머리가 욱신거렸다. 마리엘라는 택시를 타고 외삼촌 집에 가는 내내 동생을 안아 주었다. 그사이 호세피나는 혹시라도 이가 부러질까 두려워 어금니를 악물지 않으려고 애를 썼다. 그녀는 자기를 기다리고 있던 클라리타 외숙모의 방으로 곧장 갔다. 호세피나는 먹을 것이나 마실 것은커녕, 친척들과 인사를 나누지도 않았다. 그녀는 턱이 아파서 약을 삼킬 수 있을 정도로만 입을 벌렸다. 그녀가 마녀를 보러 간다고 하자, 증오와 공포가 번득이던 어머니의 눈을, "그래 봐야 아무 소용없다는 걸 알 텐데"라고 하던 의기양양한 목소리를 잊을 수 없었다. 그 순간, 마리엘라는 화를 억누르지 못하고 어머니에게 소리를 버럭 질렀다. "이런 망할 할망구 같으니!" 어머니가 무슨 말을 해도 그녀는 들으려고 하지 않았다. 마리엘라는 호세피나와 함께 방 안에 틀어박혀 입을 굳게 다문 채, 담배를 피우고 코리엔테스의 더운 날씨에 입기 좋은 시원한 셔츠와 바지를 고르면서 밤을 꼬박 새웠다. 그들이 터미널을 향해 출발했을 때, 호세피나는 이미 약 기운에 취해 있었지만 어머니가 배웅하러 방에서 나오지도 않았다는 것 정도는 알아차릴 수 있었다.

클라리타 외숙모는 여사님이 전과 같은 곳에서 살고 있지만 이제 너무 늙어서 더 이상 손님을 받지 못한다고 알려 주었다. 하지만 마리엘라도 쉽사리 물러서지 않았다. 우린 그분을 만나러 이 먼 코리엔테스까지 달려온 거라고요. 그녀가 우리를 만나 줄 때까지 절대 떠나지 않을 거예요. 그 순간, 호세피나는 클라리타 외숙모의 눈에서 두려움의 빛이 스쳐 지나가는 것을 보았다. 그날 아침, 어머니의 눈에서 본 것과 똑같은 것이었다. 외숙모의 표정으로 보아 이번에는 거기까지 데려다주지 않을 것이 분명했다. 호세피나는 마리엘라의 고함("빌어먹을, 도대체 왜 그러는 거예요? 왜 외숙모마저 내 동생을 안 도와주려는 거죠? 이 아이가 어떤 상태인지 좀 보라고요!")을 막기 위해 그녀의 팔을 잡아끌고 소곤거렸다. 우리끼리 가자. 여사님의 집까지 세 블록—수 킬로미터나 되는 것처럼 멀게만 느껴졌다—을 걸어가는 동안, 이 아이가 어떤 상태인지 좀 보라고요!라던 언니의 말이 떠오르자 은근히 부아가 치밀었다. 머리만 빠지지 않았더라도, 그리고 이마 위 두피가 보이는 곳에 붉은 얼룩만 없었더라도, 꽤 예쁘다는 소리를 들었을 것이다. 최소한 한 블록을 걸어갈 수만 있었더라도, 길고 튼튼한 다리를 가질 수 있었을 것이다. 만약 화장할 일이 있고 보여줄 사람만 있었더라도, 얼굴을 곱게 단장하는 법을 알았을 것이다. 손톱을 물어뜯어 속살이 드러나지만 않았더라도, 손이 참 곱다는 소리를 들었을 것이다. 햇볕을 더 많이 쪼였더라면, 피부는 마리엘라만큼이나 금빛으로 빛났을 것이다. 잠을 깊게 자고 텔레비전이나 인터넷 말고 다른 일로 즐겁게 하루를 보냈더라면, 지금처럼 두 눈이 벌겋게 충혈되지도, 움푹 들어가지도 않았을 것이다.

여사님의 집에는 초인종이 없었기 때문에 마리엘라는 마당에서 문을 열어 달라고 손바닥을 부딪혀 큰 소리를 내야만 했다. 호세피나는 제대로 가꾸지 않아 엉망이 된 정원을 둘러보았다. 연일 계속되는 더위에 시들어버린 장미, 축 늘어진 백합, 그리고 사람 키 높이로 자라 사방을 뒤덮고 있는 운향*. 마침내 호세피나는 잡초 사

---

* 미나릿과에 속한 여러해살이풀.

이에 거의 파묻혀 있다시피 하던 우물을 찾아냈다. 전에 봤던 하얀 페인트는 벗겨져 아래 있던 붉은 벽돌이 드러나 있었다. 바로 그 순간, 여사님이 문지방에 모습을 드러냈다.

여사님은 그들을 곧바로 알아보고 집 안으로 들어오게 했다. 마치 기다리고 있었던 것처럼 말이다. 제단은 여전히 그 자리에 있었지만, 예전보다 세 배나 많이 차려진 공물과 교회의 십자가만큼이나 큰 산 라 무에르테 상이 있었다. 깊게 파인 눈구멍 안에서 불빛이 깜박거렸는데, 크리스마스트리 전구를 집어넣은 것이 분명했다. 그녀는 호세피나가 약 20년 전에 잠들었던 그 소파에 앉으라고 권했다. 하지만 그 순간 구역질이 시작되는 바람에 여사님은 양동이를 가지러 뛰어가야만 했다. 창자액까지 다 토해 낸 호세피나는 심장이 목구멍을 막는 것 같았다. 그때 여사님이 그녀의 이마에 손을 얹었다.

"숨을 깊이 들이마셔, 아가야. 그래, 천천히."

호세피나는 그녀가 시킨 대로 했다. 폐 속에 공기가 가득 들어오자 몇 년 만에 처음으로 편안한 기분이 들었다. 갈비뼈 안에 갇혀 꼼짝도 못 하던 폐는 자유롭게 움직이기 시작했다. 호세피나는 갑자기 울고 싶어졌다. 그리고 그녀에게 고마움을 표하고 싶었다. 그녀는 지금 여사님이 자기의 병을 고쳐 주고 있다고 확신했다. 하지만 이를 꽉 깨물고 미소를 지어 보이면서 고개를 들어 그녀의 눈을 쳐다보는 순간, 여사님의 얼굴에는 슬픔과 후회의 빛이 역력하게 나타났다.

"애야, 너한테 아무것도 해줄 수가 없구나. 옛날에 너와 함께 여기 왔을 때, 그들의 상태는 이미 손을 쓸 수 없는 지경이었지. 그래서 그것을 저 우물 속에 집어던질 수밖에 없었어. 그때 나는 내가 성자들로부터 결코 용서받지 못할 짓을 저지르고 말았다는 것을, 또 아냐*가 너를 다시 이곳으로 데려오리라는 것을 이미 알고 있었단다."

호세피나는 고개를 저었다. 몸이 한결 가뿐해졌기 때문이었다. 저 마녀가 대체 무슨 말을 하는 거지? 클라리타 외숙모의 말처럼 정말 나이가 들어서 정신이 오락가락하는 건가? 하지만 여사님은 땅이 꺼질 듯 한숨을 내쉬며 자리에서 일어나 제단으로 가더니, 오래된 사진 한 장을 가지고 왔다. 호세피나는 사진 속의 인물이 누구인지 금세 알아보았다. 어머니와 할머니였다. 할머니와 어머니는 소파의 양 끝에 앉아 있고, 마리엘라는 그 중간

---

* 남아메리카 과라니 인디오의 전설에 등장하는 악의 화신이자 악의 정령으로, 인간들의 마음에 악과 저주를 불러일으킨다.

오른쪽에 자리 잡고 있었다. 왼쪽의 빈자리는 아마 호세 피나가 앉았어야 할 곳인 듯했다.

"저 사진만 보면 안쓰러운 마음이 들어 견딜 수가 없어. 저 세 사람은 모두 사악한 생각을 품고 있고, 늘 닭살이 돋아 있어. 오랜 세월 동안 저주에 시달려 왔지. 저들의 얼굴을 보기만 해도 깜짝깜짝 놀라면서 트림이 나왔단다. 그런데 내가 가진 힘으로는 불행을 몰고 오는 사악한 기운을 저들의 마음에서 몰아낼 수 없었어."

"사악한 기운이라니, 그게 무슨 말이죠?"

"아주 오래된 액운을 말하는 거란다, 얘야. 그건 말로 표현할 수 없는 거야." 여사님은 성호를 그었다. "두 가지 빛을 비춰 주는 그리스도도 어떻게 할 수가 없었지. 그만큼 오래전부터 이 세상에 존재했다는 거야. 저 세 사람은 사악한 기운에 엄청나게 시달렸지. 하지만 얘야, 넌 그렇지 않았단다. 신기하게도 너는 괴롭히지 않더구나. 왜 그랬는지는 나도 모르겠어."

"뭐가 나를 괴롭히지 않았다는 거죠?"

"사악한 기운이 말이다! 그건 말로 표현할 수 없단다." 여사님은 입술에 손가락을 대며 조용히 하라고 했다. 그러곤 지그시 눈을 감았다. "아무리 애를 써 봐도 세 사람한테서 썩은 부분을 끄집어내 내 안에 집어넣을 수 없더구나. 내게는 그럴 만한 힘이 없었으니까. 이 세상에서 그런 힘을 가진 이는 아무도 없단다. 그것을 밖으로 흘러나오게 해서 몸과 마음을 깨끗이 씻을 수 없었던 거지. 내가 할 수 있는 일이라고는, 고작 그것들을 다른 사람에게 넘겨주는 것밖에 없었어. 결국 그렇게 했어. 그것들을 너한테 보내고 말았단다, 애야. 네가 여기서 자는 동안 말이다. 그때 산 라 무에르테께서는 순수한 영혼을 가진 너에게 고통을 주지는 않겠다고 말씀하셨어. 그런데 결국 이렇게 된 걸 보면 산 라 무에르테께서 내게 거짓말을 하셨든지, 내가 그분의 말을 잘못 알아들었든지, 둘 중 하나겠지. 그때 세 사람은 제발 그것들을 너한테 보내 달라고 하더구나. 앞으로 너를 잘 보살펴 줄 테니 걱정 말라고 하면서 말이다. 하지만 그들은 약속을 지키지 않았지. 나는 그것을 던져 버릴 수밖에 없었어. 사진을 저 우물 속에 집어던진 거야. 하지만 다시 꺼낼 수는 없어. 이젠 네 안에서 그것을 절대 끄집어낼 수 없단다. 사악한 기운은 물속에 버린 네 사진 속에 깃들려 있으니까 말이다. 그리고 지금쯤 그 사진은 이미 다 썩어 버렸을 거야. 아무튼 사악한 기운들은 저 우물 속 사진에 남아 있었지. 네게 달라붙은 채로 말이야.”

말을 마친 여사님은 두 손으로 얼굴을 감싸 쥐었다. 호세피나가 보기에, 마리엘라는 몰래 우는 것 같았다. 하지만 그녀의 마음을 조금이라도 헤아려 보고자 일부러 못 본 체했다.

"얘야, 그들은 자기들만 살려고 했던 거야. 네 언니도 마찬가지고." 그녀는 마리엘라를 가리키며 말했다. "아주 어린아이였지만, 무서울 정도로 영악했지."

호세피나는 숨을 참고 다리에 다시 힘을 주며 자리에서 일어났다. 오래 버티지는 못할 거야. 그녀도 잘 알고 있었다. 하지만 제발 저 우물로 달려가 그 안에 고인 빗물 속으로 몸을 던질 때까지만 버텨줘. 조금만 더 힘을 내. 그래서 끝도 없는 바닥으로 떨어져 사진과 배반을 품고 물에 빠져 죽으면 좋으련만. 여사님과 마리엘라는 그녀를 따라오지 않았다. 호세피나는 있는 힘을 다해 달렸다. 간신히 우물가에 다다랐지만, 땀에 젖은 손이 미끄러지면서 무릎이 뻣뻣하게 굳어 버렸다. 이제 기어 올라가기는 다 틀린 것 같았다. 그래도 남은 힘을 다해 올라가 물속에 비친 자기 얼굴을 보는 순간, 아래로 뛰어내리기가 너무너무 무서워 높이 자란 풀 속에 풀썩 주저앉아 목메어 울었다.

RAMBLA
TRISTE

슬픔에 젖은 람블라 거리

현명하고, 비겁하게, 도시는
복수한다.
—마누엘 델가도

감기—그녀는 비행기만 타면 언제나 감기에 걸렸
다—로 코가 막혀 후각에 이상이 생긴 것일 수 있다. 그
런 것이 틀림없다. 하지만 코를 풀고 숨을 들이마실 수
있게 되자, 오히려 냄새는 더 심해졌다. 바르셀로나가
원래 더러웠는지는 잘 기억나지 않는다. 적어도 5년 전,
그곳에 처음 갔을 때는 그렇지 않았다. 감기 때문인 것
이 분명했다. 콧속에 콧물이 고여 고약한 냄새가 났는
지도 모른다. 몇 블록을 걸어가는 동안에는 아무 냄새
도 나지 않았는데, 갑자기 악취가 나면서 울컥 구역질
이 솟았다. 길가에 널브러진 개의 사체가 썩는 냄새, 냉
장고에 넣어 두고 깜박 잊는 바람에 자줏빛으로 변해 버
린 고기에서 나는 냄새 같았다. 이 냄새는 어딘가에 숨
어 있다가, 눈 깜짝할 사이에 새어 나와 가장 아름다운

거리와 하늘이 보이지 않을 만큼 많은 옷이 빼곡히 걸린 발코니의 그림 같은 풍경을 망쳐 버리고 말았다. 그 냄새는 결국 람블라스 거리까지 퍼졌다. 소피아는 다른 관광객들도 자기처럼 코를 찡그리고 있지 않은지 보려고 사방을 두리번거렸다. 하지만 불쾌한 표정을 짓는 사람은 없었다. 어쩌면 그녀는 이 도시에 정이 떨어져 상상으로 그런 냄새를 맡는 건지 모른다. 예전에는 꽤나 낭만적으로 보이던 좁은 골목길도 이제는 무섭기만 했다. 정겹기만 하던 바도 매력을 잃어버린 지 오래였다. 고래고래 소리를 지르고 시시껄렁한 대화나 나누고 싶어 하는 주정뱅이들로 바글바글한 부에노스아이레스의 바가 떠올랐다. 건조해서 감미롭게만 느껴지던 지중해의 더위도 이제는 숨이 막힐 지경이었다. 하지만 그녀는 이 도시에 대해 새로 느낀 인상을 굳이 친구들에게 말하고 싶지 않았다. 같잖은 우월감에 빠져 낙원과도 같은 이 도시의 결함이나 지적하고 다니는 전형적인 부에노스아이레스 관광객처럼 굴고 싶지 않았기 때문이었다.

이제는 이곳을 떠나고 싶었다.

이런 마음이 든 것은 어쩌면 그 여자아이 때문인지도 모른다.

5년 전, 에스쿠데예르스 거리—끝에서 끝까지—는

보도에 더러운 옷을 깔고 널브러져 있는 마약쟁이들로 가득 차 있었다. 이제 그들은 더 이상 그곳에 없다. 수시로 검문하는 경찰과 강력해진 경범죄 처벌 그리고 벌금 등으로 거리에서 쫓겨난 것이 틀림없었다. 밤새도록 도시를 청소하는 트럭은 말할 것도 없고, 사람들이 둘러앉아 천진난만하게 맥주를 마시고 케밥을 먹는 곳이면 어디든 가리지 않고 물을 뿌려댔다. 이제 이 거리는 누구든 계속 걸어 지나쳐 가거나 바에 들어가야만 하는, 이동을 위한 목적으로만 사용되어야 했다. 눈 감고도 다닐 수 있는 라발 지구의 길을 따라 걸어가던 그녀는 으스스한 기분이 드는 로바도르스 거리—먼 옛날부터 전해 내려오던 이름이라* 금세 눈치챘겠지만, 어두컴컴해서 도둑놈들과 강도들이 우글거려 아무도 우습게 보지 못하던 곳이었다—를 피해 널찍하고 환한 마르케스 데 바르베라에 도착했다. 그때 어떤 여자아이가 앞을 걸어가고 있었는데, 뒷모습이 왠지 불안정해 보였다. 청바지를 너무 내려 입어 엉덩이에 걸쳐 있었을 뿐만 아니라, 불룩하게 부른 배가 짧은 셔츠 아래로 툭 불거져 나와 있는데다 허연 살갗에는 임신선이 보였다. 길고 헐렁한 셔츠를

---

* 로바도르스는 도둑들을 의미하는 카탈루냐어다.

입었다면 쉽게 가릴 수 있었을 텐데, 여자아이는 그런 데 별로 관심이 없는 것 같았다. 거리에는 단둘 밖에 없었다. 저녁 8시, 아직 이른 시간이어서인지 거리는 이상스러울 만큼 텅 비어 있었다. 심지어 인터넷 카페 옆의 호스텔에 투숙한 관광객들조차 거리로 나오지 않았다.

그러던 어느 순간, 그 여자아이가 몸을 획 돌리며 소피아의 눈을 빤히 쳐다보았다. 그러곤 카탈루냐어 억양이 짙게 배어 있지만 아주 분명한 스페인어로 말했다. "더는 못 참겠어요." 말이 끝나기가 무섭게 바지를 내리더니, 보도에 대변을 보았다. 요란한 소리와 함께 무섭게 설사가 쏟아졌다. 창자가 뒤틀린 듯 그녀의 얼굴은 고통으로 일그러졌다. 일을 다 본 후에 그녀는 정신을 잃고 벽으로 힘없이 쓰러졌다. 하마터면 자기 똥 위에 쓰러질 뻔했지만, 다행히 몇 센티미터 차이로 살짝 비껴갔다.

소피아는 그녀를 일으켜 세우려고 하면서 어디에 사는지, 또 연락하면 데리러 올 수 있는 사람의 전화번호가 있는지 물었다. 그리고 도대체 무슨 일인지, 뭘 먹었기에 그러는지도 물었다. 하지만 여자아이는 놀란 눈으로 그녀를 쳐다보기만 할 뿐, 쉽게 입을 떼지 못했다. 역한 바로 그 냄새를 단지 상상으로 맡은 것은 아니었다.

그녀는 억지로 구역질을 참느라 눈물이 났다. 10분 뒤, 현장에 출동한 경찰관 두 명이 아이를 데려갔다. 소피아는 묻는 말에 대답한 뒤, 그들이 그녀를 가혹하게 다루지 않는지 확인하려고 잠시 동안 그대로 있었다. 애초에 그녀는 그 자리를 깨끗이 치워 줄 사람이 나타나기를 기다리지 않았다. 지독한 똥 냄새를 없애기 위해 담배를 피워 물고 세라 거리로 거의 뛰다시피 급히 걸어갔다. 마침내 그녀는 훌리에타의 아파트에 도착했다. 거기서 열흘간 머물면서 바르셀로나를 구경할 예정이었다. 그녀는 가지고 있던 열쇠를 이용해 아파트 안으로 들어가려고 했다. 몇 달 전, 건물에 화재가 일어났던 터라 입구에서는 보수 공사가 진행되고 있었다. 아파트 현관문의 자물쇠가 망가진 것을 알아챈 노숙자 몇 명이 잠을 자기 위해 잠입했는데, 추위를 쫓으려고 피운 불이 걷잡을 수 없이 번졌다고 했다. 다행히 불이 났을 때, 훌리에타는 아파트에 없었고 아무 피해도 입지 않았다. 하지만 그녀도 불 때문에 한바탕 홍역을 치른 적이 있다. 1년 전, 한겨울에 연통이 달려 있지도 않은 아파트 난로에 불을 피웠다가 일산화탄소 중독으로 병원에 입원했다.

훌리에타가 살던 곳은 실제로 아파트가 아니라 사무실이었지만, 주거용으로 임대되었다. 욕실은 아예 없고, 그나마 세면대 일체형 변기도 바깥 복도에 한 대밖에 없는 실정이었다. 하지만 바르셀로나의 기준으로 보면, 아주 크고 임대료도 싼 편이었다. 더구나 '펜트하우스'였기 때문에, 테라스형 발코니가 달려 있어 여름에 특히 환상적이었다. 소피아는 훌리에타가 대체 무엇을 찾으러 스페인에 왔는지 의아했다. 어쩌면 훌리에타 본인도 이유를 모를 수 있다. 훌리에타는 회사와 계약한 애니메이션 단편과 동영상을 만들면서 그곳에 8년째 살고 있었다. 삶이 권태로워지면, 그녀는 하던 일을 다 내팽개쳐 버렸다. 문제는 그런 경우가 점점 잦아진다는 것이었다.

소피아가 아파트에 도착했을 때, 훌리에타는 샐러드를 만들고 있었다. 그녀는 유럽에 도착하자마자 채식주의자가 되었다. 그렇게 된 데에는 여러 가지 이유가 있었지만, 무엇보다 그녀가 처음 들어간 점거 주택*에서는 고기를 먹는 것이 가장 큰 죄악이었기 때문이다. 처음에는 새로운 친구들의 채식주의를 열성적으로 받아

---

* 점거 주택은 사람이 오랫동안 살지 않은 집이나 주거 공간을 무단으로 점거한 것을 의미한다. 이는 경제적 어려움을 겪고 있는 빈곤층의 주거권을 확보함과 동시에 사회적 경제적 불평등의 토대인 사적 소유에 도전하려는 사회운동(오쿠파 운동)에서 비롯된 것이다.

들였다. 하지만 얼마 못 가 그곳 생활에 환멸을 느끼고 그들과 갈라지고 말았다. 결국 그녀는 식생활만 제외하고 오쿠파 운동의 삶을 모조리 거부하기에 이르렀다. 소피아는 아무 거리낌 없이 그녀가 정한 식단대로 먹었다. 원하기만 하면 언제든지 아래로 내려가 맛있는 닭고기나 양고기 샤와르마*를 사 먹을 수도 있었다.

소피아는 밤에 펴면 침대로 바뀌는 빨간색 소파에 앉아 훌리에타에게 거리에서 설사한 여자아이 이야기를 들려주었다. 훌리에타는 샐러드를 뒤섞으며 바르셀로나에서 그런 일은 흔하다고 했다.

"스페인에서 여기만큼 미친놈들이 많은 도시도 없다니까. 마드리드도 정상은 아니지만 여기에 비하면 약과지. 사라고사는 말할 것도 없고. 우리 오빠 말로는 세비야도 여기만큼은 아니래. 유독 여기만 그렇다니까. 왜 그런지는 몰라도, 여긴 온갖 미치광이들이 거리를 활보하고 있다고."

훌리에타는 샐러드를 두 접시에 나눠 담고 식탁에 앉으며 미치광이들이 특정한 계절만 골라 거리로 나온다는 설명도 덧붙였다. 그건 머리핀을 천 개나 꽂고 다니

---

* 납작한 빵에 참깨 소스, 야채, 그리고 양고기나 닭고기를 넣어 만든 샌드위치.

는 부인만 봐도 알 수 있었다. 머리에 얼마나 요란한 장식을 하고 다니는지 머리카락이 거의 안 보이는 부인은 여름에만 거리에 나왔다. 레게 머리를 한 미친 남자도 빼놓을 수 없다. 50대쯤으로 보이는 그 남자는 크리스마스 연휴 때만 나타나, 문 닫힌 상점의 철제 셔터를 몽둥이로 내리쳤다. 그럴 때마다 끔찍한 소리가 나곤 했지. 홀리에타가 말했다. 총소리처럼 귀를 찢을 듯한 소리가 나면 관광객들은 걸음아 나 살려라 하고 도망가기에 바빴어. 그녀는 이제 그 소리에 이골이 났지만, 그 남자를 처음 봤을 땐 자기를 공격하려는 줄로만 알고 벌벌 떨었었다. 몽둥이로 셔터를 치면서 고래고래 악을 썼기 때문에 그런 생각이 들 만도 했다. 그리고 너도 길모퉁이에 사는 노인네를 곧 보게 될 거야. 그녀가 말했다. 그는 오전 오후 번갈아 거리로 나오는데, 왕복 50미터 정도를 걸어 다니면서 때로는 고함을 지르고 때로는 나직한 목소리로 투덜거리고, 중요한 문제를 두고 눈에 보이지 않는 누군가를 설득하는 듯 연신 손을 흔들어 대기도 했다. 홀리에타는 아파트—그 동네에 있다면 아주 작은 아파트가 틀림없었다—에서 불평만 늘어놓는 노인에게 질린 나머지, 가족들이 제발 산책이라도 하라고 그를 매일 집 밖으로 쫓아낸 것이라 추측했다. 그런데 한 가지 의아한 점이 있었다. 그 노인이 어떤 아파트 건물 현관에서 나오는지 홀리에타 자신도 직접 본 적이 없다는 것이다. 그의 집이 어디인지 확인하기 위해서, 그리고 무엇보다 미친 노인한테서 받은 이상한 느낌을 떨쳐버리기 위해서는 그의 동태를 더 주의 깊게 살폈어야 했다. 어쩌면 아예 길 맞은편에서 서서 그가 나타날 때까지 기다려야 했는지도 모른다. 정신 나간 그 노인네뿐만 아니라, 라발 지구로 몰려드는 바르셀로나의 모든 미치광이들도 말이다.

"그건 마치…… 그러니까 내가 말하고 싶은 것은 일종의 망상이라는 거야. 아무튼 가끔 그 미치광이들이 실제로 존재하는 사람이 아닐 수도 있다는 생각이 들어. 어쩌면 도시의 광기가 인간의 형상을 하고 나타난 것인지도 몰라. 그러니까 도시의 안전판과 같은 존재인 셈이지. 만약 그들이 없었다면, 우리는 서로 물어뜯어 죽이거나 스트레스로 죽었을 거야. 혹시 아니? 박물관 계단이나 앙헬스 광장에 앉지 못하게 한다고 빌어먹을 바르셀로나 경찰들을 죽여 버릴지? 너 그 새끼들 봤니? 그런데에 앉아 있으면 그 망할 놈들이 몰려와서 다 쓸어가 버린다니까. 여기는 보도에 앉아 맥주를 마시기만 해도 '반사회적 행동'이라고 몰아가는 분위기야."

"그렇게 변한 지 얼마 안 됐어!" 발코니에서 누군가 고함치는 소리가 들렸다.

소리를 지른 사람은 훌리에타의 남자 친구인 다니엘이었다. 그도 역시 아르헨티나 사람인데, 12년 전부터 바르셀로나에 정착해서 살고 있다. 소피아는 그가 있는 줄 까맣게 모르고 있었다. 안으로 들어온 다니엘은 바지에 손을 문질러 닦더니 독설을 내뱉기 시작했다. 그가 처음 도착했을 때만 해도 바르셀로나는 천국과 같은 곳이었다고 했다. 광란의 밤이 계속되긴 했지만, 나름 운치 있었다는 말이었다. 하지만 이제는 경찰의 도시가 되고 말았다.

"이 기레기가 뭐라고 지껄이는지 들어 봐." 말을 마친 그는 신문 더미를 뒤적거리더니 마침내 〈라 방과르디아〉를 찾아냈다. 소피아는 두 친구가 스페인식 스페인어로 말하지 않으려고 안간힘을 쓰고 있다는 것을 알아차렸다. 훌리에타와 다니엘은 아파트를 가리킬 때도 피소 대신 꼭 데파르타멘토라는 단어를 썼고, 아무리 마음에 들지 않아도 충고라는 말을 입 밖에 꺼내지 않았다. 게다가 나쁜 감정이 들어도 말 로요라는 말을 쓰지 않았고, 말썽이 생길 때도 모고욘이라는 단어를 사용하지 않았다. 처음 그들을 찾아갔을 때, 소피아는 두 사람의 입에서 예쁜 여자라는 뜻의 구아파, 서둘러라는 뜻의 벵가와 같은 단어가 얼마나 많이 튀어나오던지 속으로 웃었던 적이 있다. 하지만 이제는 무심결에 튀어나오는 몇 마디의 말을 제외하면, 그 지역 특유의 단어와 표현을 모조리 잊어버린 것 같았다. 의도적인 것이 분명했다. 그건 그리움과 특유의 불안감이 뒤섞인 아르헨티나의 원리주의적 태도였다.

"아, 여기 있군." 다니엘이 득의만만한 표정으로 말했다. 그러곤 의자에 앉아 기사를 읽기 시작했다.

화창한 날 앙헬스 광장에 가면 반사회적 행동이라는 낙인이 늘 붙어 다니던 두 해 전 바르셀로나의 모습이 아직도 생생하게 떠오른다. 밤 9시만 되면, 마크바* 앞의 경사로와 계단 여기저기에 술병이 수도 없이 나뒹굴고, 캔 맥주를 파는 행상들이 우글거린다. 환경미화원들이 2년 전에 비해 더 열심히 돌아다니고 일도 더 잘하지만 도로 위에 쌓인 빈 병과 비닐봉지, 음식 쓰레기를 모두 치우기에는 역부족이다. 날이 따뜻해지면 누구든 밖에 나가 신선한 공기를 쐬고 싶기 마련이다. 퇴근 후에 친

---

* 마크바MACBA는 바르셀로나 현대 미술관Museu d'Art Contemporani de Barcelona의 약자로, 라발 지구 앙헬스 광장에 위치하고 있다.

구들과 어울려 야외 테라스에서 맥주 한잔 마시고 싶은 것이 인지상정이다. 하지만 앙헬스 광장의 시멘트 바닥에 앉아 즉석 술 파티를 열고 싶어 하는 이들도 있다. 젊은이들은 저녁 식사 전에 근처 슈퍼마켓에서 산 술병을 들고 그곳에 도착한다. 깜박 잊고 술을 사 오지 못한 이들은 행상들에게 단돈 1유로로 — 주변에 있는 바에 비해서 훨씬 더 싼 가격이다 — 를 주고 사서 마신다.

본지의 취재에 응한 한 행상은 그렇게 술을 팔면 하룻밤에 30유로 정도가 남는다고 했다. 행상들은 불필요한 경쟁을 피하고자 자기들끼리 영업시간과 구역을 정한다고 했다. 그들은 한 캔당 70센트에 사서 1유로에 판매함으로써 30센트의 이문을 챙긴다. 하지만 그곳에서 불법으로 알코올음료를 판매하다 적발되는 경우, 공공 생활 조례에 따라 팔리지 않은 주류 상품이 압수될 뿐만 아니라 최대 500유로의 벌금이 부과되기 때문에, 그들에게도 큰 위험 부담이 따른다. 물론 그들이 파는 주류를 구입한 소비자들 또한 위험을 감수해야 한다.

"우리는 이처럼 언론이 경찰 행세를 하는데다, 터무니없는 일들이 하루가 멀다 하고 일어나는 세상에 살고 있다고." 다니엘이 씩씩거리며 말했다. "며칠 전에는 광장에서 코카콜라를 마시고 있던 남자에게 벌금을 부과했다더군. 호스로 물청소를 하려는데 그 남자가 일어나기를 거부하자 벌금 200유로를 때렸다는 거야. 거기는 항상 물을 뿌려대고 있어. 이제는 바에서 담배도 못 피워. 물론 요즘은 세계 어디를 가도 마찬가지지. 그렇지만 바는 건강해지기 위해 가는 곳이 아니잖아. 젠장! 거긴 친한 사람들끼리 모여 놀고 취하러 가는 곳이란 말이야. 하지만 여기는 전혀 그렇지 않아. 임대료만 해도 입이 벌어질 정도라고. 저들은 이 도시에 돈 많은 사람들만 살기를 바라고 있어. 그 밖의 사람들은 다 나가라는 거지. 여기는 관광객들을 위한 도시야. 심지어 그라피티도 다 지워 버리잖아! 예전에는 정말 멋진 그라피티들이 많았어. 사실 바르셀로나만큼 그라피티가 멋진 곳도 없었을 거야. 그런 얼간이들에게 예술이 무엇인지 백날 설명해봐야 무슨 소용이 있겠어. 에잇, 빌어먹을! 그런 짐승만도 못한 놈들이 모든 것을 다 없애 버렸단 말이야."

"담벼락에 '관광객들이여, 그대들은 테러리스트다'라는 구호를 썼다가 체포된 친구도 있어. 그까짓 일로 4개월 형을 받았지. 가엾은 친구 같으니." 훌리에타가 말했다. "우리가 얼마나 마드리드로 가고 싶어 하는지, 넌 모를 거야. 하지만 불행하게도 우린 모두 직장이 여기 있어. 이 도시라면 이제 진절머리가 날 지경이야. 그래서 요즘에는 외출도 거의 안 해. 어차피 씁쓸한 기분이 들 바에는 차라리 집에 있는 편이 나으니까."

식사를 마친 후, 그들은 산책을 나갔다. 밤은 그런대로 아름다웠다. 훌리에타와 다니엘은 소피아가 처음 바르셀로나에 왔을 땐 없었던 바도 둘러보고, 그때 있었지만 못 가 봤던 바도 찾아가 보기로 했다. 그들은 야스미네 바에 도착했다. 바의 이름은 마담 야스미네의 이름을 따서 붙였다고 했다. 소피아는 마담 야스미네의 일대기가 적힌 팻말을 읽어 보려고 했지만, 불빛이 너무 어두워 안경 없이는 글자를 잘 읽을 수 없었다. 그녀는 바리오 치노*의 옛 이야기를 훤히 꿰는 다니엘에게 팻말의 이야기를 들려 달라고 했지만, 그 역시 기억하지 못했다. "그 당시에 마담이라는 이름으로 불렸던 걸 보면, 매춘부였던 것이 틀림없어." 그가 딱 잘라서 말했다. 그러곤 그들더러 잠시 기다리라고 하더니, 잠시 후 동네 친구인 마누엘을 데리고 왔다. 그는 마누엘을 자기가 알고

---

* 라발 지구의 옛 이름으로 차이나타운이라는 뜻이다.

지내는 몇 안 되는 멋진 카탈루냐 사람 중 하나라고 소개했다. 마누엘은 짧은 레게 머리에 검은색과 흰색 줄무늬 셔츠를 입고 있었다. 여기 있는 아르헨티나 친구가 바리오 치노에 얽힌 전설을 듣고 싶어 해.

"내가 도움이 될지 모르겠네." 마누엘이 미소를 지으며 말했다. 그는 약간 취해 있었다. 훌리에타는 함께 영상 사운드 편집을 하는 친구라고 설명했다. 그러곤 그바의 이름이 된 마담 야스미네에 관해 물었다. 마누엘은 그건 이미 널리 알려진 이야기라고 했다. 야스미네는 19세기 말 바리오 치노에서 태어났다. 그녀의 어머니는 꽃을 팔러 다녔다. 집안이 찢어지게 가난했던 탓에 그녀는 매춘부가 되었다. 당시 바리오 치노는 악취가 코를 찌르는 곳이었다. 그녀는 시인과 아나키스트들이 자주 드나들던 매음굴의 마담이 되었다. 그녀는 어느 아나키스트와 사랑에 빠지게 되었고, 그 사이에서 아들이 하나 태어났다. 하지만 프랑코주의자들이 그─아나키스트─를 살해하자, 그녀는 먹고살 방편으로 아편굴을 차렸다. 그런데 하나밖에 없는 아들마저 람블라스 거리를 지나다 마차에 깔려 목이 잘리는 참변을 당했지. 마누엘이 말했다. 하지만 아들의 죽음에 관한 자세한 내막은 자기도 모른다고 했다. 전해 내려오는 이야기에 따르면 마차가 아이의 목을 잘랐다고만 했을 뿐, 어떻게 해서 그렇게 되었는지에 대해서는 아무런 언급이 없었다.

"아, 어떻게 그런 끔찍한 일이." 훌리에타가 말했다. 마누엘에 따르면 그 사고 이후 야스미네는 방 안에 틀어박혀 아편을 피우고 술만 마시며 세상사를 잊으려 했다. 일주일에 한 번씩은 장을 보러 보케리아 시장에 갔는데, 그때마다 목이 없는 인형을 팔에 안고 다녔다고 했다. 그런데 그 인형의 목이 죽은 아들의 살갗으로 만들어졌다고 하더군. 마누엘이 말했다.

"아주 근사한 이야기로 오늘 밤을 마무리하는군." 다니엘은 웃으며 담배에 불을 붙였지만, 조금 불안해 보였다. 그의 말이 왠지 어색하고 우스꽝스럽게 느껴졌다.

"마담이 살던 건물이 이 부근에 있었나 보더라고. 그래서 이곳에 마담 야스미네라는 이름을 붙인 거지. 그런데 람블라 델 라발 거리 건설 공사를 하면서, 그 건물은 철거되고 말았어."

"암울한 람블라 델 라발 거리." 다니엘이 말했다.

"이봐, 사람들이 여기를 슬픔에 젖은 람블라라고 부르는 데는 그럴 만한 이유가 있는 거라고. 사람들이 그러는데, 그 아이는 아직도 이 주변을 어슬렁거리고 있다더군. 머리도 없이 말이야. 바르셀로나를 배회하고 있는 수많은 어린 유령들 중 하나인 셈이지…….”

“마누엘, 제발 그만해. 내가 그런 이야기 싫어하는 거 잘 알잖아.” 훌리에타는 기분을 잡친 듯 정색하며 말했다.

그러자 마누엘은 소피아를 보고 미소 지으며 말했다.

“이 정도면 됐어? 아직 들려줄 이야기가 많지만, 다 들으려면 언제 날 잡아서 나랑 커피 한잔해야 할 거야. 여기 계신 숙녀께서 무서운 이야기는 딱 질색이라고 하시니까.”

마누엘은 그녀의 대답을 기다리지도 않고, 현재 작업 중인 영상 편집 회의를 언제 할 것인지 다니엘에게 물었다. 그러자 대화 주제는 소피아가 전혀 모르는 이름과 아무 관심도 없는 업무상 의견 차이로 바뀌었다. 훌리에타도 그들과 이야기하느라 여념이 없었기 때문에, 소피아는 잠시 말없이 혼자 앉아 있을 수 있었다. 그 틈을 이용해 그녀는 죽은 아이의 살갗으로 만든 목을 머릿속으로 그려 보았다. 시그니처 칵테일과 코코넛 샐러드로 유명한 그 바가 갑자기 무서워졌다. 당장이라도 자리를 뜨고 싶었지만, 친구들이 하품하기 시작할 때까지 참고 기다렸다.

그다음 날 밤, 소피아와 훌리에타는 단둘이 나갔다. 여자들끼리 오붓하게 밤을 보내고 싶었기 때문이었다. 다니엘도 흔쾌히 받아들였다. 아파트에 혼자 있으면, 그동안 밀린 연속극—그가 가장 좋아하는 드라마였다—을 다 볼 수 있었기 때문에 내심 기뻐하는 눈치였다. 나 같으면 밤에 바르셀로나를 돌아다니느니 차라리 집에서 텔레비전이나 보겠어. 진심이 묻어나는 말이었다.

아파트 현관문을 닫자마자, 훌리에타는 소피아의 팔을 꽉 붙잡았다. 드래그 쇼나 보러 라 콘차에 가고 싶지는 않아. 그녀가 말했다. 게다가 쇼도 예전만 못하더라니까. 이제는 처녀 파티 하는 곳으로 변한 지 오래야. 장차 유부녀가 될 여자들한테 인사나 하면서 쇼의 절반을 때우더라고. 요즘은 새파랗게 어린 남자애들이 드나든다지 뭐니. 서글픈 일이지만, 이젠 거기도 한물갔어. 예전에 거기 나오던 쇼걸들은 아주 멋지면서도 격정적이었지. 하지만 그들이 마리사 파레데스 분장을 하고 대중적인 쇼를 하는 모습을 보고 있으면 씁쓸한 기분이 들더라고. 그런 꼴은 정말 보기 싫어. 훌리에타는 바에 가서 조용히 이야기를 나누고 싶었다. 그녀는 소피아에게 이메일이나 편지에서는 물론, 그리고 어쩌다 한 번씩 하는 전화 통화에서도 차마 입 밖에 꺼내지 못했던 말을 다 털어놓고 싶었다. "작년에는 정말 힘들었어." 말을 꺼내자마자 오랫동안 꾹 참았던 눈물이 주르륵 흘러내리기 시작했다. 전에도 그녀는 멀쩡하다 갑자기 굵다란 눈물을 뚝뚝 흘릴 때가 있었다. 소피아는 가장 먼저 눈에 띈 바로 그녀를 끌고 들어가 화장지를 건네주었다. 그런데 그 냄새가 그들 주변을 맴돌고 있었다. 그곳에 냄새가 진하게 배어 있었지만, 훌리에타는 전혀 느끼지 못하는 눈치였다. 하지만 그녀에게 냄새가 나는지 물어보기에 애매한 분위기였다.

그들은 커피를 주문했다. 둘 다 술을 마실 기분이 아니었기 때문이다. 훌리에타는 마음이 조금 진정되었는지 말을 꺼내기 시작했다. 나도 미쳤던 거야. 그녀가 말했다. 어쩌면 바르셀로나의 미치광이들에 대해 생각을 너무 많이 해서 그렇게 된 건지도 몰라.

"이 도시에서는 늘 행사가 열리고 있어. 어떤 때에는 비엔날레가, 또 어떤 때에는 각국 정상 회담이, 아니면 하다못해 바르사 축구 경기라도 열리지. 그럴 때면 언제나 헬리콥터들이 하늘을 가득 메운 채 저공비행을 해. 넌 그 광경이 얼마나 놀라운지 모를 거야."

소피아는 고개를 끄덕였다. 그녀도 충분히 상상할 수 있었다.

"작년에 나는 다니엘하고…… 사실은 아이를 가지려 했어. 그때 정말 제정신이 아니었어. 이제 와서 돌이켜 보면 말도 안 되는 생각을 했던 것 같아. 돈도 없이 아이를 키우려 하다니, 그게 무슨 망발이니. 그런데 말이야…… 기어이 사달이 나더군."

그 순간, 훌리에타는 무슨 기척을 느꼈는지 갑자기 뒤를 돌아보았다. 그러곤 이내 안도의 한숨을 내쉬고 하던 말을 계속했다.

"아무튼 난 작년에 어떤 일이 있어도 아이를 갖고 싶었어. 그래서 다니엘과 아이를 가지려고 노력하고 있는데, 불현듯 저 하늘 위에 떠 있는 헬리콥터들이 나를 쫓고 있다는 생각이 들지 뭐니. 나를 감시하기 위해서 저 위를 날아다니는 거라고 말이야."

"훌리에타, 어쩌면 좋아."

"나도 아니까 굳이 소리 내어 말할 필요 없어. 편집증 증상이 나타난 거지. 그 후로 계속 신경안정제를 먹다가 지난달에 끊었어. 약이 없어서 좀 불안하기는 하지만, 이제부터 잘 참고 견뎌야 해. 아무튼 나는 저들이 나와 아기를 실험용으로 쓰기 위해 붙잡아 가려고 한다는 생각이 들더군. 과학소설에서나 나올 법한 망상이지. 아니면 내 아기를 빼앗아 가든지. 그들은, 뭐랄까, 바르셀로

나시의 납치 특공대 같은 조직에 속해 있는 자들이었다
고. 그 정도로 심각한 상태였어. 다니엘은 한참 후에야
내 상태를 알아차렸어. 그때 그는 하루 온종일 일만 했
으니까. 그가 무슨 일로 그렇게 바빴는지 기억은 안 나
지만, 아마 중요한 영상 편집을 하고 있었던 것 같아. 나
는 헬리콥터를 피하기 위해 침대 아래 몸을 숨기곤 했
어. 아니면 침대 시트로 텐트를 만들어 그 안에 숨어 있
었지. 그러다 보니 밖에 나가고 싶은 마음이 싹 달아나
더라고. 그러던 어느 날, 다니엘이 침대 아래 숨어 있는
나를 발견하고 말았어. 그러곤 곧장 정신병원을 향했는
데, 얼마나 놀랐던지 얼굴이 다 새파래지더라니까. 가엾
은 다니엘."

"너 임신했었니?"

"아냐. 이상한 일도 다 있지. 우린 6개월 동안 피임을
안 했거든. 어쩌면 우리 둘 중 하나가 불임인지도 몰라.
아무튼 정신과 치료를 받기 시작하면서 더 이상 관계를
갖지 못했어. 내가 복용하던 알약이 임산부에게 금지된
약물이거든. 더군다나 아이를 갖고 싶어 했던 것이 광기
의 일부였다는 것을 깨달았으니까."

홀리에타는 남은 커피를 홀짝 마시고 목소리를 낮추
며 말했다.

"바르셀로나에서는 아이를 가지면 안 돼. 어젯밤 마누엘이 하던 말 들었지? 여기서는 아이를 낳으면 안 된다고."

"그 사람이 무슨 말을 했는데?"

"그거! 넌 야스미네의 아들만 바르셀로나 거리를 돌아다닌다고 생각하니? 마누엘이 말했잖아."

그때 훌리에타의 눈동자는 초점을 잃고 멍하게 풀어져 있었다. 그리고 그녀의 미소는 굳은 얼굴 위에서 얼어붙어 버렸다. 기쁘고 행복할 때와 정반대의 표정이었다. 소피아는 그녀가 아직 제정신이 아니라는 생각이 들었다. 아무래도 아파트에 가자마자 다니엘과 이야기를 해 봐야 할 것 같았다. 훌리에타는 테이블 위에 올려놓은 소피아의 손을 잡았다. 얼음장처럼 차가운 손가락이 벌벌 떨고 있었다.

"넌 이미 다 알고 있어." 그녀가 입을 열었다.

"맙소사 훌리, 도대체 내가 뭘 알고 있다는 거야?"

"너도 그 냄새를 맡았잖아. 어린아이들 냄새 말이야. 네가 자꾸 코를 찡그리는 걸 봤어."

소피아는 온몸이 부르르 떨렸다. 훌리에타는 이렇게 된 이상 그녀에게 모든 사실을 다 털어놓겠다고 했다. 그녀의 말에 따르면, 다니엘과 그녀가 1997년 처음 라발 지구에 도착했을 때, 그 동네는 너무 어수선해서 밖으로 나갈 수도 없었다. 유럽 최대의 소아 성애 조직이 그곳에 마수를 뻗치고 있었다. 동네에서는 매춘부의 아이들을 방에 가두어 놓고 사진을 찍는다는 소문이 돌았다. 가난에 찌든 여인들이 돈 몇 푼 받고 자기 아이들을 소아성애자인 하비에르 타마리트에게 팔아넘긴 것이다. 또한 네그라 광장에서 소아성애자들에게 사냥당한 아이들도 있었다. 설상가상으로 거기 있던 고아원도 문을 닫고 말았다. 그런데 신부와 수녀들이 기록을 모두 없애 버리는 바람에 거기 있던 아이들의 신원조차 확인할 수 없게 되었다. 그 결과, 아이들은 학교를 가는 대신 칼을 든 채 무리 지어 거리를 돌아다니거나 매춘을 했다. 그중 한 아이의 몸에서는 지독한 냄새가 났다. 그건 그 아이가 가진 단 한 벌의 옷이 그의 이불이기도 했기 때문이었다. 그 아이는 온 도시를 돌아다니는데, 가는 곳마다 악취를 가득 채웠다. 그래서 그를 모르는 사람이 아무도 없을 정도였다. 언젠가 사회복지사들이 그 아이의 옷을 벗기려고 했지만, 땟국에 찌든 몸에 딱 달라붙어 있어서 결국 포기했다는 소문도 있었다. 아이의 몸에는 이가 우글거렸을 뿐만 아니라, 머리에는 하얀 구더기가 기어 다닌다고 했다. 게다가 때가 질질 흐르는 팔 아래에는 종기가 여러 군데 나 있단다. 그런데도 아무도 그를 씻겨 주지 않았다. 그는 어린 짐승이나 마찬가지였다. 겁에 질려 바지에 똥을 싸고도 닦지 않았다. 그래도 그 아이는 이 도시 사람들에게 가장 인기 있는 유령이다. 시커먼 손으로 행인들을 슬쩍 건드릴 뿐만 아니라, 살짝 스치기만 해도 냄새를 묻혀 바의 의자에 걸쳐 놓은 카디건에서도 고기 썩는 냄새가 난다. 그리고 마약쟁이 엄마가 데려다 놓고 방심한 사이에 발코니에서 떨어진 아이들도 있었다. 또 목에 열쇠를 주렁주렁 매달고 다니는 서너 살짜리 아이들도 있었다. 그뿐 아니라, 택시 운전사를 죽이고 약물 과다복용으로 죽거나, 돈을 벌기 위해서 거리에서 매춘을 하는 아이들도 있었다. 무단으로 점거한 아파트에서 아이들을 내보내기 위해 4만 페세타*를 준 이들도 있었다. 그곳은 인도의 콜카타 다음으로 인구밀도가 높은 동네였지만, 낡고 허름한 집들은 하나둘씩 허물어지고 있었고 전기도 들어오지 않았다. 그나마 운이 좋은 사람들은 집에 화장실이 있었지만, 대부분 수도가 들어오지 않았다. 바리오 치노 초토화 작전. 작전구역: 이야 네그라, 노우 거리, 산트 라몬 거리, 마르케스 데 바

---

* 과거 스페인 화폐단위.

르베라 거리. 어느 벽에는 쌓여 가는 분노라는 구호가 적혀 있었다. 라발 사건의 경우는 시우타트 베야* 재개발 책임자들의 선동으로 순수한 주민운동이 불법화된 대표적인 사례다. 소문과 달리 타마리트도 가학적인 성향을 가진 사람이 아니다. 환자를 검사해 본 결과, 그는 상당한 충동 조절 능력을 가지고 있었고, 자신의 소아성애증의 원인을 분명하게 설명하기도 했다. 그럼에도 불구하고, 그는 결국 화학적 거세라 불리는 성충동 억제 약물 치료와 음경 축소 및 수축, 섬유화, 요도 협착 등 여러 가지 수술을 받았다.

그건 치졸한 계략이었어. 훌리에타가 설명했다. 일종의 사기였던 셈이지. 동네를 깨끗이 쓸어버리기 위해 사람들을 무더기로 몰아내려는 전략이었어. 그런데 어떤 주민들은 어떤 지역 정당에 속해 있고, 다른 이들은 또 다른 정당에 가입되어 있는데, 이게 대체 무슨 조화인지 난 도저히 모르겠더라고. 하지만 그건 모두 카탈루냐 자치 정부의 문제였어. 인텐덴시아** 말이야. 그녀는 소피아가 잘 알아들을 수 있도록 아르헨티나식 표현을 썼다. 한마디로 정치적 문제였던 셈이지.

하지만 라발 사건을 입 밖에 꺼내는 사람은 아무도 없

---

* 바르셀로나에서 가장 오래된 구역.
** 아르헨티나 자치시 행정부.

었다. 왜 그랬던 걸까? 훌리에타는 그 이유를 알고 있었다. 만약 다시 그 문제를 꺼내면, 아이들에 관해 이야기할 수밖에 없었기 때문이다. 그렇다고 겁탈당한 아이들의 이야기를 꺼내기가 거북해서 그런 것은 아니다. 사실 겁탈당한 아이들은 단 한 명도 없었다. 그건 모두 새빨간 거짓말이다. 문제는 다른 아이들, 그러니까 이미 이 세상에 없는 아이들이었다.

"타예르스 거리를 지날 때마다 '죽은 이들을 두고 맹세해'라고 중얼거리는 아이가 하나 있어. 처음에는 그의 말이 진실일 거라고 믿었지만, 사실은 그렇지 않더군. 그 아이는 매일 같은 시간에 그곳을 지나다니지만, 모든 사람들이 그를 본 건 아니니까. 가엾은 녀석 같으니. 거기는 레코드 가게들이 늘어서 있는 아주 근사한 거리라고……. 어떨 땐 나도 가기가 겁날 정도야. 더구나 거긴 고딕 지구니까, 그의 영역이라고 할 수도 없다고."

"얘, 아무래도 너……."

"멀쩡한 사람을 정신병자 취급하지 마. 이 도시에서 그 아이를 모르는 사람은 없어. 다들 모른 척할 뿐이지. 솔직히 말해 너도 다 알고 있잖아. 네 얼굴에 다 쓰여 있다고. 넌 어떤 아이를 본 거지?"

소피아는 이미 차갑게 식어 버린 커피를 물끄러미 내

려다보았다. 그러곤 고개를 들어 다른 테이블을 쭉 둘러보았다. 그들 옆자리에는 키가 엄청나게 큰 두 스칸디나비아인이 맥주를 마시며 낯선 언어로 떠들고 있었다. 그들이 말할 때마다 '아'라는 소리만 들렸다. 담배 자판기 앞에서는 두 카탈루냐 남자가 구멍에 동전을 집어넣고 있었다. 벽에는 사이드카* 쇼 포스터와 현대미술관 전시회 포스터가 붙어 있었다. 거리에서는 안 그래도 평판이 좋지 않은 잉글랜드 사람들이 고성방가로 소란을 피우고 있었다. 민요 같은데, 술에 취해 꼬부라진 혀로 부르는 통해 정확히 무슨 노래인지 알아들을 수도 없었다. 이 도시에서는 모든 것이 평소와 다를 바 없어 보였다. 천연 과일 주스와 리쿠아도**만 파는 고급 바, 유명 디자이너의 의상실, 모더니즘 건축을 보고 감탄을 금치 못하는 관광객들, 그리고 바르셀로네타***의 바다를 보며 즐거운 시간을 보내는 여자아이들. 소피아는 자기도 모르게 그녀의 말에 현혹되어 편집증적 망상에 사로잡히게 될까 봐 두려웠다. 만약 그렇게 된다면 언젠가부터 자신의 가슴속에 쌓이기 시작한 불안감의 정체가 밝혀

---

* 바르셀로나 고딕 지구에 있는 유명 나이트클럽.
** 우유에 과일을 넣어 만든 음료로, 스무디와 비슷하다.
*** 바르셀로나 시우타트 베야 지구에 있는 동네로 지중해에 면해 있다.

지는 셈이다. 만약 그녀의 불안감이 콧대 높은 바르셀로나를 향한 강한 거부감에 불과한 것이라면? 만약 그것이 변방의 관광객들이 느끼는 막연한 공포증이라면? 그 순간, 그녀는 아무 생각도 하지 않고 가만히 있기로 했다. 매운 고추, 아니 강한 박하처럼 강한 냄새가 콧속 깊이 파고들면서 눈물이 찔끔 나왔기 때문이었다. 그건 지하 납골당에서나 느낄 법한 어둠의 냄새였다.

"난 아무것도 못 봤어." 소피아가 황급히 말했다. 그녀는 사실대로 말했다. 하지만 마음속으로는 훌리에타의 말을 곧이곧대로 믿고 있었다. 어차피 곧 보게 될 거라는 생각이 들자 더 불안해졌다.

훌리에타는 그녀의 대답을 듣고 실망하고 놀란 기색이 역력했다. 하지만 소피아는 그녀의 손을 꼭 잡고 진정시키면서 하던 말을 계속했다.

"그런데 냄새는 맡았어. 지금도 냄새가 나."

소피아는 구역질이 올라왔지만, 숨을 깊이 들이마시고 조금이라도 냄새를 막기 위해 냅킨으로 코를 싸쥐면서 억지로 참았다.

"어디서 냄새를 맡았니?" 훌리에타가 중얼거리듯 말했다.

"모든 곳에서 다 나는 것 같아. 지금도 난다니까."

"저들이 뭘 하는지 아니? 절대로 널 놓아주지 않을 거야."

"뭐라고?"

"그 아이들이 너를 놓아주지 않을 거라고. 우린 라발에서 나갈 수 없다는 말이야. 아이들은 불행한 어린 시절을 보냈기 때문에 아무도 여기를 못 뜨게 하려는 거지. 오히려 네가 자기들만큼 고통받기를 원하고 있어. 그 아이들은 네 영혼을 빨아먹고 있다고. 만약 네가 여기를 떠나려고 하면, 네 여권이 없어지게 만들 거야. 아니면 비행기를 놓치게 하거나 택시를 타고 공항 가는 길에 사고가 나게 하든지. 그도 아니면 거절하기 어려울 만큼 많은 보수를 주는 일자리를 네게 줄지도 몰라. 그 아이들은 옛날이야기에 나오는 요괴와 밤에 집 안에 있는 물건을 이리저리 옮기는 도깨비들이야. 어쩌면 그들보다 훨씬 더 악랄할지도 몰라. 라발을 떠나고 싶지 않다고 하는 이들은 백이면 백 모두 거짓말을 하고 있는 거야. 사실은 나가고 싶어도 나갈 수 없어. 그러니 결국은 모든 것을 참고 견디면서 살 수밖에 없는 거지."

소피아는 눈을 감았다. 그러자 라발 지구의 재개발된 아파트를 이리저리 맨발로 뛰어다니는 아이들의 가벼운 발걸음 소리가 들리는 것 같았다. 더럽기 짝이 없는 옷을 이불로 사용한다던 소년, 어린 나이에 비해 너무나 무거운 짐을 짊어진 운명에 분노를 억누를 수 없는 한 아이의 모습을 떠올렸다. 치아가 하나도 남아나지 않은 입과 비참한 몰골이 눈앞에 어른거리는 듯했다. 그녀는 마약쟁이 엄마의 낡은 담요를 뒤집어쓴 채 에스쿠데예르스 거리의 어느 건물 현관에 앉아 있는 그 아이를 전혀 만나보고 싶지 않았다. 그 아이가 밤마다 친구들과 어울려 네그라 광장을 배회하는 모습 또한 전혀 보고 싶지 않았다.

"너 내일 떠날 거지." 훌리에타는 끝까지 그녀를 지켜주겠다는 듯 사뭇 비장한 표정을 지으며 말했다. "우선 표부터 바꾸자. 내가 도와줄 테니까. 넌 그냥 방문차 여기 온 것뿐이야. 제아무리 그 아이들이라도 잠깐 여기 들른 사람까지 붙잡아 두지는 않을 테니까."

잠시 후, 훌리에타는 밤하늘을 가로지르며 북쪽으로 향하는 헬리콥터의 불빛을 눈으로 좇으며 중얼거렸다.

"집으로 가. 우린 어떻게든 버텨 볼 테니까 아무 걱정할 것 없어. 우리도 언젠가 여기를 떠날 거야. 조만간 말이야."

EL
MIRADOR

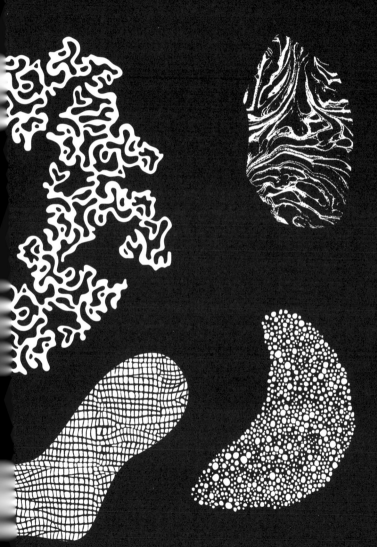

위층 여자는 현 소유주의 딸인 여자아이를 볼 때마다 언제나 겁먹지 말라고 말했다. 그녀는 늘 거기에 있었지만, 여자아이는 그녀의 존재를 느끼지도, 보지도 못했다. 물론 그녀가 형체를 띠고 나타나지 않는 한, 아무도 그녀의 존재를 느끼지 못한다. 형체가 없는 이상, 존재할 수 없었다. 그렇다고 여자아이에게 특별한 감각이 있던 것도 아니다. 그저 겁에 질려 있었을 뿐이다. 그래서 전망대로 이어지는 계단 앞은 언제나 뛰어 지나갔다. 오랜 세월 오스텐데에서 가장 높은 건물이던 그 탑에 숨어 있는 미친 여자를 상상하면서 말이다. 상상 속 여자는 흰 나이트가운 차림에 머리를 길게 늘어뜨리고 거울에 비친 자신의 모습을 보고 있었다. 여자아이는 아궁이에 장작을 집어넣던 이탈리아 요리사도 무서워했다. 지금은 해고되었지만, 그래도 여전히 겁을 냈다(아이는 요리사가 복도에 숨어 기다리다가 자기를 잡아 장작과 함께 불 속으로 던져 버릴 거라고 느꼈다). 이제 성인이 된 소유주의 딸은 더 이상 호텔에서 겨울을 보내지 않았다. 그녀는 온 세상이 꽁꽁 얼어붙는 겨울의 평범하고 외로운 휴양지를 더 이상 견딜 수 없다고 했다. 피나마르에는 살을 에는 바람만 불 뿐, 영화관조차 없었다. 그리고 언젠가 도둑이 들까 봐 무섭다고도 했다. 하지만 그건 거짓말이었다. 아직도 그녀는 어린 시절 호텔의 원형 복도에서 온몸이 얼어붙어 꼼짝도 못 했을 때 느꼈던 두려움에서 벗어나지 못했다. 그래서 1층에 있는 수도원풍의 식당을 멀리했고, 창고 겸용 객실에서 수리되기를 기다리던 대형 거울 근처에는 얼씬도 하지 않았다. 특히 그 거울 속에 뭔지 모르는 것이 비칠까 봐 늘 무서웠다.

　모든 것이 이상했다. 하지만 사람들—손님들과 소유주—이 하던 말이 훨씬 더 괴이했다. 호텔이 아니라 화려한 고딕식 대성당을 지을 야심을 품기라도 한 듯 공사 중에 목숨을 잃은 일꾼을 벽 속에 넣고 벽돌로 덮어 버렸다는 이야기, 대식당에서 파티라도 여는지 떠들썩한 소리가 들려 가까이 다가가자 쉿 하는 소리와 함께 잠잠해지더라는 어느 여자 손님의 증언, 유령들이 몰려들어 서로 축하하는 소리를 들었다는 요리사의 말, 이건 전부 지어낸 이야기들이다. 사람들을 두려움에 떨게 하거나 누군가가 꾸며낸 이야깃거리를 찾아 주는 것이 바로 저 위에 사는 여자의 몫이었다. 하지만 단 한 번도 제 역할을 해내지 못했다. 벨기에 사람들이 전쟁터에 나가기 위해서 호텔을 떠날 때나, 몇 년 동안 모래바람이 불어와 호텔 2층까지 모래로 뒤덮였을 때도, 그리고 어느 여름, 고래 한 마리가 죽어 널브러져 있는 동안 파리들이 사체를 파먹기 위해 윙 하는 굉음을 내며 해변으로 새까맣게 몰려왔을 때도 마찬가지였다. 그해 여름, 해수욕을 하러 바다에 나가는 사람은 아무도 없었다.

그렇다. 호텔에는 삶에 지치고 찌들어 모든 것을 포기한 사람들뿐이었다. 위층 여자는 손님들이 차라리 죽었으면 좋겠다고 중얼거리는 소리를 듣고는 선물로 그들의 꿈에 끔찍했던 어린 시절과 잊힌 고통을 나타나게 만들어 주었다. 하지만 제대로 해낸 것이 하나도 없었다. 그녀 같은 존재들에게 시간이 흐르지 않는다는 것은 거짓말이다. 위층 여자는 이미 지칠 대로 지쳐 있었다. 매 여름만 되면 이번이 마지막이기를 간절히 바라고 있었다. 그녀가 점점 더 많은 시간을 보내게 된 전망대에서는 살아 있는 이들이 웅성거리는 소리조차 들리지 않았다. 그녀는 소리를 기막히게 잘 흉내 냈지만, 무엇을 의미하는지는 알 수 없었다.

　이 망할 놈의 재킷이 가방 안에 안 들어가면, 난 얼어 죽고 말 거야. 해안이라서 밤만 되면 얼마나 추운데. 엘리나는 속으로 투덜거렸다. 결국 그녀는 터져 나오는 울음을 참을 수 없었다. 요즘은 조금만 힘들어도 눈물부터 쏟아졌다. 가령 식당의 전구가 나갔는데, 바꿔 낄 전구가 없었을 때—사실 그녀는 전구를 바꿔 낄 줄도 몰랐다—나, 깜박 잊고 전기요금을 안 내서 시내에 있는 회사로 직접 찾아가야만 했을 때, 하필 약이 다 떨어지는 바람에 새벽 4시에 심야 영업 약국을 찾아 나서야만 했을 때도 그랬다. 그녀는 휴직을 했고, 가족과 친구들 앞에서는 멀쩡한 척하려고 노력했다. 하지만 이제는 그마저도 힘들어 전화도 받지 않고 이메일 답장도 거의 하지 않았다. 그들이 멋대로 떠들게 내버려 두는 수밖에 없었다. 그들이 걱정하든 말든 그녀는 전혀 신경 쓰지 않았다. 심지어 받던 치료를 중단하고 약으로 버티고 있다는 것도 알리지 않았다. 더 이상 그들에게 말해 주거나 새로 알려줄 것도 없었다. 화학적인 방법으로 사람들과 막연히 떨어져 지내면서 조금 더 살고 싶었을 뿐이었다. 갈수록 살고 싶은 시간은 줄어들었지만, 그 정도면 충분했다.

그녀는 정말 호텔에 가고 싶지 않았다. 하지만 몇 달 전, 그러니까 병원에 입원하기 전, 바닷가에서 일주일만 보내면 다시 좋아질 거라는 생각이 들 무렵, 더 이상 파블로에 대해 생각하지 않기로 스스로 다짐했다. 그는 결국 떠났고, 다시는 전화를 걸지도, 편지를 쓰지도 않았다. 그녀는 그가 살았는지 죽었는지도 몰랐다. 막연하게 그를 기다리면서 이렇게 1년을 보내느니, 뒈졌거나 너무 잘 살거나 그저 둘 중 하나일 뿐이라고 믿고 사는 게 좋을 것 같았다. 늘 그랬듯이, 그에게 메시지를 보내 자신의 행선지를 알려 주었다. 친절하게 숙소 전화번호도 남겨 놓았다. 그녀는 호텔에서 생일을 보낼 생각이었다. 만약 파블로가 살아 있다면, 그리고 아직도 그녀를 사랑하고 있다면, 분명 연락할 것이다.

그녀는 부드럽게 등을 애무해 주던 그의 손길이 그리웠다. 편집증적인 망상에 빠져 있어도 웃으며 위로해 주려고 애쓰던 그가 그리웠다. 심지어는 몇 시간 동안 목욕하던 버릇과 밥 먹기를 싫어해서 뼈만 앙상한 엉덩이, 그리고 말할 때 손을 휘젓던 모습조차 그리웠다. 그의 사진을 꺼내 보던 그녀는 자기보다 고양이에게 더 관심을 보이던 그의 모습이 떠오르자 예전처럼 다시 질투심을 느끼고 싶어졌다. 또 선글라스를 낀 그와 함께 눈부신 햇빛 속을 걸어가고 싶어졌다. 그녀는 이른 아침 걸려 오는 그의 전화가 그리웠고, 그가 곤히 잠들어 있는 모습을 다시 보고 싶었다. 굳게 입을 다물고 있는 그가 그리웠다. 너무 오랫동안 말을 하지 않아서 그에게 짜증을 내던 순간 또한 그리웠다. 그가 집을 나설 때, 제발 가지 말라고 울면서 매달리던 수많은 아침도 그리웠다. 물론 두 시간도 지나지 않아 그녀의 품으로 돌아오곤 했지만 말이다. 그녀라면 그 어떤 소식도, 매정한 작별 인사도 없이 그렇게 그의 곁을 떠나는 일은 결단코 없었을 테니까. 만약, 그가 진짜로 죽었으면 어쩌지? 그럴 가능성도 없지 않았다. 그 사실을 일부러 그녀에게 숨기는 것이 아니라면, 그의 소식을 들은 사람은 아무도 없었기 때문이다. 식음을 전폐한 탓에 피를 토하는 그녀의 모습을 보고서, 매일 밤 베갯잇이 찢어질 때까지 베개를 물어뜯던 그녀의 모습을 보고서, 슬픔을 이기지 못해 술에 취한 채 이메일을 기다리느라 몇 시간 동안이나 모니터를 뚫어지게 쳐다보다가 결국 머리가 깨질 듯한 두통과 충혈된 눈에 시달리던 그녀의 모습을 보고서, 그리고 키

보드에 머리를 묻고 울음을 터뜨리면서도 혹시라도 연락이 올까 봐 집 밖을 나가지 못하는 그녀의 모습을 보고서, 어떻게 그런 사실을 숨길 수 있단 말인가. 그녀는 주변 사람들로부터 "이왕 떠난 사람, 그렇게 미련을 두면 뭐 하겠어. 그런다고 해서 떠난 사람이 돌아올 것도 아니고. 너도 이젠 네 인생을 살아야지 않겠어. 세월이 약이라고 조금만 지나면 아무렇지도 않을 거야. 밖에 나가 봐. 널린 게 남자들이야. 넌 예쁘니까 남자들이 졸졸 따라다닐걸. 우리 같이 춤추러 갈래? 내가 멋진 남자 소개시켜 줄게"라는 헛소리를 들을 때마다 그들에게 저주를 퍼부어 댔다.

위층 여자는 왠지 그녀가 마음에 들었지만, 첫인상은 믿을 게 못 된다는 것을 오랜 세월의 경험으로 체득했다. 거의 20년 전 어느 날, 그 방에 묵었던 여인이 떠올랐다. 금발이었는데, 너무 울어서 코끝이 벌게진데다 눈동자는 초점을 잃어 멍했고 머리는 정신없이 풀어 헤쳐져 있었다. 그날 밤, 위층 여자는 그녀가 소중한 아들을 잃어버린 아픔을 조금이라도 달래기 위해 바닷가 호텔에 며칠 묵을 예정이라는 것을 알았다. 위층 여자는 어린 남자아이 모습을 하고, 그녀 앞에 나타났다. 복도든, 해변이 내다보이는 그녀의 방이든, 2층으로 올라가는 계단 앞이든 가리지 않고 말이다. 하지만 그때마다 여인은 그저 비명만 질러댔다. 상태가 점점 심각해지자 결국 앰뷸런스에 실려 가고 말았다. 그녀는 남편과 함께 있었다. 위층 여자는 이 사건을 통해 소중한 교훈을 얻었다. 역시 혼자 있는 여자 앞에만 나타나야 해.

새로 온 여자의 이름은 엘리나였고, 혼자였다. 아름다운 외모를 가지고 있었지만, 본인은 그런 사실을 잘 모르고 있었다. 그녀는 불면증에 시달려 눈이 움푹 들어간 데다, 담배를 많이 피웠다. 그녀는 반항적인 인상을 풍겼다. 수다스러우면서도 친절한 호텔 스태프들에게는 쌀쌀맞게 굴었고 다른 호텔 손님들은 거들떠보지도 않았다. 호텔에 온 첫날, 그녀는 해변에 나가기는커녕, 아침과 점심도 걸렀다. 저녁에는 식당에 내려와 음식을 접시에 담았지만, 몰래 약 세 알을 와인과 함께 삼킬 뿐이었다. 위층 여자는 엘리나가 해변을 지독히도 싫어한다는 것을 알아차렸다. 그런데 왜 여기 온 거지? 몇 년 전, 해변에서 무슨 일이 일어났던 것이 틀림없었다. 위층 여자는 그날 밤 내로 그녀에게 무슨 일이 일어났는지 알아내기로 했다. 그래야 엘리나가 꿈속에서 그 일을 떠올릴 테니까.

위층 여자는 푸른 카펫이 깔린 복도를 따라 엘리나의 방으로 내려갔다. 엘리나가 묵던 방은 호텔에서 가장 비싼 스위트룸으로, 전자레인지와 냉장고가 갖춰져 있었다. 하지만 그녀가 그런 것들을 이용할 리는 없었다. 인간의 모습을 하고 그녀 앞에 나타나기에는 아직 이르다고 생각했다. 내일이 좋을 것 같았다. 오늘 밤에는 그날 밤 해변에서 있었던 일이 엘리나의 꿈속에 펼쳐지는 것만으로 충분했다. 그때 엘리나는 혈기 왕성한 열일곱이었다. 그녀는 바를 나서던 순간, 술에 취한 남자와 텅 빈 해변에 가기로 했다. 그 남자는 그녀가 소리를 지르지 못하도록 입을 틀어막았다. 엘리나는 겁에 질려 꼼짝도 하지 못했다. 그리고 그 후에 일어난 일은 아무한테도 말하지 않았다. 그녀는 말없이 샤워를 하고 울었다. 그리고 그녀의 부드러운 속살을 쓰라리게 한 모래 때문에 생긴 냄새와 따끔거림을 없애기 위해 여성용 청결 크림을 샀다.

'더러운 기억을 떠올리기에 딱 좋을 때군.' 엘리나는 생각했다. 그녀는 수영장이 내다보이는 창문 앞에 서서 밖을 내다보았다. 완전히 잊어버린 것은 아니지만, 그날 밤 해변에서 일어난 일은 극히 드물게 꿈속에 나타났다.

하지만 그녀는 파블로가 자기 곁을 떠난 이유 또한 바로 이 일 때문이라는 것을 알고 있었다. 가끔 그가 그녀를 애무할 때 가랑이 사이로 들어간 모래 때문에 따끔거렸던 기억이 났다. 그럴 때마다 그에게 이제 제발 그만하라고 사정했지만, 자신이 영원히 파멸해 버릴지도 모른다는 두려움 때문에 아무것도 제대로 설명할 수 없었다. 그는 결국 그녀에게 진저리를 쳤다. 물론 그의 입장에서 생각해 보면 그럴 만도 했다.

창밖에는 커플들이 라운지체어에 앉아 손을 맞잡고 도란도란 이야기를 나누고 있었다. 그녀는 그들이 혐오스러웠다. 아이들은 그렇게 덥지도 않은데 풀장에서 물놀이를 하고 있었다. 50대쯤으로 보이는 한 남자는 나무 그늘에 앉아 노란색 표지의 책을 읽고 있었다. 투숙객들이 거의 눈에 띄지 않았다. 어쩌면 호텔이 주는 느낌 때문에 그렇게 보였는지도 모른다. 호텔에는 적막감이 감돌았다. '그건 좋은 생각이 아니야.' 엘리나는 속으로 중얼거렸다. 그녀는 한 시간, 아니 두 시간이나 기다렸지만, 전화가 왔다고 부르러 오는 직원은 아무도 없었다. 어쩔 줄 모르고 쩔쩔매면서 보낸 31년의 세월. 이제 어떻게 해야 하는 걸까. 앞으로 20년 더 대학에서 강의를 하게 될까. 앞으로 20년 더 강사 생활을 하게 될까.

앞으로 20년 더 돈에 쪼들리며 혼자 죽게 될까. 앞으로 20년 더 교수 회의에 참석해 투덜거리게 될까. 특별한 대안은 없었다. 더군다나 다시 강사 자리를 얻기 힘들지도 모른다. 마지막 수업 시간에 그녀는 뒤르켐을 설명하면서 바보같이 울고 말았다. 결국 울면서 강의실을 뛰쳐나갔다. 그때 남학생들이 키득거리던 소리를 잊을 수 없었다. 아이들의 천성이 모질고 독해서라기보다, 저들도 순간 당황하고 놀라서 그랬던 것이리라. 하지만 그 순간에는 모조리 죽이고 싶을 만큼 아이들이 얄미웠다. 그녀는 교수실에 틀어박혀 있었다. 누군가가 거기서 부들부들 떨고 있는 그녀를 발견했고, 다른 이가 앰뷸런스를 불렀다. 병원—직원들은 역겨울 정도로 친절했지만, 엄청나게 비싼 병원이었다. 소식을 듣고 한걸음에 달려온 그녀의 어머니가 병원비를 냈다—에서 깨어날 때까지 무슨 일이 있었는지 거의 기억하지 못했다. 그리고 이어진 집단 치료 시간에 다른 이들이 하는 말을 한 귀로 흘려들었고, 또 미술 공예를 하는 동안 내내 어떻게 죽을지만 생각하느라('이 붓으로 내 경정맥을 찌를 수 있을까?') 섬뜩한 기분에 휩싸였다. 개인 치료 시간에는 아무것도 설명할 수 없는데다, 퇴원을 시켜줄 것 같지도 않아서 입을 다물고 있었다. 부모들은 그녀가 독립해서 하루빨리 회복하고, 또 사람들과 잘 어울려 지낼 수 있도록 아파트를 한 채 빌려주었다. 반면 파블로는 어디에 그렇게 꼭꼭 숨어 있는지 몰라도 연락 한 번 하지 않았다. 그녀는 신경정신과 의사의 권유로 다시 학교로 돌아갔지만, 한 달도 버티지 못했다. 결국 보름 만에 다시 병가를 내고 해변으로 오게 된 것이다.

그녀는 헝클어진 머리를 대충 뒤로 넘겨 질끈 동여맨 뒤, 점심을 먹기로 했다─그 무렵 그녀는 약을 정해진 양만큼 먹지 않았기 때문에, 그날도 평소처럼 늦잠을 잤다. 그런 다음 해변에 가서 혼잣말로 중얼거렸다. 그날따라 날이 화창했다. 왠지 바다도 고요할 것 같았다. 밖으로 나왔을 때, 그녀는 이상하게 생긴 양 조각상 옆을 지나쳐 갔다. 마치 아기 예수가 태어난 구유에서 바로 나온 것 같았다. 그러곤 청동 두꺼비의 입안에 코르크 마개를 던지며 놀고 있는 두 아이를 호기심 어린 눈빛으로 바라보았다.

그녀는 다시 접시에 음식을 담았지만, 간신히 두 숟갈을 삼키고 세븐업 한 병─하다못해 설탕이라도 들어 있을 테니까─을 다 마셨다. 그러곤 한 블록 정도 떨어진 해변으로 향했다. 해변으로 이어진 길은 자갈로 덮여 있는데다, 관목으로 둘러싸여 있어 가는 내내 숨이 턱턱 막혔다. 그 안에 무언가 숨어 있을지도 모른다는 생각에 그녀는 바다로 한걸음에 달려갔다. 마침내 오래된 목재 계단에 다다르자 푸르른 바다가 보였다. 그리고 엄청나게 넓을 뿐만 아니라 해안의 다른 곳보다 밝은 빛깔의 모래로 덮여 있어 투명하리만큼 깨끗한 해변이 자태를 드러냈다. 곧 비가 쏟아지려는지 파란 하늘이 보랏빛으로 물들었다. 그녀는 천막 아래 의자에 앉아, 아직은 호리호리한 몸매를 가진 40대 남자들이 축구하는 모습을 물끄러미 바라보았다. 당장 다가가 한 명을 골라 침대로 데려갈까도 생각해 보았다. 까짓것 안될 게 뭐 있어. 지난 1년 동안 섹스를 한 번도 못 했는데. 하지만 그렇게 될 리 없다는 것을 누구보다 그녀 자신이 더 잘 알고 있었다. 그리고 자신에게서 절망의 냄새가 물씬 풍겨 나오고 있다는 것 또한 잘 알고 있었다. 그녀는 맞바람을 맞으며 걷고 있는 비키니 차림의 여자들을 보았다. 어서 비가 오기를. 결국 온몸이 빗물에 흠뻑 젖었다. 긴 머리카락에서 빗방울이 바지 위로 뚝뚝 떨어졌을 때, 그리고 차가운 물이 목을 타고 가슴과 배로 흘러내렸을 때, 그녀는 주머니에서 면도칼을 꺼내 팔뚝에 정확하게 칼집을 내기 시작했다. 하나, 둘, 셋. 결국 피가 흐르고 아릿한 통증이 퍼지면서 오르가슴처럼 짜릿한 쾌감이 느껴졌다. 아무리 그녀라도 으스스한 한기가 몰려오자 옷으로 몸을 덮었다. 그렇다고 그녀가 살고 싶은 건 아니었다. 다만 인정 많은 어떤 사람이 무언가 수상한 낌새를 눈치채고 그녀를 가엾이 여겨 부에노스아이레스에 전화를 걸거나, 앰뷸런스 아니면 자살 예방 상담 전화로 연락할까 봐 조마조마했을 뿐이다.

호텔로 돌아오자마자, 그녀는 자기한테 연락 온 데가 없는지 물어보았다. "없는데요, 손님." 안내 데스크 직원이 환한 미소를 지으며 말했다. 방에 들어간 그녀는 욕조에 몸을 담그고 팔뚝에 난 상처를 자세히 들여다보았다. 곧 그녀 주위로 피가 퍼져 나가면서 욕조의 물을 벌겋게 물들이기 시작했다. 아름다운 광경이었다. 그녀는 머리를 물속에 잠그고 눈을 부릅떴다. 불그스레한 거품으로 가득한 바다가 눈앞에서 소용돌이치고 있었다.

그녀는 아무하고도 말하고 싶지 않았다. 그런데 도착한 지 얼마 안 된 듯한 여자—엘리나는 그녀의 얼굴이 무척 창백했던데다, 무언가 불편한 기색이 보였기 때문에 그렇게 추측했다—가 아침 식사 시간에 그녀의 테이블에 앉았다. 아침 시간에 식당은 언제나 만원이었다. 엘리나는 잠을 깨기 위해 밀크커피를 주문했다. 지난밤에 한숨도 못 잔 터라 현기증이 났다. 카페인이 몸속에 들어가자 심장이 벌떡벌떡 뛰기 시작했지만, 그녀는 개의치 않았다. 그렇게 간단하게 죽을 수만 있다면 얼마나 좋을까. 아무런 예고 없이 갑자기, 그리고 아무 계획도 없는 상태로 말이지. 약을 먹고 죽는 것보다 훨씬 더 나을 거야. 음독자살을 시도했을 때, 그녀는 목구멍에 튜브를 낀 채 혼수상태에서 깨어났다. 그때 약물 과다복용으로 죽는 것이 얼마나 어려운지 새삼 깨달았다. 얼마 후, 자신이 무슨 실수를 저질렀는지 알게 되었다. 그리고 어떤 약을 먹어야 했는지도. 하지만 다시 자살을 시도할 엄두가 나지 않았다.

여자는 수줍게 인사를 건넨 뒤, 혹시 생텍쥐페리의 방에 올라가 본 적이 있는지 물었다. 엘리나는 아직 못 가봤다고 대답했지만, 속으로는 작가의 방 따위에 신경 쓸 겨를이 어디 있겠냐고 투덜거렸다. 그러나 그 여자도 쉽사리 물러서지 않았다. 그렇다고 문학적인 열정 때문에 그러는 것 같지도 않았다. "그 방에서 사진을 찍으면 언제나 흐릿하게 나온다는 말을 들었어요. 사진에 유령이 찍혀서 그렇게 나오는 거라더군요. 잘 모르겠지만, 이 호텔에는 왠지 유령이 살고 있을 것 같아요."

그럴지도 모르지요. 엘리나가 대답했다. 하지만 여기

에 정말 생텍쥐페리의 유령이 있다 해도 난 무섭지 않아요. 그 대답을 듣자 여자가 웃었다. 가짜로 웃는 것 같진 않았지만 묘한 웃음이었다. 마치 웃는 것이 몸에 배지 않은 듯 부자연스러웠다. 엘리나는 왠지 그녀가 마음에 들었다. 적어도 그 여자가 밀랍 인형처럼 완벽한 외모의 부잣집 도련님이나 언제나 겉만 번지르르한 말을 하는 신사, 아니면 안경을 쓰고 책을 옆구리에 끼고 있는 남자 친구와 함께 있는 속 편한 여자아이나 밤에 비싼 와인 병을 따고 향을 맡은 다음, 한숨을 내쉬며 시가에 불을 붙이는 40대 남자처럼 싫지는 않았다.

"그럼 혹시 전망대 이야기는 들어본 적 있나요?" 여자가 물었다.

"네, 조금요. 그런데 그곳은 아무한테나 개방하지 않아요. 건물이 워낙 오래된데다, 수리를 하지 않아서 위험한가 보더라고요." 엘리나가 말했다.

여자는 천천히 고개를 저었다. 그녀는 아주 작은 키에 비해 손가락이 너무 길었다. 그런 탓에 전체적으로 균형이 맞지 않아 보였을 뿐만 아니라, 거의 기형적인 모습이었다.

"위험하지는 않지만, 계단의 경사가 가파른 편이에요. 난 거기 가본 적이 있거든요. 당신만 좋다면 같이 가도 돼요. 문을 잠가 놓지도 않았는걸요. 그러니까 아무나 못 들어가게 막아 놓았다는 건 말짱 거짓말이에요. 문이 조금 빽빽하기는 하지만, 밀면 열려요."

"좋아. 그럼 내일 가 보지요." 엘리나가 말했다. 그녀는 24시간의 유예기간을 달라고 했다. 그 시간 동안 우선 잠을 잘 수 있을지 확인해 봐야 하지만, 그보다 더 중요한 것은 파블로가 이메일을 보냈을지 모르니 인터넷 카페를 찾아서 확인해야 한다는 이유에서였다.

하지만 그녀는 끝내 인터넷 카페에 가지 않았다. 손이 떨리고 숨이 가빠지면서, 자신의 육신에서, 아니 하루 종일 똑같은 생각을 하는 자신으로부터 벗어나야 할 필요성을 절감했기 때문이었다. 그녀는 복도에서 담배를 피워 물었다. 그러곤 담배를 피우면서 방으로 돌아가, 침대에 똑바로 누워 밤이 되기를, 그리고 그다음 날이 오기를 기다렸다. 텔레비전을 켜두었지만, 그 어떤 방송도 귀에 들어오지 않았다. 그녀는 울음조차 나오지 않는 상황에 잔뜩 겁이 났다.

위층 여자는 어떤 일에도 열을 올리거나 흥분하지 않았다. 차분하게 마음속으로 믿을 뿐이었다. 엘리나가 적합한 인물이고, 이 일을 잘 해낼 것이라고 확신하고 있었다.

그녀는 엘리나를 전망대로 데리고 갔다. 호텔 소유주가 가파른 나무 계단으로 이어지는 문을 열쇠로 잠가 놓은 것은 사실이었다. 하지만 허술한 장치로 그녀를 막기는 역부족이었다. 엘리나는 숨을 헐떡거리며 그녀를 뒤따라 올라갔다. 올라가는 도중에 손에 가시가 박혔지만, 아야 하는 소리도 내지 않았다. 마침내 전망대의 네모난 공간에 도착하자 그녀는 까치발을 하고 향긋한 나무 냄새를 들이마시며 창밖을 내다보았다. 저 멀리 푸른 바다와 황토색을 띤 햇빛, 그리고 탑 아래 구덩이같이 생긴 그림자들이 보였다. 그녀는 엘리나가 빙긋이 미소 짓는 모습을 보았다.

"이 호텔 주인에게 딸이 하나 있는데, 어렸을 때 여기 미친 여자가 숨어 있다고 믿었나 봐요."

"미친 여자라니, 어떤 여자죠?" 엘리나는 여전히 미소 짓고 있었다.

"미친 여자가 어디 있겠어요. 미친 여자는 없었어요. 미친 여자가 탑에 갇힌 이야기를 읽었던 모양이더라고요. 아무튼 동화책을 읽은 다음부터 아이는 이야기를 사실로 믿게 된 거죠."

"하긴 책에서는 미친 여자들을 언제나 가두어 두니까

요." 엘리나가 중얼거리듯 말했다.

"마음만 먹으면 거기서 탈출할 수도 있었어요."

"그랬겠죠." 말을 마친 엘리나는 공사하다가 남은 유리 조각을 가지고 놀기 위해 바닥에 앉았다.

"그저께가 내 생일이었어요." 그녀가 말을 이었다. "서른한 번째 생일."

"생일 파티하고 싶지 않았어요?"

엘리나가 고개를 들어 쳐다보자, 그녀는 조용히 미소 지었다. 하지만 그러고 있을 때가 아니었다. 엘리나를 꼭 껴안아 주는 것이 좋았을지도 모른다. 하지만 그랬다가는 일을 다 망칠 수도 있었다.

지금 상황으로는 다음 날, 엘리나를 다시 전망대로 데리고 올라가는 것이 더 좋을 것 같았다.

그러고 나서 거기에 가둬 버리기로 했다.

그리고 어쩌면 꼭대기에 홀로 내버려 두기 전에 그녀의 진정한 모습을 보여 주는 편이 좋을지도 모른다.

그리고 어떤 일이 있어도 투숙객들과 소유주들이 고함 소리를 듣지 못하게 해야 한다. 위층 여자는 사람들의 귀에 들리는 소리와 그렇지 않은 소리를 마음대로 조절할 수 있었다.

그리고 엘리나가 굶주림에 지칠 때까지 기다리기로

했다. 그런 다음, 아무도 찾으러 오지 않을 거라고 문밖에서 이야기할 것이다. 실제로 엘리나에게 관심을 가진 이는 아무도 없었으니까.

어쩌면 또 한 번, 필요할 경우 여러 번, 안에 들어가 보는 것이 좋을지도 모른다. 들어갈 때마다 그녀의 진정한 모습을 조금씩 더 보여 주는 것도 나쁘지 않을 것 같았다. 그리고 진정한 냄새도 맡게 해 주어야 한다. 그리고 물론 그녀의 손길이 어떤지도 느끼게 해 주어야 한다. 아, 그녀는 자기의 손길만큼 무시무시한 것이 없다는 사실을 잘 알고 있었다.

그리고 문 두드리는 소리, 부스럭거리는 소리, 비명 소리가 날 때까지 기다리기로 했다. 엘리나가 창문뿐만 아니라, 계단도 세심하게 관찰하는 모습을 보았다. 계단에서 한 발짝만 잘못 내디뎌도 끝장이었다. 그렇지 않으면 엘리나는 다시 위로 기어 올라가 꼭대기에서 몸을 던질 수 있었다. 그렇게 하고도 남을 인물이었다.

그러고 나면 엘리나는 제자리를 뱅글뱅글 배회하게 될 것이다. 손은 얼음장처럼 차갑고 팔은 피투성이가 된 채로 말이다.

그러면 위층 여자도 마침내 그녀를 찾은 대가로 자유를 얻게 되리라.

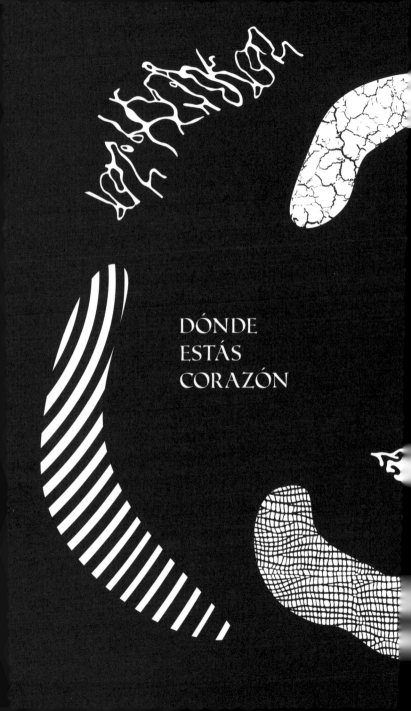

DÓNDE
ESTÁS
CORAZÓN

심장이여, 그대는 어디에 있는가

그를 생각하면 세 가지 기억이 떠오른다. 그중 하나는 사실이 아닐 수도 있다. 순서는 내 멋대로 정한 것이다. 첫 번째 기억에서 그는 실오라기 하나 걸치지 않은 채 소파에 걸쳐 놓은 타월에 앉아 텔레비전을 보고 있다. 나는 그의 안중에 없다. 반대로 내가 그를 몰래 살펴보고 있는 모양새다. 그의 성기는 시커먼 음모 사이에 묻혀 있다. 그리고 털 사이로 길게 이어진 흉터는 거무스름한 핑크색이다.

두 번째 기억에서는 그의 아내가 그의 손을 잡고 방으로 들어간다. 이때도 역시 알몸이다. 그는 곁눈질로 나를 흘끔거린다. 아무리 70년대라고 해도 그의 머리는 꽤나 긴 편이다. 그런데 흉터가 보이지 않는다.

세 번째 기억에서 그는 나와 얼굴이 닿을 정도로 가까이 서서 미소 짓는다. 이번에는 나도 알몸인 것 같다. 너무 부끄러워 얼굴이 화끈거린다. 꿈인지 현실인지 헷갈린다. 왠지 이 장면은 다른 기억만큼 자연스럽지 않다. 내가 상상으로 꾸며낸 것인지도 모른다. 하지만 부끄러워 움츠러드는 건 꿈속에서 자주 있는 일이라 전혀 낯설지 않다. 그의 손길이 내 몸에 닿았는지 잘 모르겠다. 그를 떠올릴 때마다 이는 느낌은 욕망과 비슷하다. 내 짐작이 맞다면, 그건 공포와도 비슷하다. 그렇다고 그가 무서운 것은 아니다. 그의 얼굴을 봐도 전혀 불안하지 않다. 나는 유아기의 정신적 외상과 그것이 내 삶에 미친 영향을 캐내 보려고 애쓰고 있다. 그를 만난 건 다섯 살 때였다. 그 무렵 그는 건강 상태가 좋지 않았다. 심장 수술을 했는데 결과가 좋지 않았던 모양이다. 내가 그의 집—사실 그 집에는 그의 딸들, 그러니까 내 친구들이 살고 있었다—에 발길을 끊은 뒤에 생긴 일이라 한참 뒤에야 그 사실을 알게 되었다. 나는 그의 이름이 무엇이었는지도 기억나지 않았고, 부모님께 물어볼 엄두도 나지 않았다.

그가 죽고 나서 얼마 뒤, 나는 손톱으로 가슴 한복판을 긁어 상처를 내기 시작했다. 그의 흉터를 따라 하기 위해서였다. 나는 잠들기 전에 옷을 다 벗고 누워 가슴을 할퀸 다음, 머리를 들어 따끔거리는 살갗을 멍하니 바라보곤 했다. 조금 지나면 벌겋게 부어오른 자국이 사라지고 목이 뻐근해졌다.

더운 날이면 빈방에 들어가는 것이 나의 유일한 낙이었다. 엄마가 '사랑방'이라고 부르던 그곳은 우리 집에서 가장 시원했다. 오래된 책과 낡은 가구를 보관하던 곳이라 아무도 쓰지 않는 유일한 방이었다. 나는 그 방을 너무나 좋아했다. 들어가면 우선 옷을 다 벗고 가죽 소파 위에 벌렁 누웠다. 소파의 가죽이 맨살에 닿을 때 그 차가운 느낌이 너무 좋았다. 그런 다음, 들고 온 작은 선풍기를 틀고 오후 내내 책을 읽었다. 오후만 되면 동네 친구들은 모두 클럽 풀장으로 몰려갔지만, 나는 그들이 어딜 가든 상관하지 않았다. 종이가 너덜너덜해지고 책장이 반쯤 떨어져 나간 도해판 『제인 에어』를 읽다가 헬렌 번스*를 발견하고는 생전 처음으로 깊은 사랑에 빠졌다.

하지만 책에 나온 헬렌의 삽화가 통 마음에 들지 않았

---

* 영국의 작가 샬럿 브론테가 쓴 『제인 에어』에 등장하는 인물로, 제인의 친구이다. 로우드 학교 시절, 헬렌은 뛰어난 능력과 고상한 품성으로 제인에게 큰 영향을 미치지만 폐결핵으로 이른 나이에 세상을 떠나고 만다.

다. 우선 책에 묘사된 것보다 훨씬 덩치가 큰 아이로 그려진데다, 어떤 이유에서인지 금발이었다. 실제로 그녀의 머리가 무슨 색깔인지 책에는 전혀 언급되어 있지 않았다. 그녀는 절대로 그렇게 생기지 않았다. 나는 여름내내 소파—너무도 가냘프고 아름다운 헬렌이 내 손을 꼭 잡고 세상을 떠날 때 누워 있던 고아원의 침대로 둔갑했다—에 누워 그녀를 상상했기 때문에 그녀의 생김새라면 그 누구보다 잘 알고 있었다.

따지고 보면 헬렌은 책에서 그다지 큰 비중의 인물이 아니다. 주인공인 제인은 끔찍한 로우드 여학교에 처음 왔을 때, 누구와도 친구가 될 수 없었다. 고약한 성미를 가진 브로클허스 교장이 반 아이들 앞에서 그녀에게 톡톡히 망신을 주었기 때문이다. 하지만 교장이 뭐라고 하든 헬렌은 크게 신경 쓰지 않았다. 곧 헬렌은 제인의 친구가 되었다. 자신의 죽음을 직감했는지 그녀는 모든 것에 초연했다. 제인이 학교 운동장에서 『라셀라스』라는 이상한 제목의 책을 읽고 있던 헬렌을 처음 본 순간, 그녀와 사랑에 빠지리라는 것을 직감했다. 그러나 그다음 장에서 헬렌은 결국 죽고 말았다. 학교에 티푸스가 돌기 시작하자, 결핵이 악화되어 2층으로 실려 갔다. 어느 날 밤, 제인은 그녀를 만나기 위해 그 방에 들어갔다. 헬렌과 제인은 같이 잤다. 제인과 헬렌이 둘이서 함께 시간을 보낸 것도 그날 밤이 마지막이었다. 요즘 들어 이 대목을 떠올리면(이 부분은 다 외우고 있었기 때문에 굳이 다시 읽을 필요가 없었다), 모든 것이 분명하게 이해된다. 제인이 죽음을 앞둔 환자의 침대에 들어갔을 때, 헬렌은 이렇게 말했다. "사랑하는 제인, 네 몸은 따뜻하니?" 사랑하는 제인. 사랑하는 제인. 그건 러브신이었다. 하지만 제인이 잠에서 깨어났을 때, 헬렌은 이미 죽어 있었다. 그 장은 잠시도 내 뇌리를 떠나지 않았다. 나는 하루도 거르지 않고 매일 밤 침대에 누워 베개를 헬렌으로 여기고 꼭 껴안은 채 눈을 붙였지만, 바보 같은 제인처럼 쉽게 잠이 들지 못했다. 맙소사, 나는 그녀가 죽는 것을 지켜보았다. 나는 그녀의 손을 꼭 쥐고 있었다. 회색 눈동자로 내 눈을 빤히 쳐다보며 죽어가던 그녀는 내게 다른 세계의 모습을, 자기가 가려고 하는 영원한 집의 모습을 얼핏 보여 주었다.

　나는 곧 내가 허황된 상상에 빠져 허우적거리고 있다는 것을 깨달았다. 내가 열네 살이었을 때, 친구 하나가 풀 죽은 목소리로 말했다.

　"내가 뭘 알아냈는지 아니? 혹시 마라의 오빠 생각나?"

마라는 원래 같은 반이었지만, 다른 학교로 전학을 갔다.

"그럼."

"그 오빠의 심장과 폐 사이에 종양이 발견되었나 보더라고. 그런데 수술이 불가능해서 곧 죽게 될 거래."

일주일 뒤, 나는 친구에게 둘이서 마라네 집에 가보자고 했다. 죽어가고 있는 그녀의 오빠를 만나고 싶었다. 어쩐지 그러고 나면 그와 사랑에 빠질 것 같았다. 정작 그를 만나 보니…… 병색이 완연한 모습에 정이 뚝 떨어졌다. 그 무렵 나는 모든 것이 혼란스러웠다. 그래도 실제로 아픈 사람을 좋아하는 건 아니니까, 이런 나를 두고 부도덕하다거나 사악하다고 비난할 수는 없다는 결론을 내렸다. 이렇게라도 합리화해 보려 했지만, 끝내 집착에서 벗어날 수는 없었다. 일 년 내내 친구들은 용돈으로 마약을 샀지만, 나는 비싼 의학 서적을 샀다. 책을 읽으면 세상을 다 얻은 기분이었다. 특히 죽음을 완곡하게 표현한 대목, 그리고 아무것도 의미하지 않는 아름다운 의학 용어와 난해한 전문 용어들. 그것은 포르노였다. 그 무렵에는 내가 무엇에 흥분하는지, 하지 않는지 분명하게 알고 있었다. 그래서인지 점점 빅토리아 시대의 문학이 지겨워졌다. 이때의 작품들에는 언제나 아픈 인물이 등장하는데, 아무리 읽어도 그가 무엇 때문에 죽어 가는지 알 수 없었다. 『백치』에서 폐결핵에 걸린 소년 이폴리트*를 일 년간 짝사랑하다 이겨내고 나서부터는 폐병 환자들에게도 좀 진절머리가 났다. 내가 원하는 것은 포르노였다. 헬렌이나 타지오**, 아니면 이폴리트 같은 병자들은 모두 에로티즘을 암시하는 인물들이었다. 이와 더불어, 그들은 항상 조연이었다. 그중에서는 이폴리트가 가장 이상적이었다. 수려한 용모(도스토옙스키는 미시킨 공작의 입을 빌려 이폴리트가 '아주 아름다운 얼굴'을 가지고 있다고 묘사한다. 이 부분을 읽는 순간, 온몸에 전율을 느꼈다)를 가진 소년으로 서서히 죽어가지만, 집요하면서도 연약하고 또 사악하기까지 한 인물. 그는 말이 정말 많았지만 그렇다고 자주 실신하지도 않았다. 나는 핏기 하나 없이 창백한 얼굴과 식은땀, 그리고 쉴 새 없이 쿨럭거리는 기침을 묘사하는

---

* 도스토옙스키의 『백치』에 등장하는 인물로, 그 당시의 허무주의를 전형적으로 드러낸다. 폐결핵으로 시한부 인생을 선고받은 이폴리트는 운명에 맞서기 위해 자살을 시도한다. 그에게는 이성적인 측면과 악마적인 면모가 공존한다.

** 토마스 만의 『베네치아에서의 죽음』에 등장하는 인물. 노년의 작가인 구스타프 폰 아셴바흐가 미소년인 타지오를 만나 사랑에 빠진다는 이야기를 그리고 있다.

것이 점점 지겨워졌다. 더 상세한 묘사와 노골적인 섹스 장면이 나오기만을 바랐다. 그런 점에서 의학 서적이 가장 이상적이었다. 의학 서적의 도움으로 내가 어떤 페티시를 가지고 있는지 구체적으로 알아낼 수 있었다. 신경성 질환을 다룬 부분은 건너뛰고 읽었는데 무엇보다 발작이나 지적 장애, 마비 증세 등은 마음에 들지 않았다. 신경계 부분은 무척이나 지루했다. 신기하게도 종양학에는 전혀 관심이 가지 않았다. 암은 지저분하고 사회적으로 과대평가되어 있을 뿐만 아니라, 약간 저속해 보였다(나이 많은 여자들이 모이면, 가엾은 부인에게 종양이 생겼다지 뭐예요, 입에서 늘 그런 이야기가 나왔지만…… 그 말이 끝나기가 무섭게 그것 참 큰일이네요! 라는 탄식이 이어졌다). 그리고 영웅적인 암환자를 다룬 영화들이 지나치게 많았다(개인적으로 영웅적인 환자를 좋아했지만, 삶의 모범이 된 사람을 좋아하지는 않았다). 신장병학은 또 얼마나 재미가 없었는지 모른다. 신장이 제 기능을 하지 못하면 사람은 당연히 죽을 수밖에 없다. 하지만 콩팥이라는 말만 들어도 소름이 끼쳤기 때문에 일부러 신경을 안 썼다. 위장병은 두말없이 불결한 느낌이 들었다.

내가 좋아하는 것이 무엇인지, 내 발걸음을 멈추게 하

는 것이 무엇인지 분명했다. 일단 나의 전문 분야가 밝혀진 뒤로는 오로지 그것에만 전념했다. 특히 폐질환(헬렌과 이폴리트를 위시한 모든 폐결핵 환자들이 떠오른다)과 심장병 환자가 마음에 들었다. 후자의 경우에는 저속한 측면이 있었다. 하지만 노인 환자들에게만(쉰 살이 넘으면, 콜레스테롤처럼 무시무시한 유령들이 나타나기 시작한다) 해당되는 문제다. 반면에 환자들이 젊다면…… 그보다 멋지고 고상할 수 있을까. 대개 겉으로는 표가 나지 않기 때문이다. 만약 그들의 용모가 수려하다면, 아무도 모르게 무너져 내리고 있는 아름다움이리라. 그 밖의 질병은 모두 저마다 다른 기한을 가지고 있었지만, 이 경우만은 예외였다. 심장병을 앓는 젊은이들은 언제라도 죽을 수 있다. 언젠가 의학 전문 서점(그곳의 점원들은 나를 의대생으로 알고 있었다. 그렇게 보이도록 용의주도하게 행동했다)에서 〈심장의 소리〉라는 CD를 샀다. 여태껏 그 어떤 것도 내게 그런 큰 기쁨과 만족을 안겨 준 적이 없다. 보통의 남녀가 섹스할 때 쾌감의 절정에서 나오는 신음 소리를 듣고 느끼는 것을, 나는 망가진 심장이 뛰는 소리를 들을 때 느끼는 것이었다. 심장 박동 소리가 얼마나 다양한지 모를 것이다! 심장의 고동 소리는 사람마다 고유함이 있고 각각의 소리마다 다른 의미를 갖는다. 이 얼마나 아름다운가! 다른 질병에서는 그 어떤 소리도 들리지 않는다. 게다가 대부분의 질병은 냄새가 나서 불쾌하게 느껴진다. 자전거를 타고 MP3 플레이어에서 심장 소리를 들을 때마다, 너무 흥분이 되어 가던 도중에 멈추어야만 했다. 그래서 밤에 집에서만 들었다. 그 무렵 나는 실제 섹스에 관심이 너무 없어서 뭐가 잘못된 게 아닐까 걱정스러웠다. 심장 박동 소리가 담긴 오디오 트랙이 성적 욕망을 대신 충족시켜 주었던 것이다. 이어폰을 귀에 꽂고 몇 시간 동안이고 자위를 할 정도였다. 그럴 때마다 허벅지가 끈적하게 젖어 있었을 뿐만 아니라, 손으로 너무 문지르는 바람에 팔이 뻐근해지고, 클리토리스가 커다란 포도 알갱이만 하게 부풀어 올랐다.

얼마 후, 나는 녹음된 심장 박동 소리를 지워 버리기로 했다. 그걸 계속 듣고 있다 보면 미쳐 버릴 것만 같았다. 그때부터 어떤 남자를 만나든 제일 먼저 그의 가슴에 머리부터 대고 소리를 들었다. 혹시라도 부정맥이나 심잡음이 나는지, 아니면 불규칙한 심장 박동이나 제3심음, 갤럽 리듬이나 기타 소리가 들리는지 확인하기 위해서였다. 그러고 나면 최고의 심음 조합을 가진 남자가 언제쯤 나타날지 궁금해졌다. 그땐 정말 절실했다.

요즘도 그때 생각이 나면 혼자서 슬며시 웃곤 한다.

내가 언제 분별력을 잃었는지 정확히 밝힐 수 있다. 몇 년 동안 허탕을 친 끝에 결국 나는 심장 박동 페티시를 가진 사람들이 허심탄회하게 생각을 나누는 웹사이트를 찾아냈다. 그곳은 실시간으로 채팅이 가능했고 다운로드할 수 있는 사운드 아카이브도 가지고 있었다. 저장된 소리들은 흥미롭게도 정상 및 비정상 심장 박동, 운동 중의 심장 박동, 심잡음, 이소성 심장 박동 등으로 분류되어 있었다. 나는 채팅에 직접 참여하지 않았다. 그저 소리들을 복사해서 침대에 누워 듣기만 했다. 심장이 빠르게 뛰다가 다시 정상 리듬을 되찾고, 그러다 갑자기 예상보다 빨리 뛰거나 뒤늦게 뛰기도 했다(부정맥이거나 심실 수축이 발생한 경우이다). 그러자 예전에 자위를 너무 과격하게 했다는 생각이 들었다! 그때만 해도 나는 아무것도 몰랐다. 성적 흥분의 한계에 대해서도 아는 것이 전혀 없었다. 오른쪽 소음순과 클리토리스 사이에 중지를 갖다 대고, 뼈가 닿을 정도로 세게 문질렀다. 그러다 보면 뼈가 얼얼해지고, 심지어 피가 나오기도 했다. 그러곤 견디기 어려울 만큼 엄청난 오르가슴이 몇 시간 동안 연이어 찾아오곤 했다. 침대 시트가 축축하게 젖고 가슴 사이로 땀이 주르르 흘러내리는가 하면, 온몸에 닭살이 돋고 클리토리스가 영광스럽게 부풀어 오른 동시에 질과 자궁이 수축된 것을 느낄 수 있었다. 심실상성 빈맥, 대동맥판막 협착증이 내는 아름다운 소리, 환기 장애나 발살바 호흡법에 의해 유발되는 불규칙한 심장 박동 소리. 이런 소리들은 웬만큼 용감한 사람이 아니면 들을 엄두도 내지 못했다. 숨겨진 심장 소리도 가끔 있다. 심장이 늑골 뒤에서 요란하게 뛰지만, 밖에서는 소리가 거의 들리지 않는 경우다. 단 숨을 참으면 이 소리를 들을 수 있다. 그러다 산소가 다시 공급되면, 심장은 마치 토마토 통조림 속에 살고 있기라도 한 듯 깜짝 놀라 부르르 떨거나, 금방이라도 멈출 듯이 느리게 뛴다.

나는 대부분의 전화를 받지 않았다. 어디를 가든 늦게 도착했다. 외음부가 따끔거리고 아프거나, 가끔 그곳에 난 상처 때문에 통증이 심해져 쾌감이 사라질 때만 걸음을 멈추었다. 이어폰과 심장과 함께 하는 어둠의 세계, 그것이 바로 내 삶이었다. 더 이상 사람과 섹스하지 않을 것이다. 뭐 하러 그런 짓을 한단 말인가!

적어도 어떤 심장 소리를 들을 때까지는 그렇게 생각했다. 그 심장 소리는 내 예상을 한 치도 벗어나지 않았다. 나는 HCM1이라는 이름으로 통하던 심장의 주인을 만난 적은 없지만, 그 소리만큼은 완벽하게 구분해 낼수 있었다. 녹음된 소리는 선명하게 들렸지만 심방 세동*과 긴 심실상성 빈맥, 그리고 심실성 갤럽 등, 그 리듬은 매번 다르고 위험했다. 이 소리의 주인공은 남성이었다. 가끔 숨 쉬는 소리가 났고, 목소리도 희미하게나마 들렸다. 검사하는 동안 가슴에 통증을 느껴 신음하는 ―거기에 딸린 텍스트에 그 이유가 나와 있었다― 음성 파일을 발견했을 때, 나는 그를 만나기 위해 채팅에 참여하기로 했다.

하지만 그는 한동안 나와 대화하기를 피했다. 실제로는 얼마 되지 않는 시간이었지만, 내게는 끝없이 길게만 느껴졌다. 채팅에서 만난 지 한 달째 되는 날 그는 나를 찾아오기로 했다. 놀랍게도 그는 나와 같은 도시에 살고 있었다. 불가능한 일은 아니지만 통계적으로는 거의 희박한 일이었다. 이전에 국제 페티시 단체에서도 만난 적이 있었기 때문이다. 우리는 우연의 일치에 어떤 의미도 부여하지 않기로, 그리고 운명의 계시라는 둥 허황된 생각에 빠지지 않기로 했다. 단지 쾌락에 빠져들었을 뿐이다. 그는 자신의 심장 박동 소리를 들으며 즐거워했다.

---

* 심방의 수축이 소실되어 불규칙하게 수축하는 상태로, 부정맥의 일종이다.

그는 건강 상태가 아주 좋지 않았기 때문에, 온라인 채팅방이나 커뮤니티에서도 퇴짜를 맞기 일쑤였다. 사람들은 그가 너무 극단적이어서 도가 지나치고 분위기를 망쳐 버린다고 생각했다. 우리 둘은 곧 온라인 생활을 청산하고, 녹음 장비와 청진기, 그리고 그의 심장 박동 리듬을 바꾸어 주는 약물을 챙겨 내 방에 틀어박혀 지내기 시작했다. 이런 생활이 어떤 결말을 맞을지 잘 알고 있었지만, 전혀 개의치 않았다.

그는 내가 어렸을 때 만났던 남자와 정말 비슷했다. 검은색 머리에, 미소 짓는 모습마저 똑같았다. 다른 점이라면 그의 몸에는 하나가 아니라, 세 개의 흉터가 나 있었다. 흉골 절개 수술을 받았는지, 위에서 아래로 흉터가 나 있었다. 잘 모르는 사람이 봤다면 단 한 개의 흉터로 보았겠지만, 나는 세 개로 쉽게 구별할 수 있었다. 첫 번째 흉터는 투명하고 가는데다가, 두 번째 흉터에 가려 있어 제대로 보이지 않았다. 두 번째 흉터는 젖빛을 띤 핑크색이었는데, 마치 매니큐어로 그린 직선처럼 빛이 났다. 폭이 더 넓고 흉한 마지막 흉터는 그의 피부보다 더 진한 빛깔을 띠고 있었다. 등에 길게 남은 수술 흉터는 (그는 너무나도 고통스러웠던 그 수술 과정에 대해 자세히 알려 주었다) 엄청 커서 보기 흉했다. 복부에 난 흉터는 작아서 눈에 띄지도 않았지만, 여기저기에 흩어져 있었다. 팔꿈치 안쪽에는 마약 중독자처럼 얼룩덜룩한 상처가 남아 있었다. 그의 오른쪽 목에 있던 아주 작은 흉터는 거무스레하고 움푹 들어가 있었다. 이래저래 온몸이 수술 자국과 흉터투성이였다. 더구나 그는 종종 호흡 곤란 증세를 보였는데, 그럴 때마다 두꺼운 입술이 눈동자만큼이나 파랗게 질리곤 했다.

그의 병에서는 소리가 났다. 말하다가 숨이 가빠지면 급하게 숨을 들이마시고, 한밤중에 발작하듯이 기침을 토해 낼 때면 얼굴이 창백해지면서 부들부들 떨었다. 어쨌든 그는 언제나 자기 가슴에 머리를 대고 소리를 들을 수 있게 해 주었다. 정상적으로 뛰는 심장에서는 열리고 닫히는 두 소리만 난다. 하지만 그의 심장에서는 갤럽 리듬, 필사적으로 애쓰는 소리, 색다른 소리, 자연스럽지 못한 소리, 이렇게 네 가지가 났다. 커피 한 잔만 마셔도 상태가 눈에 띄게 악화되었다. 코카인을 조금만 흡입해도 심장이 놀라 쿵쿵 뛰었다. 그러다 보니 의식을 잃고 쓰러지는 일이 자주 일어났다. 그럴 때, 나는 두렵지만 흥분한 채로 심장 박동이 정상으로 돌아오고 의식을 되찾을 때까지 계속 청진기를 가슴에 대고 심장 소리를 들었다. 나는 그의 가슴에 머리를 댄 채 몇 시간이고 보낼 수 있었다. 그러다 보면 복받치는 감정을 이기지 못해 그를 격렬하게 껴안으면서 키스를 퍼부었다. 그리고 얼마 지나지 않아, 자포자기한 표정으로 웃는 그의 모습을 보면 걱정이 몰려왔다. 왠지 심장 소리를 1초만 더 들어도 그를 파멸의 길로 몰아넣고야 말 것이라는 확신이 가끔, 시간이 흘러 정이 깊어질수록 더 자주 들었기 때문이었다. 그를 때리고, 손톱으로 벅벅 긁어 상처를 더 많이 내는 것은 그의 곁에 좀 더 가까이 다가가 그를 내 사람으로 만드는 방법이었다. 하지만 무슨 수를 써서라도 그런 욕망을 떨쳐 버려야만 했다. 그의 몸에 상처를 내고 마치 숨겨진 전리품처럼 그의 장기를 가지고 놀고 싶은 소망을, 그렇게 해서 기쁨을 만끽하고 싶은 욕망을 말이다. 이제 나 스스로에게 가벼운 벌을 내리기에 이르렀다. 하루 동안 아무것도 먹지 않기, 72시간 동안 잠자지 않기, 다리에 쥐가 날 때까지 걷기 등이 받아야 할 벌이었다. 내가 종종 치르곤 하던 작은 의식이었다. 이건 마치 엄마가 아무것도 사주지 않자, 화난 어린 여자아이가 차라리 엄마가 죽었으면 좋겠다고 빌었다가 곧장 후회하면서 치르는 작은 의식―"다시는 그런 못된 말 안 할 거예요, 하느님. 약속할게요. 그러니까 제발 엄마가 죽지 않도록 해 주세요"하고 빈다. 하지만 나쁜 말은 이미 입 밖으로 튀어 나왔기 때문에, 아이는 침대로 달려가 엄마가 자는 동안 숨을 쉬고 있는지 확인한다—이나 다름없었다.

하지만 결국 그를 미워하게 된 것 같다. 어쩌면 처음부터 그를 미워했는지도 모른다. 텔레비전 앞에 누운 채 축 늘어진 성기와 아름답기 그지없는 흉터를 보여 주면서 나를 비정상으로 만들고, 병들게 만든 그 남자를, 나를 파멸의 길로 이끈 그 남자를 미워했던 것처럼 말이다. 실제로 나는 내 연인을 미워하고 있었다. 그렇지 않다면 우리가 펼친 어떤 게임도 제대로 설명할 수 없다. 나는 종종 그가 비닐봉지에 코와 입을 대고 빠르게 호흡을 하도록 만들었다. 조금만 지나면 그의 이마가 땀으로 번들거리고, 팔이 부르르 떨렸다. 그때 그의 가슴에 청진기를 대면 심장이 두방망이질듯 뛰었고, 그가 "제발 그만" 좀 하자고 사정을 했다. 하지만 내가 단호한 목소리로 더 하라고 하면, 그도 더 이상 거부하지는 않았다. 그러던 어느 날, 상태가 악화되어 그를 병원에 데려가야 했다. 의사들이 심장율동전환술—심장의 리듬이 다시 돌아올 수 있도록 가슴에 전기 충격을 가한다—을 통해 심실상성 빈맥 증세를 치료하는 동안, 나는 근처 화장실에 들어가 문을 잠그고 변기에 털썩 주저앉았다. 그런데 그 순간, 오르가슴에 도달해 울부짖고 말았다. 나는 그에게 파퍼스*와 코카인, 그리고 신경안정제와 알코올을 사 주었다. 이것들은 저마다 다른 효과를 낳았지만, 그는 불평은커녕 거의 아무 말 없이 주는 대로 복용했다. 심지어 집주인이 몰려와 아파트에서 나를 쫓아내겠다고 하자, 자기 돈으로 밀린 월세를 내주기도 했다. 나는 그 후로 다시 월세를 내지 않았다. 전화는 끊긴 지 오래다. 이젠 전기마저 끊길까 봐 그게 걱정이다. 그렇게 되면 녹음기를 켤 수도, 그가 기력을 잃어 거의 혼수상태에 빠졌을 때 실험용으로 녹음한 내 소리들을 더 이상 들을 수도 없을 테니까 말이다.

이제 이런 생활도 지긋지긋하다고 푸념을 늘어놓아도, 그는 대꾸 한마디 하지 않았다. 나는 늑골과 흉곽이 사라져 훤히 보이는 심장에 손을 얹고, 심장이 멈출 때까지 손에 쥐고 있으면서 밖으로 드러난 판막이 남은 힘을 다해 열리고 닫히는 것을 느껴보고 싶다고 말했다. 그는 자기도 이제 지쳤다고 말할 뿐이었다.

그리고 우리에게 필요한 건 톱이었다.

---

* 협심증 환자들을 위한 급속 혈관 확장제로 사용되지만, 복용 시 짧은 시간 동안 흥분이 일어나기 때문에 마약이나 최음제로 이용되기도 한다.

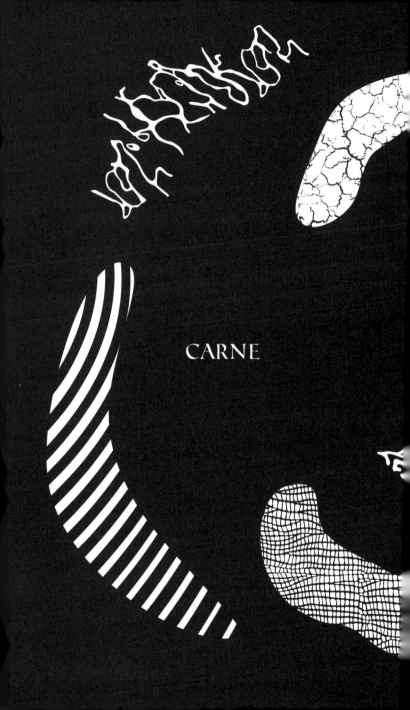

CARNE

그리하여 그의 일부는 살아 있었지만, 대부분은 죽어 있었다.
—조지프 러디어드 키플링, 「뱀파이어」 중에서

모든 텔레비전 프로그램, 일간지, 주간지, 라디오는 두 소녀와 이야기를 나누고 싶어 했다. 텔레비전 방송 차량은 그녀들이 일주일째 입원 중인 신경정신과 병원 밖에 진을 쳤지만, 아무것도 얻어내지 못했다. 그녀들이 퇴원하던 날, 카메라맨들은 그들의 뒤를 쫓아갔다. 어수선한 와중에 우왕좌왕하다 케이블에 발이 걸려 바닥에 쓰러지기도 했다. 하지만 그녀들은 달아나지 않았다. 오히려 미소—이를 본 사람들은 나중에 '무시무시한 미소', 혹은 '알 듯 모를 듯한 미소'라고 했다—를 지으며 주변에 몰려든 사람들을 바라보더니, 둘 중 손위인 마리엘라의 아버지 차를 타고 가 버렸다. 그녀들의 부모도 굳게 입을 다물고 있었다. 카메라들은 병원 복도를 황급히 빠져 나오는 그들의 모습과 겁에 질린 눈빛, 그리고 둘 중 손 아래인 훌리에타의 어머니가 옷 가방을 든 채 집에서 나오며 흐느끼는 모습만 촬영할 수 있었다.

침묵은 여태껏 가장 극심한 히스테리를 일으키고 말았다. 아르헨티나뿐만 아니라 전 세계를 충격에 몰아넣은 10대 청소년들의 광신적 행동은, 모든 일간지의 1면을 장식할 정도로 떠들썩한 사건이었다. 국제 언론 매체들도 앞다투어 이 소식을 보도하기 시작했다. 정신과 전문의들과 심리학자들이 전문가 자격으로 프로그램에 초대되었다. 순식간에 모든 뉴스 방송과 가십 프로그램, 그리고 오후의 버라이어티쇼 프로그램과 토크쇼 무대를 독차지해 버렸다. 라디오를 틀면 어느 방송이든 이 사건만 다루고 있었다. 훌리에타와 마리엘라는 각각 열여섯, 열일곱 살로 마타데로스에 살고 있으며, 유명 록스타 산티아고 에스피나의 광팬이었다. 그는 데뷔한 지 채 1년도 되지 전에 변두리 동네에서 벗어나 부에노스아이레스 시내의 공연장과 경기장을 가득 채울 정도로 유명인이 되었다. 산티아고는 음악 전문 잡지에서 호불호가 명확하게 갈리는 인물이었다. 천재 뮤지션으로 평가받는 동시에 허세 부리는 스타일이라고 혹평을 당하기도 했다. 또 기존의 장르로는 분류할 수 없는 아티스트라고 극찬을 받는가 하면, 일부에서는 소외된 10대 소녀들을 현혹하기 위해 상업적으로 기획된 꼭두각시에 불과하다고 깎아내리기도 했다. 그리고 아르헨티나 음악의 미래라는 평가와 동시에 변덕스러운 멍청이라는 비난을 동시에 받았다. 엘 에스피나—그를 우상으로 떠받들던 팬과 안티팬 모두 그를 이렇게 불렀다—는 자신의 두 번째 앨범인 <카르네>*를 발표함으로써 비평가들을 놀라게 만들었다. 모두 열한 곡이 수록된 앨범이 나오면서 안 그래도 양분된 의견의 골은 더 깊어지고 말았다. 한편에서는 앨범을 두고 걸작으로 꼽는가 하면, 다른 쪽에서는 자기 멋에 빠진 시대착오적 음악이라고 깎아내리기 바빴다. 앨범이 날개 돋친 듯이 팔리자, 음반 회사는 과감하게 세계 음악 시장의 문을 두드리기로 했다. 하지만 산티아고 에스피나는 뮤지션들 사이에서도 유별난 사람으로 꼽혔다. 종잡을 수 없는데다, 좀처럼 인터뷰에 응하지 않았다. 아무리 그래도 앨범 홍보를 위한 멕시코, 칠레, 스페인 순회공연을 어떻게 마다할 수 있겠는가? 음반 회사 관계자들은 이번 기회에 비디오 클립을 제작해서 전 세계 팬들에게 그의 풀린 눈과 헐렁한 바지

---

* 스페인어로 '고기', 혹은 '살'이라는 뜻.

를 골반뼈에 걸쳐 입은 모습을 잠깐이라도 보여 주자고 설득해야만 했다.

<카르네>가 매진된 지 한 달 뒤, 그의 얼굴로 도배되다 시피 한 도시 전체에 그의 실종 소식이 파다하게 퍼졌다. 에스타디오 오브라스*에서 열릴 예정이던 히트 앨범 발표 공연을 며칠 앞두고 벌어진 일이었다. 티켓은 일찌감치 매진되었다. 그의 팬들—대부분 어린 소녀들이던 팬들은 평소 그를 못마땅하게 여기던 이들로부터 심한 멸시와 조롱을 당했다—은 거리에 삼삼오오 모여 울거나, 시가행진을 벌였다. 부에노스아이레스의 모든 광장의 나무들과 동상들에 스카치테이프로 붙여 놓은 에스피나의 포스터 앞에 무릎을 꿇은 채, 마치 죽어가는 신을 위해 기도하듯이 <카르네> 가사를 암송하기도 했다.

전국의 청소년들 사이에 절망감과 좌절감이 확산되어 가고 있을 때, 에스피나의 시신이 발견되었다는 소식이 전해졌다. 그의 죽음은 안 그래도 혼란에 빠져 있던 부모들에게 유례없는 공포를 불러일으켰다. 산티아고는 온세역 부근의 어느 호텔 방에서 온몸의 살갗이 벗겨진 채 발견되었다. 면도칼과 식칼로 팔과 다리, 그

---

* 부에노스아이레스 시내에 위치한 경기장.

리고 배의 피부를 다 벗겨낸 듯 보였다. 왼팔은 얼마나 깊게 베었던지, 뼈가 훤히 드러나 있었다. 그리고 가슴에서는 흉골이 언뜻 보이기도 했다. 어쩌면 그는 의식이 혼미한 상태에서 대담하고 정확하게 경정맥을 끊었을지도 모른다. 자기 얼굴까지는 훼손하지 않았다. 강제로 문을 열고 안으로 진입한 경찰관은 마치 냉동실에 들어온 것 같은 느낌이 들었다고 했다. 한겨울인데다, 산티아고가 에어컨을 켜 놓았기 때문이다. 살인 사건일 가능성에 무게를 둔 여러 가지 음모론이 퍼졌지만, 우선 방문이 안에서 잠겨 있었고 유서가 발견되면서 곧 배제되었다. 불안한 필적과 혈흔 때문에 판독이 어렵기는 했지만, 대략 이런 말이 적혀 있었다. '고기는 음식이다. 고기는 곧 죽음이다. 여러분은 모두 우리 앞에 어떤 미래가 펼쳐질지 잘 알고 있다.' 이를 본 전문가들은 죽음을 눈앞에 둔 사람의 착란 증세라고 입을 모았다. 팬들은 말없이 방 안에 틀어박혀 울기만 했다. 그들의 방에는 곰 인형과 핑크색 표지의 일기장, 그리고 언제나 뭔가가 잔뜩 담긴 가방과 눈에서 죽음의 빛이 반짝거려 그 어느 때보다 더 아름다워 보이는 에스피나의 사진이 있었다.

곧 10대 청소년들 사이에 자살이 전염병처럼 번질 것으로 예상했지만, 다행히 그런 일은 일어나지 않았다. 소녀들은 아무 일 없었다는 듯 학교와 클럽으로 돌아갔고, 심각한 우울증이 발생한 사례는 멘도사에서 보고된 단 한 건에 불과했다. 소녀 팬들은 <카르네>를 우상이 남긴 유언으로 들으며, 인터넷 포럼과 장시간의 전화 통화를 통해 가사에 담긴 비밀을 알아내려고 했다. 언론 매체들은 특집 기사와 추도사로 고인의 마지막 가는 길을 배웅했고, 한동안은 자살과 마약, 그리고 로큰롤에 관한 이야기만 나왔다. 공동묘지인 차카리타에서 열린 장례식은 예상보다 훨씬 적은 사람이 참석한 탓에 더 슬픈 분위기 속에서 진행되었다. 평소 스타와 가깝게 지내던 인사들의 추모 행렬이 끝나자, 애도의 분위기는 빠르게 가라앉았다. 이제 산티아고 에스피나는 자신의 사망 1주기나 생일 때 다시 소환되기를 기다려야 하는 처지가 되었다.

마타데로스에서 두 여자아이가 잔뜩 구겨진 유서 사진을 손에 들고 <카르네>를 처음부터 끝까지 듣고 또 들으면서 무슨 일을 꾸미고 있으리라고는 아무도 예상하지 못했다.

마리엘라는 최초의 '에스피노사' 중 한 명이 되었다(언론에서는 죽음을 의미하는 검은색 아이라인을 그리고, 싸구려 깃털 목도리를 목에 두른 채 표범 얼룩무늬 바지를 입은 소녀 팬들을 그렇게 불렀다). 지난 1년 동안 그녀는 에스피나가 연주하는 곳이면 어디든 밤낮 가리지 않고 쫓아갔다. 그녀는 시외버스와 열차 시간표를 줄줄이 꿰고 있었고, 기차 승강장에 앉아 벌벌 떨면서도 눈을 감은 채 주머니에 넣어 온 노래 목록을 어루만지면서 추운 새벽을 보냈다. 엘 에스피나도 그녀의 얼굴을 알고 있었기 때문에, 어쩌다 한 번씩—하지만 신곡을 발표하거나 작별 인사를 나누기 위해 팬들과 소통하는 경우가 거의 없었기에 드문 일이었다— 작은 선물을 주기도 했다. 선물이라고 해야 기타 픽이나 먹다 남은 맥주가 든 플라스틱 컵이 전부였다. 그녀는 부르사코의 어느 클럽 화장실에서 훌리에타를 만났다. 그 당시, 훌리에타는 에스피노사들 중에서도 가장 유명한 아이였는데, 목둘레에 자기 우상의 이름을 문신했을 정도로 열성적이었다. 멀리서 그녀를 보면, 그 글자들은 머리를 목에 붙이고 실로 꿰맨 흉터처럼 보였다. 훌리에타는 가까스로 에스피나와 사진을 찍었는데, 둘 다 심각한 표정을 짓고 있는데다, 서로 멀찌감치 떨어져 있어 어색하기 짝이 없었다. 게다가 사진을 찍는 순간 플래시가 터져 눈동자가 빨갛게 나오고 말았다. 훌리에타와 마리엘라는 열 블록 정도 떨어진 곳에서 살고 있었지만, 에스피나의 자살 소식을 듣고 일심동체가 되었다. 그 후로 수십 년 동안 함께 산 부부처럼, 오랜 세월을 함께 한 독거인과 그의 반려동물처럼 서로 닮아가기 시작했다.

어느 날 새벽, 훌리에타와 마리엘라는 공동묘지의 담을 뛰어넘다가 묘지 관리인에게 들키고 말았다. 그런데 그 둘이 얼마나 닮았던지 그도 놀랄 정도였다. "아직 날이 밝지 않아 주변이 어두웠죠." 관리인이 말했다. "하지만 애당초 도둑이 아닌 줄 알았어요. 멀리서 봐도 어린 여자아이들이 분명했으니까. 더군다나 가까이 다가가 보니까 쌍둥이더라고요." 훌리에타와 마리엘라는 관리인에게 붙잡혔을 때, 아무런 저항도 하지 않았다. 그냥 넋이 나간 듯 멍한 표정으로 순순히 관리실로 따라갔다. 관리인은 마약에 취해 에스피나의 무덤에서 밤을 새운 것 같아 보였다고 했다. 예전에도 문 닫을 시간에 몰래 들어와 통로의 움푹 들어간 곳이나 나무 뒤에 숨어 있는 아이들을 발견한 적이 있었다. 하지만 그땐 그들 중 누구도 새벽녘까지 자기의 우상과 함께 있지 못했다. 훌리에타와 마리엘라가 새벽까지 들키지 않고 버틴 걸 보면 이번에는 운이 따라 준 모양이었다. 관리인은 아이들을 타이르며 부모의 전화번호를 알려 달라고 하다, 무언가 이상한 낌새를 눈치챘다. 아이들의 손과 옷, 그리고 얼굴에는 시커먼 흙과 피, 그리고 더러운 기름때가 덕지덕지 묻어 있었을 뿐만 아니라, 심한 악취가 났다. 그 순간 그는 경찰에 신고했다.

그날 오후, 이 소식이 언론에 흘러 들어갔다. 여학생두 명이 삽과 손으로 산티아고 에스피나의 관을 파냈다는 소식이었다. 매장한 지 채 한 달도 지나지 않았던 터라 그의 무덤에는 아직 대리석 판이 덮여 있지 않았다. 그래서 관을 파내기가 그리 어렵지는 않았을 것이다. 하지만 이건 시작에 불과했다. 생각만 해도 역겹지만 두여자아이는 경건한 마음으로 에스피나의 시신을 먹기위해서 관 뚜껑을 열었던 것이다. 무덤 주변에 고여 있는 토사물은 그들이 얼마나 안간힘을 썼는지를 여실히보여 주고 있었다. 경찰관 한 명도 현장을 보자마자 구토했다. "깨끗하게 뼈만 발라냈더라고요." 경찰관은 방송국 기자에게 그때의 상황을 설명했다. 말을 들은 뉴스 앵커는 온몸을 부르르 떨며 한동안 말을 잇지 못했다. 짧지 않은 앵커 경력이었지만 이런 적은 처음이었다. 두 여자아이는 순찰차를 타고 경찰서로 연행되었는데, 논의 끝에 개인 병원에 입원시키기로 했다. 경찰에 따르면, 훌리에타와 마리엘라는 울지도 않았을 뿐더러, 단 한마디도 하지 않았다고 했다. 병원에 도착할 때까지 두 손을 꼭 잡은 채, 서로 귀에 대고 속닥거리기만 했다. 간호사들이 몸을 씻기려고 하자, 격렬하게 저항했다. 한 간호사는 할퀴고 물리기까지 했다. 결국 진정제를 준 뒤, 잠든 상태에서 목욕을 시킬 수밖에 없었다.

본인들은 물론, 그들의 가족, 의사들과 이야기를 나누는 것이 급선무였다. 하지만 약속이라도 한 듯 모두 입을 다물었다. 에스피나의 가족은 더는 이런 끔찍한 일들이 일어나지 않게 하려고 훌리에타와 마리엘라를 고소하지 않기로 했다. 들리는 말에 의하면, 에스피나의 어머니는 신경 안정제로 하루하루를 버티고 있다고 했다. 이전에도 에스피나가 자살을 시도했다는 소문이 돌았지만, 사실 여부는 아직 확인되지 않았다. 그리고 에스피나의 애정 관계를 캐본 결과, 그와 하룻밤을 보낸 여자—이들은 그에 대해 아는 바가 거의 없었다—들이 몇 있었을 뿐 애인은 없었다. 밴드에서 그와 함께 활동했던 뮤지션들은 이후 언론과의 접촉을 피하고 있었지만, 그들을 잘 아는 이들에 따르면 깊은 충격을 받고 인간에 혐오에 휩싸여 있다고 했다. 그들은 모두 영원히 음악을 그만둔 것으로 알려졌다. 그들은 산티아고와 사이가 좋았던 적이 없었다. 실제로 그들은 산티아고의 부하 직원이었다. 혹은, 마음속 깊이 품어온 야심이나 막연한 존경심 때문에 체념하듯이 그의 변덕을 다 받아 준 노예에 더 가까웠다.

소녀 팬들은 공개 토론회 사회자와 심리학자들의 편견과 맞서 싸우기 위해 언짢은 표정을 짓고 거실과 텔레비전 스튜디오에 앉아 있었다. 그들은 검은 옷을 입고 방송에 나가지 않기로 결정했다. 대신 표범 무늬 바지에 반짝이는 셔츠를 입고 입술을 빨갛게 칠하고 손톱에는 빨간색, 파란색, 초록색, 핑크색 매니큐어를 바른 채, 두 다리를 쭉 펴고 안락의자에 앉아 있었다. 질문을 받으면 '예, 아니오'로만 대답했고, 가끔 빈정거리는 웃음을 짓기도 했다. 그러나 자기 우상의 살을 파먹은 여자아이들에 대해 어떻게 생각하느냐는 질문을 받자, 결국 하나가 사람들 앞에서 울음을 터뜨리고 말았다. 그녀는 이내 상대방을 쏘아보며 대들 듯이 고함쳤다. "질투 나 죽겠어요! 걔네들은 그의 마음을 잘 헤아리고 있었으니까요!" 그러더니 말을 더듬거리며 고기와 미래에 관한 자신의 생각을 밝혔다. 그녀에 따르면, 훌리에타와 마리엘라는 자기들의 몸과 핏속에 그를 품고 있기 때문에, 그 누구보다 에스피나와 더 가까이 있다고 했다. 곧이어 적군의 인육을 먹으면 그들의 힘을 얻게 된다고 믿는 것도 모자라, 그들의 뼈로 만든 목걸이를 걸고 다니는 라이베리아의 10대 식인종 병사들에 관한 특집 프로그램도 방영되었다. 해당 방송사는 문제를 지나치게 단순화함으로써 프로그램이 선정성 일변도로 흘렀다고 맹렬한 비난을 받았다. 이제는 네크로필리아*가 국민 도착증이 되었다는 자조 섞인 말까지 돌았다. 케이블 채널들은 <비벤>과 <보라스>**라는 프로그램을 제작하기도 했다. 심지어 카를리토스 파에스 빌라로조차 토론회에 참석해 "이런 미친 짓"과 자신의 인류학을 "부득이" 구분해야 한다고 호소하기에 이르렀다. 록 문화 전문가들과 사회학자들은 <카르네>의 가사를 면밀하게 분석했다. 에스피나를 찰스 맨슨***과 비교하는 이들이 있는가 하면, 이런 주장을 듣고 경악하면서 그들의 무지와 단순한 사고를 비난함과 동시에 에스피나를 시인과 예언자의 반열에 올려놓는 이들도 나타났다.

---

* 에리히 프롬이 만든 범죄심리학 용어로 '시신 및 유골 애착증'을 의미한다.
** 비벤Viven은 살아나라, 그리고 보라스Voraz는 모조리 먹어 치우라는 뜻이다.
*** 맨슨 패밀리라는 이름의 공동생활 집단을 이끈 우두머리로 많은 범죄를 저질렀다.

그러는 사이, 훌리에타와 마리엘라는 마타데로스에서 열 블록 떨어져 있는 각자의 집에 틀어박혀 지냈다. 그들 사이의 연락은 일절 금지되어 있었다. 그들은 다니던 학교마저 그만두었다. 카메라맨들이 집 주변에 나타나기만 하면 마리엘라의 아버지는 총을 들고 테라스로 나와 당장 꺼지라고 위협했다. 그러면 그들은 길모퉁이로 피신하곤 했다. 이웃 사람들은 언제나 하나 마나 한 말만 늘어놓았다. 알고 보면 착한 아이들이에요. 반항기가 좀 있긴 했지만요. 어쩌다 저렇게 된 건지. 하지만 다시는 이런 일이 일어나지 않을 거예요. 대부분의 주민은 이미 다른 곳으로 이사가고 없었다. 텔레비전 화면과 일간지 1면에 등장하는 아이들의 미소에 질린 나머지 더이상 그곳에 살고 싶지 않아졌기 때문이다.

그러는 사이, 이메일이 속속 도착하기 시작하자 전국의 에스피노사들은 인터넷 카페의 컴퓨터 모니터 앞에 모였다. 그것이 훌리에타와 마리엘라한테서 온 메일이라고 아무도 장담할 수 없었다. 사실 집 안에만 갇혀 있는 그들이 과연 인터넷을 할 수 있는지도 정확히 알 수 없었다. 하지만 에스피노사들은 그렇게 믿고 있었고, 그것이 사실이기를 바랐다. 그래서 그들은 모두 이 비밀을 마음속 깊이 간직했다. 이메일에 따르면, 두 여자아이가 곧 열여덟 살이 되면 아버지와 의사의 손아귀에서 벗어나 지하실과 차고 등지에서 <카르네>에 수록된 노래를 연주할 것이라고 했다. 이메일에는 무엇으로도 막을 수 없는 언더그라운드 컬트 집단, 몸속에 에스피나를 품고 있는 그녀들이 언급되어 있었다. 그들은 뺨에 반짝이는 기름을, 손톱에 검은색 매니큐어를 바르고, 입술에 레드와인 자국을 묻힌 채, 메시지가 오기만을 기다렸다. 그들에게 재림의 날짜와 장소를, 금지된 땅의 지도를 알려줄 바로 그 메시지를 말이다. 그들은 미래를 꿈꾸며 <카르네>의 마지막 곡(그 노래에서 에스피나는 "배가 고프면 내 살을 뜯어 먹고 목이 마르면 내 눈에서 흘러내리는 물을 마셔라"라고 속삭이고 있었다)을 들었다.

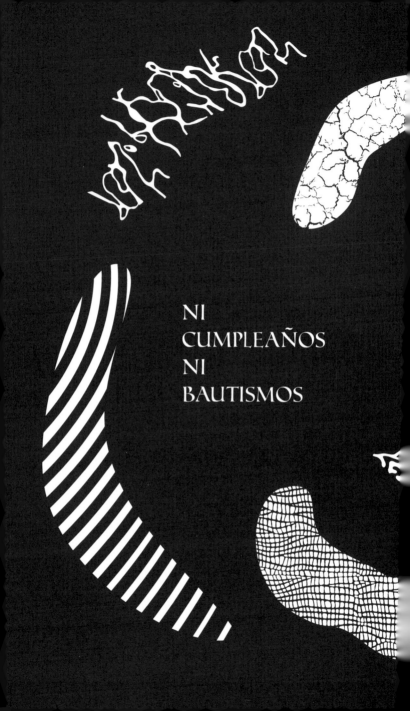

NI
CUMPLEAÑOS
NI
BAUTISMOS

그는 늘 내 주변을 어슬렁거렸다. 누가 초대했는지 모르지만, 항상 파티에 나타나는 지인이었다. 그러다 친구들이 모조리 꼴사납게 변해 버린 그해 여름, 아니 내가 친구들을 미워하게 된 그때, 어느새 그와 친구가 되어 있었다.

그는 다른 이들과 사뭇 달랐다. 나와 마찬가지로 밤에 자지 않았다. 우리는 올빼미족이라는 공통점 덕분에 쉽게 가까워졌다. 제드와 크레이지제인이라는 아이디만 남아 있던 새벽 4시, 우리는 쓸쓸한 채팅방에서 처음 만났다. 그 시간에 대화를 원하는 사람은 우리 둘뿐이었다. 제드는 그가 사랑하던 뉴욕의 언더그라운드 영화감독의 이름을 딴 것이다. 하지만 그는 닉 제드의 영화를 단 한 편도 본 적이 없다. 내 아이디는 예이츠의 미친 제인 시편에서 고른 것이다. 그는 미친 제인이 누구인지 바로 알았고, 나 또한 제드가 누구인지 알고 있었기 때문에 우린 쉽게 친구가 되었다.

우리는 바에서 만나기 시작했다. 고주망태로 취해 먹은 것을 모두 토해 내거나 주정을 부리다가 찔끔찔끔 눈물을 흘리면서 신세 한탄을 늘어놓는 자들을 지독히도 싫어했다. 그래서 조용히 위스키를 마시며 다른 이들을 비난하곤 했다. 나는 그처럼 담배를 많이 피우는 사람을 처음 보았다. 하룻밤 사이에 세 갑을 다 피울 정도였다.

니코(제드의 본명)는 영화 공부 15분 만에 모든 것이 싫어졌다. 그래도 황당한 일자리(반려견 산책시키기)를 얻은 덕분에 카메라를 장만할 정도의 돈을 모았다. 하지만 그해 여름까지 그걸로 무엇을 할지 몰라 했다. 그러던 어느 날 바에서 형편없는 밴드(그해 여름에는 모든 것이 끔찍했다)가 연주하는 동안, 대화를 나누다가 카메라로 돈 벌 방법을 생각해 냈다.

그다음 월요일, 일간지에 그의 광고가 실리기 시작했다.

니콜라스. 희귀 영상 제작 전문. 생일이나 세례식, 가족 파티 영상은 의뢰받지 않습니다. 관음증을 충족시켜 주는 이상적인 영상 제작, 불법 촬영이나 부인의 불륜 현장 촬영 따위는 일절 하지 않습니다. 연락처는…….

나는 솔직하게 내 의견을 말해 주었다. 저 광고를 읽고 연락할 사람은 없을 것 같아. 무슨 말을 하려는지도 불분명하고 말이야. 하지만 그는 이상하거나 심리 상태가 불안한 사람이라면 충분히 이해할 수 있을 거라고 말했다. 그는 확신하고 있었다. 그리고 그의 말이 옳았다.

그는 처음 일감을 받았을 때 나에게 알리지도 않았다. 하지만 의뢰받은 영상을 모두 완성하자마자 내게 연락했다. 우리는 그의 원룸에 틀어박혀 그가 제작한 영상을 보았다. 방 안의 책꽂이에는 알파벳순으로 꼼꼼하게 정리된 VHS*와 DVD 영화와 매 페이지마다 밑줄이 그어진 책들이 산더미처럼 쌓여 있었다. 그가 하룻밤 사이에 담배 세 갑을 피웠다면, 나는 두 갑을 피웠다. 정상적

---

* Video Home System의 약자로 가정용 비디오테이프 레코더를 의미한다.

인 사람이었다면 연기에 질식하고 말았을 것이다. 나는 하루에 열 개비로 줄이려고 애를 써봤지만 허사였다. 그해 여름 남아 있던 의지마저 모두 사라졌고, 밤에는 자고 적어도 하루에 두 끼는 먹겠다는 간단한 목표조차 이루지 못했다. 더구나 나는 혼자 살았기 때문에, 우울에 빠져 지내면 이를 알려 주거나 기운을 북돋아 줄 사람이 아무도 없었다. 그나마 그해 여름은 즐거운 시간을 보낸 셈이었다.

그가 제작한 것들은 대부분 남녀가 섹스하는 영상이었다. 그런데 이상한 점은 혹시 니코가 사본을 가지고 있지 않은지 (거의) 아무도 확인하지 않는다는 것이다. 의뢰인의 입장에서 보면 지나친 요구일 수도 있는데다, 확인할 방법도 없어서 그랬을지 모른다. 하지만 니코의 말에 따르면, 그들은 이런 문제 따위에 아예 관심이 없었다. 자신의 모습을 누군가 촬영한다는 것에 더 흥분했을 뿐만 아니라, 자기를 포르노 영화감독처럼 대했다고도 했다. 의뢰인들은 둘만의 아마추어 영상을 촬영해서 비밀로 간직하고 싶어 하지 않았다. 오히려 다른 사람이 찍어 주는 흥분을 만끽하고 싶어 했다. 그는 내게 몇 편의 영상을 보여 주었는데, 모두 지루했다. 사람들이 섹스하는 장면을 보면 왠지 따분해졌다. 니코나 나로서는 포르노 사업이 어떻게 수백만 달러를 벌어들이는지 도무지 이해할 수 없었다.

그가 보여 준 다른 영상에는 하이힐을 신고 거리를 걸어가는 여자들이 나왔다. 저런 영상이라면 페티시 비디오를 파는 섹스 숍에 가서 얼마든지 볼 수 있지 않을까? 물론 그렇지. 니코가 설명했다. 거리에 나가면 하이힐을 신은 여자들을 쉽게 볼 수 있으니까. 하지만 의뢰인들은 도시의 특정 지역을 돌아다니는 여성들을 촬영해 달라고 하더라고. 그러니까 보통 하이힐을 신고 아무 데나 걸어 다니는 여자들을 찍어 달라는 게 아니야. 또 다른 영상은 말 그대로 도시를 쭉 돌아다니면서 촬영한 것이었다. 그건 공포증에 걸려 6개월째 집 밖에 나가지 못하던 어느 여자아이가 의뢰한 영상이었다. 니코가 완성된 영상을 건네주자, 그 아이는 그를 껴안고 펑펑 울었다고 했다. 그렇게 창백한 사람은 처음 봤어. 그가 말했다.

진짜 재미있는 건 이제부터야. 잠시 후 그가 말했다. 그러곤 컴퓨터 CD 드라이브 트레이에 검은색 사인펜으로 '여자애들'이라고 쓴 CD를 집어넣었다. 어떤 남자가 야외와 광장, 거리와 학교 운동장에 있는 여자아이들을 촬영해 달라고 부탁했다는 것이다. 여섯 살 이상

열두 살 이하에 금발인 여자아이들만 찍어 달라는 조건을 달았다. 니코는 그런 영상이 왜, 어디에 필요한지 묻지 않았지만, 어렵지 않게 상상할 수 있었다. 니코는 무릎 위에 카메라를 올려놓고 누군가를 기다리는 척했다. 실제로는 카메라를 켜 놓고 놀고 있는 어린 여자아이들에게 몰래 초점을 맞추고 있었다. 니코는 작업료를 정해 놓지 않았지만(그때그때 의뢰인들과 협상을 통해 가격을 정했다), 소아성애자로 추정되는 그 남자가 3,000페소를 주겠다고 했을 때도 전혀 놀라지 않았다. 그저 액수를 듣고 그가 소아성애자임이 틀림없다고 확신했다.

그래서 영상을 넘겨주었지. 그런데 그다음 날, 그 남자한테 다시 전화가 왔는데, 다짜고짜 못마땅하다는 거야. 니코가 내게 말했다. 처음엔 그가 왜 저러는지 도무지 그 이유를 알 수 없었다. 말을 빙빙 돌리던 그는 마침내 뭐가 문제인지 털어놓았다. 한 마디로 영상에 아이들의 맨살이 많이 나오지 않았다는 것이다. 니코는 그런 문제라면 해결할 방법이 있을 거라고 대답한 뒤, 자기를 한 번 더 믿어 달라고 했다. 남자는 결과가 만족스러우면 돈을 두 배로 주겠다고 약속했다. 우리는 함께 문제의 영상을 보았다. 니코가 선택한 장면은 클럽의 온수 풀장에서 진행된 여섯 살에서 아홉 살 사이 여자아이들의 수영 강습 시간이었다. 바리오 노르테*의 클럽에서 촬영한 영상에는 금발의 여자아이들이 여럿 있었다. 뽀얀 수증기 사이로 수영장 가장자리를 따라 걸어가는 여자아이들의 모습이 보였다. 줌 인 기능으로 물에 젖어 치골에 딱 달라붙은 수영복, 그리고 작은 엉덩이를 타고 흘러내리거나 다리 사이로 뚝뚝 떨어지는 물방울을 확대해서 보여 주었다. 어떤 여자아이가 옆에 있는 친구의 머리카락을 부드럽게 어루만지자, 친구는 갑자기 가슴속에서 어린애다운 애정이 불타올랐는지 키스를 퍼붓고 그녀의 어깨에 머리를 기댔다. 풀장에는 물장구를 치는 아이들의 다리와 물살을 가르며 나아가는 작은 엉덩이들이 보였다. 그리고 풀장 가장자리에는 어깨끈이 내려와 납작한 가슴을 거의 다 드러낸 채 수영복을 매만지는 여자아이들도 보였다.

"마음에 들어?" 나는 그의 속내를 알고 싶었다.

니코는 대답 대신 히죽이 웃으며, 6,000페소에 팁으로 500페소를 더 받았다고 했다.

---

* 부에노스아이레스 시내의 레티로와 레콜레타 지역을 가리키는 비공식적인 이름이다. 중산층과 상류층이 모여 사는 동네로 알려져 있다.

끔찍이도 추운 어느 날 오후, 지루한 일을 살펴보고 있던 중에 니코로부터 전화가 걸려 왔다. 그의 목소리로 보아, 작업과 관련해서 무언가 급한 일이 생긴 모양이었다. 그를 행복하게 하는 건 언제나 작업뿐이었다.

이틀 전에 어떤 여자한테 전화가 왔었어. 그가 말문을 열었다. 그녀는 전화로 자세한 내용을 밝히기 꺼려했지만, 이상한 생각이 들지는 않았다고 했다. 에로틱한 영상을 부탁할 때는 늘 그런 식이었기 때문이다. 아무튼 그는 큰 기대 없이 그녀의 집으로 찾아갔다. 그러나 문 안으로 들어서는 순간, 자신의 직감이 빗나갔음을 깨달았다. 여인에게는 무언가 께름칙한 데가 있었다. 구부정한 자세, 그리고 정성 들여 짙은 화장을 했지만, 수면 부족으로 생긴 다크서클과 기미를 미처 숨기지 못해 어색한 느낌을 주는 얼굴, 그리고 무엇보다 그에게 차를 내왔다는 사실이 낯설기만 했다. 색정증 환자들은 절대 차를 내오지 않아. 그가 설명했다. 언제나 커피를 주는데, 밤에는 특별히 레드 와인을 내오는 경우도 있어.

여자는 자기가 무엇을 원하는지 차분하게 설명하기 시작했다. 마치 학생들을 가르치는 듯한 말투였다. 니코는 그녀가 선생일지도 모른다는 생각이 들었다. 사실을 설명하는 방법뿐만 아니라, 눈물을 참으려고 두 손을 쥐어틀면서도 염색한 그의 머리를 못마땅하게 쳐다보는 모습 또한 그랬다. 그녀는 검은 매니큐어를 바른 니코의 손톱을 보고 잠시 할 말을 잃고 당황한 표정을 지었다.

딸아이가 환각에 사로잡혔어요. 그녀가 다시 입을 열었다. 얼마 전부터라고 했다. 언젠가부터 아이가 눈에 헛것이 보인다고 말했지만, 엄마는 그 말을 믿지 않았다. 엄마의 눈에는 언제나 정상적인 아이로 보였다. 약간 소심한 편이었지만, 그래도 정상적인 아이였다. 아이는 친구가 많지 않았다. 최근 몇 년 동안 이사를 많이 다녔기 때문에 마르셀라―딸아이의 이름이다―는 제대로 친구를 사귈 시간이 없었다.

마르셀라는 정신과 치료를 받았지만, 별 효과가 없었다. 아무리 봐도 아이가 정상으로 돌아올 가망은 없는 듯했다. 환각 속에서 본 것이 사실이 아니라고 해도 아이는 아예 받아들이려고 하지 않았다. 그렇지 않다고 아이를 설득할 수 있는 사람은 아무도 없었다. 그래서 그녀의 남편은 아이가 환각에 빠져 있을 때의 모습을 촬영하자고 제안했다고 한다(니코는 남편 운운한 것이 거짓말이라는 것을 알고 있었다. 이 세상 어떤 남자도 무서운 모습으로 변해 버린 자기 딸을 보여 주려고 일부러 낯선 사람을 집에 데려올 리 없기 때문이다. 더군다나 어떤 이유에서인지 대화를 나누는 그 자리에 남편은 없었다). 어쨌든 아이가 영상으로 혼자 벽에 대고 고함을 지르는 자신의 모습을 두 눈으로 똑똑히 확인할 수 있을 거라는 생각에서 이런 일을 벌인 것이었다. 영상은 반드시 VHS로 촬영해야 했다. 만약 보다 현대적이고 정교한 포맷으로 녹화하면 마르셀라는 그들의 말을 의심할 게 뻔했기 때문이다. 그러곤 자기를 속이기 위해 영상을 조작한 게 분명하다고 말할 것이다. 다행히 니코에게 장비가 있었기 때문에, 그건 그다지 큰 문제가 되지 않았다. 니코가 하겠다고 하자, 여자는 그를 뚫어지게 쳐다보면서 감정을 숨기려고 애썼다. 잠시 후, 그녀는 격식을 갖춰 위층에 있는 딸의 방으로 안내했다.

니코는 내심 다른 것을 기대하고 있었다고 내게 털어놓았다. 정신병원처럼 패딩 셀*로 되어 있는 방에 마약에 취한 듯한 여자아이가 침대에 묶여 있는 그런 모습 말이다. 그런데 정작 문을 열어보니 마르셀라는 큰 회자색 스웨터와 자기보다 큰 사이즈의 청바지를 입고 있더군. 그가 말했다. 그러다 보니 아이가 뚱뚱한지 말랐는지 알 도리가 없었다. 더구나 머리는 빡빡 민 상태였다.

---

* 정신병원의 독방처럼 환자들이 다치지 않도록 사방을 부드러운 재료나 쿠션 같은 파우치로 설치한 것을 가리킨다.

엄마가 알려준 바에 따르면, 마르셀라는 환각에 빠진 후로 계속 자기 머리를 쥐어뜯었다고 했다. 그런 점에서 아이의 머리를 삭발한 것은 현명한 결정이었다. 아이의 뺨에는 가는 흉터가 나 있었는데, 은빛이 도는 선처럼 보였다. 침대 위에는 아무렇게나 벗어 놓은 브래지어가 널려 있었고, 나무 선반에는 인형들이 줄지어 나란히 앉아 있었다. 텔레비전은 꺼져 있었고, 마르셀라의 사진이 액자에 끼워져 있거나 벽에 압정으로 붙어 있었다. 마르셀라가 파란색 양모 모자를 쓰고 눈밭에 있는 사진과 졸업장을 받는 사진, 그리고 첫영성체 날 잔뜩 겁먹은 표정으로 제단 앞에 서 있는 사진이 눈에 띄었다. 그때만 해도 아이는 환각을 보지 않았다. 어머니는 양해를 구하고 밖으로 나갔다. 방 안에 둘만 남자, 마르셀라가 그에게 다가왔다. 니코는 아이의 몸에서 아주머니나 어머니들이 바르는 한물간 싸구려 향수 냄새가 풍겼다고 했다. 마르셀라가 그에게 나직하게 말했다. "당신을 왜 여기 데려왔는지 다 알고 있어. 이게 장난이 아니라는 것을 당신도 곧 알게 될 거야. 나는 절대 거짓말을 안 하니까." 아이가 미소를 지어 보이자, 니코는 그 말을 곧이곧대로 믿게 되었다. 잠시 후, 아이가 니코의 얼굴 가까이 불을 가져다 대자 노처녀의 향수로 숨기고자 했던 냄새가 그의 코로 훅 스며들었다. 아이의 손에서는 질액과 피, 그리고 섹스와 햇볕 아래에서 썩어가는 죽은 물고기의 냄새가 났다.

그날 아이는 환각을 보지 않았다. 아이의 어머니는 니코에게 휴대전화가 있는지 물었다. 당연히 니코는 휴대전화가 있었다. 며칠 전 여자는 광고에 나온 번호로 니코에게 전화를 걸지 않았던가. 가엾게도 그녀는 안절부절 어쩔 줄 몰라 했다. 아무튼 그녀가 휴대전화에 관해 물어본 이유는 니코에게 앞으로 며칠 동안 풀타임으로 작업해줄 수 있는지 알고 싶었기 때문이다. 그는 다른 일을 맡지 않겠다고 약속했지만, 대신 돈을 더 달라고 했다. 그다음 날, 니코와 나는 그의 집에서 종일 전화가 오기만을 기다렸다. 세상에서 가장 사랑하는 사람을 인질로 붙잡고 있는 납치범의 연락을 기다리는 것처럼 침대 위에 놓인 전화만 뚫어지게 바라보았다. 전화를 기다리는 동안, 우리는 여자에게서 들은 단서를 토대로 마르셀라에 얽힌 이야기를 재구성해 보기로 했다. 가톨릭 학교. 어린 시절부터 시작된 환각. 종교/터부/섹스 사이에 존재하는 그 무엇. 그로 인해 강박적으로 하는 자위 행위. 그리고 자해 행동. 나는 마르셀라가 언제나 긴 소매 셔츠나 스웨터를 입는 이유도 바로 그 때문인 것 같다고 했다. 자기 얼굴에 그런 상처를 낼 정도라면, 몸을 그냥 내버려 둘 리 만무했다. 짧은 시간이었지만 마르셀라는 우리에게 강렬한 인상을 남겼다. 지금 생각해 보면 부러워했던 것 같기도 하다. 아이는 다른 이들, 그러니까 우리가 경멸하거나 피했던 이들, 겁이 많아서 늘 사소한 문제에도 쩔쩔매는 이들, 신비로움이라고는 눈곱만큼도 없는 이들과 달라도 너무 달랐다. 우리는 아이의 어머니가 들려주었던 이야기로 되돌아갔다. 확인할 길은 없었지만, 마르셀라가 외동딸이라는 것을 알고 있었다. 그리고 아이가 처녀라는 데 돈을 걸었다.

아이의 어머니는 저녁 일곱 시에 니코에게 전화를 걸었다. 물론 그를 따라갈 수 없다는 건 알고 있었다. 하지만 그가 가능한 모든 각도에서 아이를 촬영한 기나긴 세 시간 동안 나는 불안감과 초조함에 휩싸여 기다리기 힘겨웠다. 나중에 함께 그녀의 영상을 지켜보았다. 아이는 큰 스웨터를 벗으면서 빡빡 민 머리를 벽에 들이박더니(팔에도 상처가 나 있었는데, 지도나 거미줄처럼 보였다) 급기야는 고개를 숙이고 손가락을 질과 엉덩이에 집어넣으며 "이제 그만!" "안 돼!"라고 소리를 질렀다. 테이프가 다 돌아가고 회색, 하얀색, 검은색 줄이 다시 화면에 나타났을 때, 우리는 아무 말도 하지 않았다. 니코는 마르셀라가 본 것이 화면에 나타나기를 잠깐이나마 바라고 기대했다고 내게 털어놓았다. 그는 그런 일이 능히 일어날 수 있다고 믿었던 모양이었다. 그는 그것이 사실이거나, 적어도 가능한 일이었기를 간절히 원했을 것이다.

마르셀라는 영상에 자기만 나왔다는 사실을 믿지 않으려고 했다. 영상을 본 아이의 어머니가 말했다. 아이를 진정시키기가 어렵더라고요. 이번에는 차를 내오지 않았다. 마르셀라가 자기의 모습을 다시 촬영해 주기를 원하는데, 안 된다는 말이 차마 입 밖으로 나오지 않더라고 했다. 그러면서 사정상 더 이상 돈을 줄 수 없다고 했다. 니코가 무료로 해 주겠다고 대답했지만, 아이의 어머니는 별로 고마워하지 않는 것 같았다.

니코가 마르셀라를 처음 촬영한 날, 아이는 갑자기 바지를 내렸고 어머니는 방을 뛰쳐나가고 말았다. 마르셀라는 자위를 끝낸 뒤, 거의 벌거벗은 채로 잠을 자러 침대 위로 기어 올라갔다. 군데군데 흉터가 나 있었지만, 아이의 몸은 아름다웠다. 니코는 잠든 아이의 모습을 촬영했지만, 완성된 영상을 넘기기 전에 삭제해 버렸다.

상처가 거의 없는 배는 움푹 꺼져 있었고, 젖꼭지는 없지만(절단된 상태였다) 봉긋하게 솟은 가슴은 심장이 뛸 때마다 희미하게 팔딱거렸다. 그리고 금빛 솜털로 뒤덮인 부드러운 살결의 허벅지에는 꿰맨 자국처럼 흉한 상처가 나 있었다. 팔에 거미줄처럼 얼기설기 얽혀 있는 자국은 큰 상처가 아물고 남은 흉터였다.

카메라로 마르셀라의 벗은 몸을 쫓는 데 30분이 넘게 걸렸다. 니코는 그녀 곁에 눕고 싶은 마음이 굴뚝 같았지만, 간신히 참았다고 털어놓았다. 마침내 그는 얼떨떨한 기분으로 방에서 나와 아이의 어머니를 찾으러 갔다. 어머니의 방 앞에 도착한 그는 조심스럽게 문을 두드렸다. 살짝 열린 문 사이로 더블 침대에 얼굴을 파묻고 누워 있는 그녀의 모습이 보였다. 인기척을 듣고 자리에서 일어난 어머니는 옷매무시를 가다듬고 대문까지 그를 배웅했다. 그녀는 말은커녕, 눈도 맞추지 않았다. 니코는 최대한 빨리 영상을 갖다주겠다고 했지만, 여전히 입술을 꾹 다문 채 묵묵부답이었다.

다음에 찾아갔을 때는 아이의 아버지가 그를 맞아 주었다. 나는 그 남자가 내성적인 성격에 겁이 많을 것으로 예상했다. 하지만 의외로 경찰이나 군인 같은 느낌이 들었다고 했다. 우리의 예상은 보기 좋게 빗나가고 말았다. 그는 평범한 물리치료사였다. 다행스럽게도 그는 아내보다 더 솔직하게 이야기를 꺼냈고 니코에게 커피를 대접했다. 그러곤 희끗희끗하게 센 머리를 손으로 쓸어넘기며, 분명 사실관계는 맞지 않지만 소중한 정보를 알려 주었다. 그에 따르면, 마르셀라는 원체 상상력이 풍부한 아이였는데 자기가 부추겨서 그렇게 된 것만 같아 죄책감을 느낀다고 했다. 어릴 때부터 눈에 보이지 않는 친구들과 놀았지만 심각하게 받아들이지 않았다. 중학교에 들어가면서부터 점점 방 안에만 틀어박혀 지내기 시작하더니 파티는커녕, 친구네 집에 가서 자고 오는 일도 없었다. 친구들과 어울려 춤을 추러 가지도 않았고, 남자 친구를 만나는 일은 더더욱 없었다. 자기는 신식 아버지라서 모두 성장 과정의 일부로 여겨 그냥 내버려 두었다고 털어놓았다. 그도 그럴 것이, 마르셀라는 학교생활을 잘해 나가고 있었기에 딱히 걱정할 일이 없었다. 그런데 1년 전부터 갑자기 심각한 문제가 하나둘씩 불거지기 시작했다. 아무리 생각해 봐도 아이가 그렇게 될 만한 이유도, 정신적 충격을 받을 만한 사건도 없었다. 그가 보기에 딸이 별안간 신경 발작을 일으킨 것은 풀리지 않는 미스터리였다.

니코는 아이의 부모 중 누구도 신체 절단이나 자위행

위에 대해서 일절 언급하지 않았다고 했다. 그들은 마치 딸아이의 침대 옆 탁자에서 마리화나 담배를 발견한 것처럼 별문제 아니라는 투로 말했다. 새로 만든 영상은 가녀리지만 망가질 대로 망가진 마르셀라의 육체를 오랫동안 보여 주는 것으로 끝이 났다. 이전 영상과 마찬가지로, 이번에도 카메라는 그녀가 봤다고 주장한 헛것의 존재를 담아내지 못했다.

새 영상을 더 만들지는 않았지만, 다시 전화가 걸려 왔다. 그 무렵 어느 날, 니코는 차를 몰고 지나가면서 마르셀라의 집을 손으로 가리켰다. 소박한 외관에 차고와 옆문이 딸려 있고, 창문이 큼직큼직한데다 목재 장식과 벽돌로 외벽을 마감한 집이었다. 전화를 건 사람은 아이의 아버지였다. 그 순간, 니코는 아이의 어머니가 발작을 일으킨 것 같은 예감이 들었다. 하지만 딸아이가 촬영 말고, 니코와 이야기를 나누고 싶어 한다는 전화였다.

아이는 니코에게 별말 없이 자리에 앉으라고 했다. 10월 말이었는데도 이상하게 습하고 무더운 날이었다. 마르셀라가 긴소매를 입지 않은 건 그때가 처음이었다. 덕분에 흉터가 훤히 보였다. 생각만큼 흉하지는 않았다.

그런데 놀랍게도 흉터는 정확히 좌우 대칭을 이루고 있었다. 마치 살갗을 캔버스로 사용해 그렸거나, 목판처럼 끌로 정확하게 새긴 것만 같았다. 그사이 머리도 많이 자라, 밝은 페르시아나를 올리지 않아 켜 둔 조명등 아래에서 금빛으로 빛나고 있었다. 텔레비전은 여전히 꺼져 있었고, 예전에 니코가 봤던 어린 시절 사진은 어디로 치웠는지 하나도 없었다.

마르셀라는 수줍은 듯 고개를 숙이고 천천히 입을 열었다. 그리 달갑지 않은 문제를 서둘러 처리해야 된다는 듯이 단호한 표정이었다. 그녀는 니코가 자신의 말을 믿어 준 유일한 사람인데, 정작 그의 눈에 아무것도 보이지 않은 것이 못내 아쉽다고 했다. 그녀는 애당초 니코가 선택받은 사람, 아니 운명적으로 점지된 사람인 줄 알았는데, 자기가 잘못 생각한 것 같다고도 했다. 또한 자기도 몸에 그런 짓을 하고 싶지 않았지만, 최근 얼마 동안은 어쩔 도리가 없었다고 했다. 그러더니 자신의 벗은 몸이 나오는 영상을 보고 싶다고 했다. 그 말을 듣는 순간, 니코는 섬뜩한 느낌이 들었다. 이 일을 부모님에게 절대 말하지 말라고 다짐을 받아둘까도 생각했다. 그가 불안해하고 있다는 것을 눈치챘는지, 그녀가 먼저 그를 안심시켰다. 벌거벗은 자기 모습을 찍은 게 조금도 불쾌하게 느껴지지 않았다고 했다. 다만 자기 모습이 어떤지 보고 싶을 뿐이라고 했다.

"지금까지 내 모습을 본 적이 한 번도 없어." 그녀가 자초지종을 설명했다. "목욕할 때도 내내 눈을 감고 있으니까. 그리고 옷을 갈아입을 때도 눈을 감고 있어."

"그렇지만 네 몸에 상처를 낼 때는……?"

"내 몸을 이렇게 만든 건 내가 아니야. 그가 내 몸에 이런 상처를 낸 거라고. 내가 잠든 사이에 말이야."

그러더니 자기는 할 일이 있다고 그에게 이만 가보라고 했다. 니코는 그녀에게 절대로 영상을 주지 않겠다고, 다시는 그 집에 가지 않겠다고 마음먹었다.

그 후로 우리는 마르셀라에 대해 거의 말을 꺼내지 않았다. 하지만 내가 보기에 니코는 그녀와 사랑에 빠졌지만, 겁이 나서 다시 그녀를 만나지 않으려고 애쓰는 것 같았다. 나라도 그랬을 것 같다. 우리는 예전처럼 자주 만나지 않았다. 우리 둘이 함께 있다는 것은 마르셀라와 함께 있는 것과 다름없었기 때문이었다. 니코와 나, 둘 다 망가질 대로 망가진 모습을 훤히 드러낸 채 벌거벗고 있는 그녀를 우리 사이에 두고 싶어 하지 않았다. 나는 전남친들과 다시 사귀기 시작했지만, 그사이 일어난 일에 대해서는 아무 이야기도 하지 않았다. 누구를 만나든 상대에게 충실해야 하니까 말이다. 나는 어쩌다 채팅방에서 만난 ─이제는 자주 채팅하지 않는다─ 니코에게 아직 그 영상을 가지고 있는지 물었다. 그는 그렇다고 했다. 그러더니 대뜸 그 비디오들을 갖고 싶은 생각이 있는지 물었다. 나는 아니라고 했다. 그는 바로 그날 밤, 그것들을 모두 내다 버릴 생각이라고 했다. 정말 그렇게 했는지는 모른다.

그에게 묻지 않았으니까.

CHICOS
QUE
VUELVEN

메치는 고속도로 바로 아래에 위치해 천장이 심하게 흔들리는 파르케 차카부코 개발 및 참여센터에서 일했다. 처음 이곳에서 일을 시작했을 때, 매일 같이 들리는 시끄러운 진동에 과연 적응이나 할 수 있을지 늘 걱정이었다. 자동차가 빠른 속도로 지나가면 아스팔트 이음새와 도로를 떠받치고 있는 교각이 부르르 떨렸고 둔탁한 소리를 냈다. 그녀는 불규칙한 소음을 정말이지 견디기 어려워했다. 온 세상이 철렁거리는 느낌이었다. 그녀는 도로 바로 아래 네모반듯한 사무실에서 다른 두 여직원, 그라시엘라 그리고 마리아 라우라와 함께 일하고 있었다. 경험이 훨씬 더 많은 두 여직원은 민원 상담 업무를 담당했는데, 그건 메치가 할 줄 몰랐을뿐더러, 하고 싶지도 않은 일이었다. 하지만 몇 달이 지나자, 메치는 덜 컹거리는 고속도로 소리에도 익숙해졌고, 심지어는 지나가는 자동차의 차종도 구별할 수 있게 되었다. 가령 대형 트럭이 지나가면, 천장에 망치질을 하거나 거인이 사무실 위를 걸어 다니는 듯한 소리가 났다. 버스는 느리게 윙 하는 소리가, 일반 승용차는 가볍게 부딪치는 듯 콩콩거리는 소리가 났다. 교통의 흐름은 그녀의 업무에 리듬감을 부여했고, 수족관 같은 곳에 갇혀 있는 듯한 안온함마저 주었다. 이런 분위기는 어떻게든 그녀의 업무에 도움을 주었다.

메치는 항상 혼자 조용히 일했기 때문에 세상과 동떨어진 느낌이 들었다. 그녀가 맡은 업무는 부에노스아이레스시에서 잃어버리거나 실종된 아동들의 문서 기록을 유지하고 갱신하는 것이었다. 그녀가 다루는 문서는 아동 및 청소년 권리 위원회의 구석진 사무실에서 가장 큰 문서 캐비닛에 보관되어 있었다. 심지어 자기가 속해 있는 위원회와 시설, 기관의 관료적 네트워크에 대해서 그녀 자신도 분명하게 파악하지 못하고 있었다. 그래서 때로는 자기가 정확히 누구를 위해 일하고 있는 건지 막연하기만 했다. 부에노스아이레스시 공무원으로 10년의 세월을 보내자 비로소 자기 일이 좋아졌다. 즐거운 마음으로 일한 것은 그때가 처음이었다. 그녀가 2년 전에 이 업무를 맡은 후로 기록 보관소는 열렬한 찬사를 받았다. 단지 종이 더미밖에 없었지만 말이다. 정말 중요한 서류는, 즉 경찰과 수사관들을 동원해서 실종된 아이들의 단서를 추적하게 만드는 문서는 경찰서와 검찰에 있었다. 반면 그녀가 일하는 기록 보관소는 그에 비해 실효성이 별로 없었다. 나날이 보고서와 자료가 수북이 쌓여 갔지만, 법적인 조치를 취할 수 있는 그 어떤 권한도 없었기 때문이다. 그렇기는 해도 기록 보관소는 누구나 이용할 수 있었다. 가끔 가족이나 친지들이 찾아와 잃어버린 아이들의 행방을 찾는 데 놓친 실마리는 없는지 살펴보기 위해 각종 문서와 서류를 훑어보곤 했다. 아니면 새로운 의혹이나 자료를 들고 오기도 했다. 전문 용어로 '부모에 의한 납치 피해자들', 아버지나 어머니 중 한 명이 아기를 데리고 잠적해 버린 경우 가장 필사적으로 이 작업에 매달렸다. 달아난 쪽은 대부분 어머니였다. 이런 일이 일어나면, 남자들은 이성을 잃고 눈이 뒤집혀 찾아왔다. 아기들의 모습이 워낙 빨리 변하기 때문에 모든 건 시간 싸움인 셈이었다. 아기의 성격이 발현되고 머리가 자라나고 눈 색깔이 분명하게 정해지고 나면, '아이를 찾습니다' 포스터 사진 속의 아기는 다시 한번 사라지는 꼴이 되기 때문이다.

메치가 기록 보관소를 책임지고 난 후 아버지나 어머니에 의해 납치되는 아이를 되찾은 경우는 한 번도 없었다.

다행히 실종된 아이들의 가족을 직접 만날 일은 없었다. 그들이 사무실에 와서 서류 열람을 요청하면, 그라시엘라나 마리아 라우라가 메치에게 해당 서류철을 찾아 달라고 부탁하고, 메치가 찾아온 서류를 가족이나 친지들에게 넘겨주면 그만이었다. 새로운 정보를 알려 주러 온 경우에도 동일한 절차로 처리했다. 새 정보를 두 여직원 중 한 명에게 제출하거나 알려 주면, 이들은 그것을 메치에게 넘겼다. 그러고 나면 그것을 해당 서류철에, 정확히 말해 디지털 문서와 종이 문서 두 가지 서류철에 추가했다. 가끔씩 그라시엘라와 마리아 라우라가 잡담을 하는 데 정신이 팔려 있거나 점심을 먹으러 나갔다가 늦게 돌아오는 경우도 있었는데, 그럴 때마다 메치는 서류철을 펼쳐 들고 실종된 아이들을 떠올리며 이런저런 생각에 잠기곤 했다. 심지어 그녀는 별도의 문서 캐비닛을 만들어, 해결된 사건과 돌아온 아이들의 서류를 분리 보관하기도 했다. 돌아온 아이들은 대개 청소년들이었고, 여자들이었다. 실종된 여자아이들은 춤추러 나갔다가 돌아오지 않은 사례가 많았다. 예를 들어 제시카가 그랬다. 그녀는 대규모 아파트 주거 단지인 비야 루가노의 피에드라부에나 거리와 칠라베르트 거리가 만나는 곳에 살았다. 사진에 나온 그녀의 집은 납작하고, 하얀 벽이 거무튀튀하게 변해 있었다. 사진만 봐서는 그 안에서 무슨 일이 벌어졌는지 알 도리가 없었다. 여섯 명의 아이들과 홀어머니, 그리고 칠을 하지 않아 벽돌이 훤히 드러난 제시카의 방과 나무판자 위에 얹어 놓은 폼 매트리스(엄밀히 말해 침대가 없는 거나 마찬가지였다), 우상인 기예의 사진으로 도배되어 있다시피 한 벽—그녀는 두 남자 형제들과 방을 같이 쓰고 있었다. 거기에는 잡지에서 찢은 기예의 사진도 있었고, 핑크빛 립스틱 자국과 빨간색 매직으로 '사랑해'라고 낙서한 포스터도 있었다. 제시카는 언제나 수다메리카 광장에서 여자 친구들을 만났다. 얼마 전 새 단장을 마친 광장에는 철제 벤치가 설치되었고(오랫동안 앉아 있거나, 누워 자기에 너무 불편했다) 경찰관들이 늘 지키고 있었다. 주변 사람들에 따르면 그녀는 문제도 아니었고, 담배를 피우다가 걸린 적도 없었다. 하지만 그런 아이가 어느 날 홀연히 사라져 버리자, 다급해진 가족은 거리로 나가 전단을 돌리며 온 동네를 돌아다녔다. 그들은 제시카의 사진을 A4 용지에 복사해 택시 승차장마다 붙여 두었다. 사실 택시 운전사들은 웬만한 사람들을 다 알기 때문에, 가장 효과적인 방법일 수도 있었다. 제시카는 그로부터 두 달 뒤에 나타났다. 그녀는 엄마와 심하게 다투고 난 뒤, 홧김에 집을 나가 어느 여자아이의 집에 머물렀다고 했다. 엄마가 그녀에게 "이따위로 살 거면 당장 코모도로 리바다비아로 보내 버릴 거야"라고 소리를 지른 것이 사건의 발단이었다. 코모도로 리바다비아에는 그녀의 아버지가 살고 있었다. 제시카가 돌아왔을 때, 메치는 한동안 그 아이의 사진에서 눈을 떼지 못했다. 붉은빛을 띤 갈색으로 물들인 앞머리, 검은색 아이라인을 그려 강한 인상을 주는 눈매, 반짝거리는 입술, 그리고 높은음자리표 모양의 귀걸이. 아무래도 그 여자아이—그 당시 제시카는 열네 살이었다—에게 비야 루가노보다 코모도로 리바다비아가 훨씬 살기 좋다고, 그리고 어쩌면 아빠가 커다란 스펀지 덩어리 대신 제대로 된 침대를 사 줄지도 모른다고 이야기해 주는 편이 좋을 것 같았다. 하지만 제시카는 수도에서 계속 살고 싶어 했다. 그래야 기예의 콘서트를 놓치지 않을 테니까 말이다. 더구나 기예는 파타고니아에는 한 번도 간 적이 없었다.

실종된 아이들 대부분이 10대 소녀였기 때문에, 제시

카와 비슷한 사례는 얼마든지 있었다. 나이 든 남자와 함께 어디론가 떠나거나, 갑자기 아이가 생겨 겁을 먹은 아이들. 술주정을 부리는 아버지, 새벽부터 자기를 강간하는 양아버지, 그리고 밤에 등 뒤에서 수음하는 남동생을 피해 달아난 아이들. 클럽에서 술에 취해 며칠 동안 정신없이 놀다가 막상 집에 들어가기가 무서워 밖을 떠도는 아이들. 약을 끊기로 마음먹은 날 오후, 갑자기 머릿속에서 딸깍거리는 소리가 들린다고 하던 정신 나간 여자애도 있었다. 유괴나 납치를 당한 여자아이들은 더 가혹한 운명과 맞닥뜨려야 했다. 매춘 조직으로 끌려간 뒤 다시 나타나지 않은 아이들이 있는가 하면, 죽은 채 발견되거나 납치범들을 살해한 뒤 경찰에 검거된 아이들도 있었다. 심지어는 파라과이 국경 부근에서 스스로 목숨을 끊거나 마르 델 플라타의 어느 호텔에서 토막 난 채 발견된 아이들도 있었다.

메치의 생각에는 기록 보관소를 꼼꼼하게 관리하는 능력과 실종된 어린이들에 대한 진지한 관심 덕분에 페드로와 인연이 닿게 된 것 같았다. 그는 그녀의 몇 안 되는 친구 중 하나였다. 페드로는 5년 전, 그녀가 마요 광장 부근의 사무실에서 일할 때 처음 알게 되었다. 그때 그녀는 창문 앞에서 행진과 시위 행렬을 물끄러미 바라보곤 했다. 그러다 사이렌 소리와 함께 등장한 경찰이 시위대를 진압하면 여기저기서 비명이 들리고, 매캐한 최루탄 냄새가 창가로 밀려왔다. 메치의 마음속에서 짜릿한 쾌감이 느껴지고, 평소보다 더 강렬한 감정이 일어난 인생의 거의 유일한 순간이었다. 어느 오후, 메치는 퇴근하고 아파트로 들어가기 전에 맥주 한잔하고 싶은 마음이 들기도 하지만, 주변에 마음에 드는 바가 하나도 없었다. 오후 여섯 시, 퇴근 시간 무렵이면 바에는 젊은 임원들과 높은 연봉을 받는 관리자급 직원들, 고급스러운 옷을 차려입은 비서들로 바글거렸다. 그들은 모두 비싼 수입 맥주를 주문하고 마음에 드는 상대를 유혹하여 잠자리를 함께하려고 혈안이 되어 있었다. 하지만 메치에게 말을 거는 남자는 아무도 없었다. 그녀는 키가 작고 삐쩍 마른데다, 여름에도 두꺼운 플랫폼 부츠를 신고 화장기 없는 얼굴로 다녔다. 한 마디로 특이한 여자였다. 그녀는 정장 차림에 말끔히 면도하고 향수 냄새를 진하게 풍기는 남자가 다가와 이구아나 맥주를 대접해 주기를 기대한 적도 없었다. 메치는 자신이 처한 현실을 순순히 받아들였고, 그런 일로 괴로워하지 않았다. 그런 바들은 그녀에게 어울리지 않는 자리니까. 그녀는 그저 해가 지는 동안 약간 취한 상태로 거리를 걸으며 집에 가는 것이 좋았다. 그러다 보면 세상 시름을 쉽게 잊을 수 있었다. 그녀는 가끔 바에 책을 들고 가서 읽곤 했는데, 그럴 때마다 여기저기서 힐끔거리는 시선이 느껴졌다. 하지만 무슨 책을 읽는지 물어보는 사람은 아무도 없었다. 거기서 책을 읽고 있으면 옆자리의 회사원들이 무슨 이야기—보통은 아무 재미도 없는 내용이었다—를 나누든 귀에 들어오지 않아서 좋았다.

그녀가 페드로를 만난 것도 그 무렵 어느 날 오후였다. 그날따라 바에 빈자리가 하나도 없었는데, 그가 다가와 합석해도 괜찮겠냐고 물어보았다. 덕분에 그녀는 오랜 고립 상태에서 벗어날 수 있었다. 그는 혼자서 말을 많이 했지만, 그녀에게 딱히 궁금한 건 없었다. 그는 주변의 신문사에서 경찰 출입 기자로 일하고 있다고 했다. 평소 같으면 저녁에 편집실을 빠져나와 맥주를 마신다는 것은 꿈도 못 꿀 일이지만(대개 밤 10시가 넘어서야 퇴근했다) 그날은 하루종일 너무 바빠서 한숨 돌리려고 나왔다고 했다. 갑자기 그는 전화기를 달라고 했다. 메치는 별생각 없이 그에게 전화기를 건네주었다. 그는 다소 신경질적이고 매력적인 외모에 거뭇거뭇하게 돋은 수염과 커다란 검은 눈동자를 가지고 있었다.

그런 스타일의 남자가 그녀를 눈여겨보는 경우는 거의 없었다.

　바로 그다음 날, 페드로한테서 전화가 왔다. 그러니까 회사원들이 주로 모이는 데서 멀리 떨어진 싸구려 술집에서 맥주 한잔하고, 자기 아파트로 가서 한잔 더 하자고 했다. 메치는 아직도 그 아파트의 모습이 눈에 선했다. 주방 옆 세탁실에 있는 고양이 배변통에 똥이 수북이 쌓여 있는 걸 보면, 몇 주 동안 한 번도 치우지 않았던 모양이다. 거실 구석에 쌓아놓은 책, 아름다운 석조 발코니, 테이블 위에 놓인 컴퓨터, 그리고 알 파치노가 주연한 영화 〈뜨거운 오후〉의 빈티지 포스터. 그들은 소파에 앉아 맥주를 마시다 병을 다 비우기도 전에 침대로 향했다. 침대라고 해야 마룻바닥에 깔아놓은 매트리스가 전부였다. 머리맡에는 자명종 시계가, 그리고 손만 뻗으면 닿을 거리에는 꽁초로 수북한 재떨이가 놓여 있었다. 게다가 침대 시트는 얼마나 오래 안 빨았는지, 가운데가 잿빛으로 변해 있었다. 메치는 페드로와의 섹스가 그다지 즐겁지 않았다. 어떤 이유 때문인지 도무지 집중할 수가 없었다. 대신 그녀는 벽장 문의 세부적인 장식과 밤하늘, 그리고 뭐가 그리도 궁금한지 반쯤 열린 문틈으로 안을 엿보던 고양이의 눈, 심지어는 불이 환하게 밝혀져 있던 맞은편 아파트 창문—침대에서 보였다—을 유심히 살펴보았다. 하지만 섹스를 즐기는 페드로의 표정을 보면서 자기도 정말 흥분한 것처럼 행동했다. 필요한 경우, 열정적이면서도 섬세하게 반응했다. 메치는 그와 깊은 키스를 나누었고, 그의 등을 부드러운 손길로 애무했다. 하지만 그가 다시 콘돔을 집으려는 찰나 메치는 조용히 손을 들어 말리면서 그의 뺨에 입을 맞추고 담배를 달라고 했다. 그들은 새벽까지 담배를 피웠다. 페드로는 코카인을 약간 흡입하고 —그녀는 선뜻 내키지 않아서 거절했다— 자기가 취재한 것 중에서 가장 무시무시한 사건을 들려주었다. 그는 끔찍한 장면을 세세하게 설명해 주었는데 메치가 역겨워하지도, 충격을 받지도 않아서 마음에 든다고 했다. 그녀는 범죄나 사건 이야기를 들으면 무서우면서도 재미있다고 했다. 날이 밝자 그녀는 다시는 섹스를 하지 않겠다고 다짐하면서 페드로의 아파트를 나섰다. 그 생각은 틀리지 않았다. 하지만 그를 다시 만날 일도, 그와 이야기를 나눌 일도 없을 거라고 믿었다면, 그건 그녀가 페드로를 잘못 판단한 것이다. 페드로는 계속 그녀를 만나고 싶어 했다. 물론 잠자리를 갖자고 우기지는 않았다. 그를 처음 만난 그날 밤, 굳이 입 밖에 꺼내고 싶지는 않았지만 적어도 한 가지는 분명해졌다. 그들은 서로 마음이 통하지 않았고, 함께 침대로 가기 전부터도 그 사실을 알고 있었다. 그렇지만 그들은 쉽게 포기하지 않았다. 둘 다 외로운 처지인데다, 적어도 그 만남을 통해 새로운 관계가 시작될 수도 있다는 환상을 품고 있었기 때문이다. 간단히 말해, 사랑이 싹튼 것은 아니었다. 하지만 그다지 가깝다고 할 수는 없어도 변함없는 우정이 시작된 것은 사실이었다. 메치는 그의 기사에 관해 의견을 나누기 위해, 페드로는 그녀가 관심을 가질 만한 사건의 결과를 알려 주기 위해 서로 연락했다. 그렇게 시간을 보내면서 그들은 그간 겪은 일들, 즉 좌절된 관계와 빠르게 사라져 버린 작은 소망에 대해 털어놓게 되었다. 페드로의 경우 여자 친구가 수시로 바뀌었지만, 메치는 갈수록 외로워졌다. 그들은 서로에게 하소연했지만, 혼자 사는 것이 더 좋다는 것을 잘 알고 있었다.

최근 페드로는 취재 분야를 바꾸었다. 몇 년 동안 마피아 범죄를 추적하느라 지치고 약간의 두려움을 느낀 나머지 청소년들, 특히 소녀들의 실종 사건을 파헤치기 시작했다. 그는 결국 미성년자 밀매 조직과 마약 조직의 킬러만큼이나 야비하고 무서운 인물들을 하나둘씩 밝혀냈다. 여자아이—남자아이들의 실종 사건도 취재했지만, 여자아이들이 대부분이었다—들이 이리저리 끌려가는 과정에 무언가 엄청난 것이 있었다. 이를 단서로 그는 장편 특집 기사를 상세하게 쓸 수 있었다. 그 기사는 엄청난 반향을 불러일으켰을 뿐만 아니라, 상사들의 찬사와 연봉 인상도 이끌어 냈다.

단순히 우연의 일치였는지는 모르겠지만, 페드로가 실종된 여자아이들을 찾아 지방의 매음굴에 잠입하고 어두컴컴한 경찰서를 찾아다니는 동안, 메치는 위원회 산하 실종 아동 기록 보관소에서 일하는 게 어떻겠냐는 제안을 받았다. 그녀는 그 제안을 흔쾌히 받아들였다. 그녀는 우선 승낙을 하고 그 자리에 가려면 어떤 서류가 필요한지 알아본 다음, 제일 먼저 페드로에게 연락했다. 메치가 새 직장을 얻게 되었다는 소식을 듣자마자, 그는 기쁨의 함성을 질렀다. 그러면서 "세상에, 말도 안돼! 믿을 수가 없어!"라는 말을 얼마나 많이 되풀이하는지 그녀의 정신이 다 얼얼할 지경이었다. 그는 그녀를 만나러 사무실에 자주 찾아갔고, 메치가 정식 공무원으로 발령받고 나서부터는 그녀와의 선행 업무 상담이 필수 절차가 되었다. 그녀가 오기 전, 기록 보관소에는 절망에 빠진 가엾은 가족들을 제외하면 아무도 관심 없는 지저분한 서류 더미밖에 없었다. 페드로에 따르면, 그녀는 유명무실하던 기록 보관소를 3개월 만에 소중한 정보의 보고로 바꾸어 놓았다.

"이봐, 이건 아주 귀중한 정보라고." 그는 서류와 문서를 훑어보다 필요한 자료가 있으면 공책에 옮겨 적으며 그녀에게 말했다. "검사를 만날 때마다 항상 당신 이야기를 해. 언제 한번 만나보면 좋을 거야. 그 검사는 레즈비언인데, 독한 담배를 피운 탓인지 목소리가 걸걸하고 머리는 언제나 튀는 색으로 염색을 하고 다녀. 어떤 여자일지 당신은 상상도 못 할 거야! 조만간 같이 점심이라도 하자고. 알았지?"

하지만 그 만남은 끝내 이루어지지 못했다. 페드로는 언제나 점심시간 때 일어났을 뿐만 아니라, 소녀들의 납치범들을 추적하기 위해 적어도 보름에 한 번씩 출장을 다녔기 때문에 틈이 나지 않았다. 하지만 메치의 기록 보관소와 페드로의 오랜 취재 덕분에 경찰은 여성들과 10대 소녀들을 팔아넘긴 인신매매 조직의 우두머리 중 한 명을 체포할 수 있었다. 선교사인 그는 포사다스에 살면서 브라질과 파라과이로 탈출할 수 있는 경로를 다수 확보하고 있었을 뿐만 아니라, 그란 부에노스아이레스*

---

* 부에노스아이레스시를 중심으로 인근의 24개 군을 포함한 지역 명칭.

까지 마수를 뻗치고 있었다. 그가 재판정에 서고, 납치된 여자아이들 중 몇몇이 언론사의 인터뷰에 응하면서부터 놀라운 사실—몇몇 아이들은 팔레르모의 어느 비좁은 원룸 아파트에 갇혀 살았는데, 외출이 일절 허용되지 않았다. 어떤 여자가 그들을 감시하면서 음식과 생활필수품을 갖다주었다. 아이들은 너무 오랜 시간 동안 감금되어 있던 탓에 얼굴이 창백했고 입술이 바싹 말라 있었다—이 하나둘씩 밝혀지기 시작했다. 그러자 페드로는 일약 텔레비전 스타가 되었고, 각종 토론회와 뉴스는 물론 케이블 방송 프로그램에도 출연했다. 인기 절정에 오른 그는 양복과 셔츠를 몇 벌 새로 장만했다. 메치는 그의 모습을 보면서 마음만 먹으면 얼마든지 텔레비전에 나가 유명해질 수 있는 남자들이 부러웠다. 출연할 때마다 다른 재킷만 입어도 품위가 보장된 셈이나 마찬가지였다. 만약 그녀에게 그런 기회가 왔더라면, 최소 드레스 열두 벌은 사야 했을 것이다. 페드로는 인터뷰할 때 진지하고 겸손한 태도를 잃지 않았고 메치의 이름을 여러 차례 언급하기도 했다. 여러 자료를 교차 확인함으로써 인신매매 및 매춘 조직을 상당 부분 파악할 수 있었는데, 특히 아동 및 청소년 권리 위원회에서 얻은 정보가 결정적인 역할을 했다고 밝히는 과정에서 그녀의 이름이 나왔던 것이다. 하지만 메치에게 텔레비전에 나와 실종된 아이들에 대해 이야기해 달라고 하는 전화는 한 통도 오지 않았다. 단지 몇몇 일간지와 인터뷰한 것이 전부였다. 메치와 인터뷰하기 위해 파르케 차카부코 개발 및 참여 센터에 찾아온 기자들은 단조롭게 반복되는 고속도로의 소음에 대해 한마디씩 했다. 메치는 그들에게 조금 있으면 괜찮아질 거라고 했지만, 그건 빈말이었다. 기자들도 그녀의 말을 믿지 않았다. 마음에 없는 눈웃음을 보면 그들의 속내를 쉽게 알아차릴 수 있었다. "그래도 주위에 공원이 있어서 좋겠네요." 그들이 말했다. 메치는 그것이 고속도로로 인해 지속적으로 발생하는 진동과 소음 문제에 대응하는 유일한 보상이라고 인정할 수밖에 없었다. 가끔 그녀는 점심시간을 이용해 주변을 둘러보곤 했다. 공원 벤치나 부근의 바—도시락을 싸 오지 않은 경우—에 앉아 샌드위치를 후다닥 먹고 나서 잠시 산책을 했다. 그녀는 특히 지하철역 주변, 그리고 정자와 산책로를 갖춘 작고 낭만적인 장미 정원 안의 벤치들이 마음에 들었다. 그나마 그 정원이 가지고 있던 우아하면서도 퇴폐적인 아름다움도 고속도로를 쉴 새 없이 달리는 자동차들과 고무지우개처럼 무시무시하게 생긴 교각으로 인해 완전히 훼손되고 말았다. 가끔은 아이들의 이름과 실종 당시 현장 상황이 기록된 서류철을 가지고 나가 훑어보면서, 누락된 부분이 있으면 머릿속으로 이야기를 지어내 채워 놓았다. 서류를 보던 그녀는 실종 아동들의 가족들이 왜 그렇게 이상하게 나온 사진만 골라 포스터나 전단에 붙여 놓았는지 의아했다. 사진 속의 아이들은 하나같이 보기 흉한 얼굴을 하고 있었다. 카메라 렌즈가 너무 가까워서 얼굴이 일그러졌거나, 너무 멀어서 흐릿해 보였다. 깜박거리는 불빛 아래에서 이상한 표정을 짓고 있는 아이들도 있었다. 실종된 아이들의 사진 중 멀쩡하게 나온 것은 거의 없다시피 했다.

바나디스만 빼고 말이다. 바나디스, 정말 이상한 이름을 가진 아이였다. 메치는 백과사전에서 바다니스를 찾아보았다. 북유럽신화에 나오는 젊음, 사랑, 아름다움의 여신이자 죽음의 여신인 프레이야에서 유래한 이름이었다. 열네 살에 실종된 바나디스는 기록 보관소 전체를 통틀어 유일하게 아름다운 외모를 가지고 있었다. 그녀의 서류철에는 사진이 스무 장 넘게 붙어 있었다. 무슨 이유인지 다른 아이들에 비해 사진이 훨씬 더 많았다. 검은 머리에 아몬드형 눈매, 그리고 두드러진 광대뼈와 어설프게 유혹하려는 듯 앙다문 입술 등, 그녀는 어딘지 모르게 묘한 분위기를 풍기고 있었다. 메치는 서류철을 보면서 특별히 애착이 가는 아이는 없었지만, 바나디스만큼은 달랐다. 시간이 갈수록 그 아이가 가깝게 느껴졌다. 게다가 관련 서류에 기재된 내용에는 무언가 앞뒤가 맞지 않는 점이 있었다. 우선 그녀가 콘스티투시온에서 매춘하다 적발되었다는데, 그 지역은 여장 남자들이 독차지하고 있기 때문에 일반적으로 여성들, 특히 어린 여자아이들을 찾아보기 힘들다. 사회복지사들이 직접 조정에 나서자, 가족들 중 누구도 그 아이를 맡으려고 하지 않았다. 결국 그녀는 소년원에 들어갔지만, 얼마 되지 않아 도망치고 말았다. 그 후로 그녀에 대해서는 전혀 알려진 바가 없다. 가족들도 아이를 찾는 데 거의 관심이 없는 것 같았다. 이따금 몇몇 아이들이 갖가지 정보를 가지고 나타났는데, 하나같이 그녀가 거리에서 알게 된 친구들이었다. 그녀에게 푹 빠져 있던 남자아이들, 노점상들, 새벽에 교대 근무를 시작한 택시 운전사들, 24시간 영업하는 핫도그 가게와 햄버거 가게에서 일하던 청년들, 매점을 운영하던 사람들, 매춘부들, 그리고 몇몇 여장 남자들. 사무실로 찾아와 바나디스에 관해 이런저런 이야기를 해준 이들도 있었다. 반면 편지나 자필로 정성스럽게 쓴 쪽지, 심지어는 그녀가 다시 나타나면 전해 달라고 하트 모양이나 빨간 리본을 두고 간 이들도 있었다. 대부분의 경우, 그라시엘라가 그들의 말을 카세트에 녹음해서—메치가 디지털 재생 장치의 사용법을 수차례 알려 주었지만 아무 소용도 없었다—메치에게 넘겨주면, 그녀는 그것을 듣고 별도의 문서에 옮겨 적었다. 메치는 퇴근할 때도 그들의 진술이 기록된 녹취록을 들고 집에 갔다. 특히 바나디스의 서류는 두꺼워서 파일이 제대로 닫히지도 않았다. 그러던 어느 날 오후, 메치는 점심시간에 에밀리오 미트레 지하철역 부근을 지나다가 사진 한 장을 떨어뜨리고 말았다. 그날따라 바람이 많이 불어 멀리 날아갈지도 모른다는 생각이 들었다. 사진을 주우려고 달려가려는 찰나, 보도에서 그 얼굴을 보았다. 바나디스, 아니 비앙카 재거를 닮았지만 독 수드에서 태어난 여자아이. 다행히 그 아이는 아직 나쁜 길로 빠지지 않은 듯했다. 슬픔에 잠겨 거리를 방황한다고 해도 여신에게는 절대로 나쁜 일이 일어나지 않는 법이니까.

콘스티투시온 부근에서 매춘을 하는 동안, 바나디스는 감옥의 아이들과 우연히 마주치는 일이 잦았다. 그렇다고 정말 감옥에 갇혀 있던 아이들이 아니라, 폐허처럼 변해 버린 카세로스 형무소를 무단으로 점거하고 살던 남자아이와 여자아이들—그리고 어른들도 몇 명 있었다—이었다. 형무소 건물은 오래전에 외벽이라도 철거해야 했지만, 무슨 이유에서인지 그 자리에 그대로 남아 있었다. 우뚝 솟은 건물은 언제 무너질지 모를 정도로 위태로워 보였다. 하지만 건물이 무너지든 말든 동네 주민들 빼고는 아무도 신경 쓰지 않았다. 약물에 중독—코카 페이스트에 중독된 아이들이 대부분이었지만, 본드나 알코올에 중독된 아이들도 있었다—된 아이들이 하나둘씩 들어와 자리를 잡기 시작하더니, 어느새 빈자리 하나 없이 꽉 들어찼다. 약에 중독된 아이들은 오갈 데가 없어 폐허 같은 곳에서나마 살아 보려 하던 가난한 가족들과 노숙자들을 가차 없이 내쫓아 버렸다. 그런 곳에서는 중독자 아이들 외에 아무도 살 수 없었다. 하루에도 몇 번씩 벌어지는 쌈박질과 약물 과다복용으로 인한 죽음들, 그리고 누군가를 죽이거나 살해당한 마약 밀매상들과 절도범들, 또 더러운 쓰레기와 오물이 사방에 널려 있었다. 아무도 그 주변을 지나다닐 엄두를 내지 못했을 뿐만 아니라, 폐허가 된 건물로 둘러싸인 동네는 서서히 죽어가고 있었다. 마약에 중독된 아이들은 해질 무렵이면 건물에서 나와 주변을 돌아다니며 구걸했다.

어느 날, 카세로스 죽음의 집—한 텔레비전 프로그램에서 그렇게 부르기 시작한 이래로, 카세로스 형무소에는 늘 그렇게 무시무시한 이름이 따라다녔다—에 사는 한 여자가 파르케 차카부코 개발 및 참여 센터로 찾아와 바나디스에 관해서 아는 대로 말해 주겠다고 했다. 경찰이나 판사를 찾아가기는 싫었다고 그라시엘라에게 말했다. 너무 오랫동안 마약에 손을 댄 처지라, 괜히 갔다가 감옥이나 재활 치료 센터에 끌려가고 싶지는 않았기 때문이었다. 그녀는 차라리 길거리에서 죽기를 바랐고 마음에 거리낄 것이 전혀 없어 보였다. 그녀의 팔과 다리에는 온통 주삿바늘 자국과 상처투성이였다. 그녀는 카세로스의 폐허에서 두 번이나 유산했는데, 끝내 태어나지 못한 아이의 아버지가 누구인지 모른다고 했다. 또 다른 마약쟁이들이 틀림없겠지만, 정확히 누군지는 기억나지 않는다고 했다. 그녀는 남자보다 여자를 더 좋아했기 때문에, 오로지 돈과 마약을 얻기 위해서 그런 자들과 잠자리를 같이 했을 뿐이었다. 그녀가 끝내 이름을 밝히기를 원하지 않았기 때문에, 증인진술서에는 본명을 기재하지 못했다. 그녀는 이왕이면 진술인의 이름을 롤리로 써달라고 부탁했다. 그라시엘라는 롤리의 몸에서 심한 악취가 난다고 했다. 실제로 그녀는 얼마나 더러운 옷차림을 하고 있던지, 셔츠와 청바지는 둘 다 갈색으로 보였고 운동화에 난 구멍으로 발가락이 삐져나와 있었다. 그라시엘라에 따르면, 그녀는 너무 말라서이리 같은 모습이었다고 했다. 이리의 주둥이처럼 얼굴에서 이와 턱이 툭 튀어나온 모습이었다. 더군다나 그녀는 불쾌한 소리를 내며 숨 쉴 때를 제외하곤 한 번도 쉬지 않고 자기가 살아온 이야기를 떠들어댔다. 정작 바나디스에 관해서는 말할 틈조차 없었다. 그라시엘라는 생전 처음으로 죽어가는 사람이 걸어 다니는 모습을 본 것같았다. 어떤 면에서 롤리의 정신은 육체의 죽음을 전혀포착하지 못한 듯했다. 그 모습에 그라시엘라는 큰 충격을 받았다.

롤리는 어느 날 밤 죽음의 집에서 필사적으로 탈출했다. 그녀는 수중에 돈이 한 푼도 없었을뿐더러, 온몸이쑤시고 아파서 아무 생각도 할 수 없었다. 그녀에게는무엇보다 돈이 필요했다. 그녀는 조심조심 콘스티투시온 역의 옆길을 따라 걸어갔다. 경찰의 눈에 띄고 싶지도 않았지만, 여장 남자들에게 손을 벌리고 싶지도 않았기 때문이었다. 게다가 그곳을 돌아다니는 여자들은 그들에게 두들겨 맞기 십상이었다. 우선은 버스를 기다리고 있거나, 아니면 그 길을 따라 거리 매점이나 집으로 걸어가는 이를 찾아야만 했다. 그녀는 윗옷 주머니에 깨진 술병의 병목을 숨기고 있었다.

한 시간가량 지난 듯했다. 하지만 그사이 돈을 빼앗을 만한 사람은 한 명도 만나지 못했다. 보통 사람들은 그 시간에 그 동네를 돌아다니는 것이 얼마나 위험한지 잘 알고 있었기 때문에 코빼기도 보이지 않았다. 계획을 포기하려는 순간, 바나디스가 눈에 띄었다. 롤리는 제정신이 아니었지만, 여장 남자가 아니라는 것을 곧 알아차렸다. 롤리는 그녀의 뒤로 다가가 뾰족한 병목 조각을 등에 갖다 댔다. 그녀는 거의 펄쩍 뛰어오르다시피 하면서 빠르게 뒤돌아섰다. 그녀는 롤리가 예상했던 것보다 훨씬 더 경계하고 있었다. 둘은 서로를 노려보았다. 결국 바나디스가 한발 물러섰고 롤리는 더 이상 그녀를 위협할 필요가 없어졌다. 바나디스는 그녀에게 30페소를 주면서 말했다. "앞으로 보름 동안은 돈 뜯어낼 생각도 마. 알았어? 날 열받게 하지 말라고. 그리고 나한테 신세 진 적 없다고 치사하게 잡아뗄 생각도 말고."

롤리는 돈을 가지고 도망치듯이 달아났는데, 이상야릇한 느낌이 들었다. 마치 그 아이를 강탈하지 않은 것 같았다. 만약 그 아이가 아무것도 못 내놓겠다고 버텼더라면, 롤리는 더 이상 으름장을 놓지 않고 그 자리를 떠났을 것이다. 그녀는 돈이 그토록 급한 상황인데도 왜 늘 그렇게 상대를 가만히 내버려 두려는지 스스로를 이해할 수 없었다.

며칠 후—롤리는 그 후로 시간이 얼마나 흘렀는지 알 수 없었다. 죽음의 집에 사는 사람들은 시간 따위에 아무 관심도 없었다— 롤리는 다시 그녀를 보았다. 바나디스가 그녀에게 말을 걸었다. "또 돈 받아 갈 생각은 꿈도 꾸지 마라. 내 말 기억하고 있지?" 롤리는 고개를 끄덕였다. 바나디스가 미소를 지어 보이자, 그녀는 사랑에 빠지고 말았다. 자기 곁에 있어 주겠냐고 묻자, 바다니스는 고개를 끄덕였다. 롤리가 그동안 살아온 이야기와 죽음의 집에 관해 들려주자, 바나디스는 슬슬 걱정이 되는 눈치였다. 사실 그녀는 마약을 한 번도 해본 적이 없을 뿐더러, 중독된 사람들을 볼 때마다 서글픈 생각이 들었다. 그녀는 롤리에게 죽음의 집을 꼭 찾아가 보고 싶다고 했지만, 롤리가 완강하게 거부했다. 너무 위험하기도 하거니와, 참혹하기 이를 데 없는 자신의 거처를 바나디스에게 보여주고 싶지 않았기 때문이었다. 그 무렵 밤에 바나디스의 손님이 뜸할 때면 둘은 함께 담배를 피우곤 했다. 그러던 어느 날 밤, 롤리는 이 기회에 마약을 끊고, 다시 정상적으로 식사를 하고, 병원에 가서 무료로 마약 중독 치료도 받고 나면, 그녀에게 사랑을 고백할 수 있으리라는 생각이 들었다. 어쩌면 바나디스도 자기를 사랑하게 될지 모를 일이었다. 실제로 거리에는 레즈비언 매춘부들이 널려 있었다. 그녀가 아는 거리의 여자들만 해도 수도 없이 많았다. 그녀도 마약에 손을 대기 전에는 여자 매춘부를 사귄 적이 있었다.

롤리는 바나디스가 손님을 무척 많이 받았다고 그라시엘라에게 말했다. 그렇다면 분명 그녀에게 일거리를 적지 않게 빼앗겼을 텐데도, 여장 남자들은 웬일인지 그녀를 가만히 내버려 두었다. 그 누구도 그녀를 괴롭히지 않았다. 롤리는 야심한 시각에 차에 타고 있던 남자들을 직접 보지는 못했다. 하지만 원체 말수가 적은데다 자기에 관해서는 거의 입을 열지 않던—자기 가족이나 집, 거리 생활을 하기 전의 생활에 대해서는 일절 언급하지 않았다. 혹시라도 롤리가 물어보면, 바나디스는 생글생글 웃으며 화제를 바꾸곤 했다— 바나디스였지만, 언젠가 '수상쩍은' 두 남자에 대해 말한 적이 있었다. 롤리가 센터에 와서 알려 주려고 했던 것이 바로 그 이야기였다. 롤리는 바나디스가 소년원에서 도망쳐 사라졌을 때, 수상한 그 남자들이 그녀를 데려갔을지도 모른다는 생각이 들었다. 그리고 어느 여장 남자로부터 바나디스가 자취를 감추었다는 소식을 들었을 때, 롤리는 앞으로 절대 마약을 끊지 못할 것이고 결국 카세로스에서 삶을 마감하게 되리라는 것을 깨달았다. 바나디스가 자신의 마지막 희망이었는데, 그마저 사라져 버렸으니 그럴 만도 했다. 롤리는 자신의 죽음이 헛되지 않도록 알고 있던 모든 사실을 밝히기로 마음먹은 것이다.

수상한 자들은 그녀의 양쪽 팔에 팔짱을 끼고 그녀를 역 바로 맞은편에 있는 호텔로 데려갔다. 한 명이 그녀를 겁탈하고 있는 동안, 다른 한 명은 그 장면을 촬영했다. 둘은 번갈아서 그녀에게 몹쓸 짓을 했다. 그들은 그녀에게 정상적인 섹스 외에도 오랄 섹스와 에이널 섹스를 강요했고, 손으로 수음을 해 달라고도 했다. 그러면서도 그들은 그녀의 모습을 계속 촬영했다. 바나디스가 그 영상을 어떻게 하려는지 묻자, 그들은 나중에 자기들끼리 보려고 찍었을 뿐이라고 대답했다. 그리고 이상한 짓은 절대 하지 않을 테니 걱정하지 말라고 덧붙였다. 바나디스는 그들의 말을 믿지 않았다. 물론 롤리도 마찬가지였다. 바나디스는 물러서지 않고 그 영상을 인터넷에 뿌릴 건지, 아니면 어디다 팔아먹을 건지 끈질기게 물었다. 그러자 그들은 한 마디만 더하면 죽여 버리겠다고 위협했다. 거리에서 몸을 파는 계집아이 하나 죽여 봐야 아무도 신경 쓰지 않을 거라고 했다. 바나디스는 그들과 입씨름을 벌이지 않고 계속 촬영에 응했다. 하지만 그들이 무서웠다. 바나디스는 두 멍청이가 그 영상을 인터넷에 올리든 팔아먹든 상관없다고 큰소리쳤지만, 롤리는 그녀가 떨고 있음을 눈치챘다. 물론 그녀는 그들이 보통 손님들보다 화대를 더 많이 준다는 사실에 만족했다.

롤리는 사회 복지사들과 경찰이 콘스티투시온에 들이닥쳐 바나디스를 소년원에 데려갔다는 소식을 들었다. 그녀는 바나디스가 하루빨리 돌아오기를 바랐지만, 한참 뒤—몇 년의 세월처럼 길게만 느껴졌다—에 어느 여장 남자로부터 그녀가 사라졌다는 말을 들었다. 그 소식을 듣고 나니까 괴로워 죽겠더라고요. 롤리가 말했다. 정말 죽을 것 같았어요. 어쩌면 놈들이 그 아이를 죽였을지 모른다는 생각이 들더군요. 그 아이는 참 예뻤거든요. 내가 본 여자들 중에서 가장 예뻤죠.

모두 그녀가 아름답다고 입을 모아 말했다. 특히 마이스페이스에 올린 프로필 사진을 보면 감탄이 절로 나올 정도였다. 메치는 실종된 아이들 중 페이스북이나 마이스페이스의 프로필을 지우지 않고 그대로 남겨 놓은 이들이 얼마나 많은지를 알고 놀랐다. 주인을 잃은 프로필들은 비석처럼 꼼짝도 하지 않고 있었다. 다만 언젠가 답장을 받을지 모른다는 희망을 품은 몇몇 가족들과 수백 명의 친구들이 종종 방문해 메시지를 남겨 놓고 있었다.

바나디스의 프로필을 본 메치는 깜짝 놀라고 말았다. 그녀의 프로필에는 거의 매일 같이 새로운 메시지들이 오고 있었다. 그렇지만 그녀에 관한 소식이나 정보는 거의 없었다. 휴대전화로 찍은 특이한 사진 한 장이 눈에 띄었다. 사진 속의 아이는 머리카락을 뒤로 질끈 묶어 얼굴이 훤히 드러났는데, 두툼한 입술에 부드러운 미소를 띠고 있었다. 그녀의 프로필 사진 옆에는 사실과 오싹한 상상이 뒤섞인 문구가 있었다. "헤비메탈 음악과 호러 무비 팬" 그리고 "밤의 방랑자"이자 "죽은 사람들을 먹고 사는 구더기"로, 현재 103살이라고 자기를 소개했다. '나에 관해서' 항목은 공란으로 남겨 두었고, '만나고 싶은 사람'에는 '모두'라고 적어 두었다.

나머지는 다음과 같다.

관심사항

관심사: 지금은 시간이 없어요. 나중에 시간이 나면

음악: 특히 헤비메탈!!!

영화: <쏘우>, <엑소시스트>, <디 아더스>, 기타 일본

영화들

방송: 없어요. 정신 건강에 안 좋다고요!!!

책: 하하

이상적 인물: 내 손가락

그룹: 마릴린 맨슨, 슬립낫, 콘

당신의 기본 정보

배우자 유무: 없음

여기 오는 이유: 친구들

성적 취향: 양성애자

출신 도시: 지하 세계

신체 사이즈: 160 깡마른 몸매

출신: ?

종교: 무

별자리: 전갈자리

음주/흡연: 네/네

자녀: 가엾은 아이들

학력: ?

연봉: 하하

그녀의 친구는 228명이고, 메시지는 총 7,200개가 있었다. '우리 예쁜 친구, 빨리 돌아왔으면 좋겠어. 사랑해!!!' '예쁜이, 돌아오길 바라. 보고 싶어.' 몇몇 친구들은 자신의 프로필을 가지고 있었지만, 아예 프로필을 작성하지 않은 이들도 많았다. 하지만 타투 아티스트인 세로 네가티보는 예외였다. 방대한 그의 프로필은 자신의 작업 사진들로 가득 차 있었다. 바나디스의 문신 사진도 여러 장 포함되어 있었는데, 견갑골의 두 날개와 목덜미의 눈물방울—적어도 이 두 가지는 그가 그녀의 피부에 남겨 놓은 작품이었다—이 인상적이었다. 그는 바나디스의 프로필에 최소한 일주일에 한 번씩 메시지를 남겨 놓았다. 아주 짤막한 메시지('인형처럼 예쁜 아가씨, 지금 어디야?'라든지 '만약 당신에게 조금이라도 해코지를 하는 자가 있으면 내가 죽여 버릴게')가 있는가 하면, 글자 수 제한에 육박할 정도로 긴 메시지('못된 계집애 같으니 난 너는 물론 네가 한 말도 절대 잊지 않을 거야 어젯밤에는 너를 찾느라 콘스티투시온과 파트리시오스 쪽을 샅샅이 뒤졌다고 심지어는 잠시 유치장에도 갇힌데다 노상강도까지 당할 뻔했다니까 혹시라도 너 그 못된 걸 또 피웠다가는 볼기짝을 찰싹찰싹 때려줄 테니까 알아서 해 하지만 어떤 일이 있어도 널 구해줄 거야 지금 어디 있는지 알려줘 그래도 네가 죽지는 않은 것 같더라 전날 밤에 꿈속에서 네가 침대 위를 둥둥 떠다니더라고 내가 벌거벗고 똑바로 누워 있는데 말이야 근데 진짜 날개를 달고 떠다니고 있더라니까 내가 새겨 준 날개하고 비슷하게 생겼더군 게다가 네 눈은 은빛으로 빛나고 있어서 이상한 느낌이 들었어 여기 처음 왔을 때 네 모습이 떠오르더라고 그때 넌 더워도 이불을 덮고 자야겠다고 했잖아 밤에 잘 때 자꾸 누군가의 손이 네 몸을 더듬거리는 것 같아서 그런 습관이 들었다고 했지 더구나 밤마다 악몽을 꾸는 것도 모자라 가끔 귀에 대고 속삭이는 목소리가 들려서 제대로 잠을 이루지 못한다고 했잖아 그래서 어제 너를 찾는다고 병원도 다 뒤졌지 뭐니 혹시 니 병원에서 완전히 정신이 나간 건 아니니 내 사랑 어떨 때 보면 넌 정말 미친 것 같아 그래서 너를 찾으려고 모야노*까지 갔는데 아무 데도 없더라고 난 정말 미칠 것 같아')도 있었다.

메치는 그라시엘라에게 타투 아티스트의 이름을 알려 주고, 혹시 그가 와서 어떤 소식이라도 전해 준 것이 없는지 물었다. 단 한 번도 본 적이 없다고 했다. 메치는 그의 말을 믿고 싶었다. 그는 진심으로 그녀를 사랑하는 것 같았다. 메치는 갑자기 그가 불쌍해 보였다. 그래

---

* 부에노스아이레스에 있는 여성 전용 신경정신과 병원.

서 기록 보관소 문서에 없는 아이들의 문제는 절대 간섭하지 않겠다고 했던 약속을 어길까 생각도 했다. 그녀는 타투 아티스트를 직접 찾아가 그녀가 꾸었다는 악몽과 속삭이는 목소리에 대해 좀 더 자세히 말해 달라고 부탁하고 싶었다. 하지만 고심 끝에 거리를 두기로 결심했다. 어떻게 보면 바나디스에게만 각별한 관심을 기울이는 것이 부당한 것 같았다. 결국 그녀는 잠시 이 문제에서 손을 떼기로 했다.

선교사 신분으로 아동 성매매 및 인신매매 조직을 운영해 세상을 떠들썩하게 했던 사건이 일어난 지도 벌써 1년이 지났다. 여자아이들(대부분이 여자아이들이었다. 그렇게 많은 여자아이들이 피해를 당했다는 사실에 메치는 경악을 금치 못했다)을 구해 낸 개별 성과도 올렸지만, 기록 보관소에서는 늘 하던 대로 괴로운 일상 업무를 이어 나갔다. 페드로는 납치된 여자아이들의 이동 경로가 표시된 지도에 다시 매달리기 시작했다. 그는 아이들이 주유소나 호텔 화장실의 벽에 남긴 글귀 덕분에 그들의 동선을 추적할 수 있었다. '나, 디아나야, 엄마 납치당했지만 살아 있어 엄마 사랑해 도와줘.' 그는 보름이나 스무날에 한 번씩 기록 보관소에 와서 메치를 만났다. 그는 필요한 내용을 꼼꼼히 메모하고, 그라시엘라가 안 보는 틈을 이용해 관련 문서를 통째로 복사해 가기도 했다. 메치는 바에서 그를 만나는 것이 더 좋았다. 사무실에서 그를 보면 마음이 그다지 편하지 않았다. 일하는 내내 고함을 질러댔기 때문이다. 특히 맥주를 몇잔 마시고 온 날에는 더 심했다. 그는 처음 만났을 때와 크게 변한 것이 없었다. 작은 일에도 쉽게 흥분하고 줄담배를 피웠으며, 쉬지 않고 전화를 받았다. 그런데 요즘은 너무 많이 마시는데다 빨리 취했다. 그럴 때마다 메치는 창피스러워 미칠 지경이었다. 너털웃음을 터뜨릴 때마다 입에서 침방울이 튀는 꼴은 차마 눈 뜨고 보기가 역겨울 정도였다. 그래도 가끔은 우스갯소리를 툭툭 던져 그녀를 곧잘 웃기곤 했다. 그녀는 마치 10대로 돌아간 것처럼 공원 잔디밭에 앉아 함께 맥주를 마시는 것이 좋았다. 서류에는 왜 한결같이 이상하게 나온 사진만 붙여 놓았는지, 미성년자들을 데리고 달아난 택시 운전사들이 얼마나 많은지, 그리고 NGO 조사관들이나 기자들이 추정하듯이 납치된 아이들을 데리고 파라과이 쪽으로 국경을 넘었는지(국민 옴부즈맨* 측에서 주

---

* 시민들과 취약 계층 사람들의 인권을 보호할 목적으로 설립된 독립기관.

장하듯이), 아니면 브라질을 통해 빠져나갔는지 이야기를 나누곤 했다.

　일은 그럭저럭 잘 진행되고 있었다. 그러던 어느 날, 페드로는 그의 말마따나 '어마어마한' 제보를 받고 사무실에 나타났다. '제보자들' 중 한 명—그는 그런 정보를 알려준 사람이 누구인지 메치에게 자세히 밝히지 않았다—이 실종 신고가 된 미성년자 여자아이의 영상을 자기에게 팔았다고 했다. 그 아이의 영상은 휴대전화로 촬영된 것이었다. 아이는 담요로 온몸을 둘둘 말고 있거나, 침낭 속에 들어가 있었다. 아무래도 그렇게 숨겨 놓아야 될 이유가 있는 것 같았다. 죽은 듯했다. 그들은 숨죽인 채 영상을 지켜보았다. 어떤 자들이 아이를 트럭에 싣기 위해서 문으로 나가는데, 동작이 어딘지 모르게 어설펐다. 그러다 결국 담요가 떨어지면서 완전히 가려 놓았던 아이의 얼굴이 훤히 드러나고 말았다. 페드로는 제보 영상을 구입하기로 마음먹었다. 그러곤 메치에게 영상 속의 여자아이가 혹시 기록 보관소에 등록되어 있는지 나중에 확인해도 되겠는지 물었다. 페드로의 목소리는 선교사 사건을 취재할 때만큼이나 흥분에 차 있었다. 메치는 그렇게 하라고 했다. 일단 그 영상을 다 보고—페드로가 영상 복사본을 주겠다고 했지만, 그녀는 보고 싶지 않아서 거절했다— 사무실로 와서 같이 기록 보관서의 서류를 확인해 보자고 했다. 페드로는 월요일 퇴근 시간 직전에야 연락을 하더니, 잠시 후 가쁜 숨을 헉헉거리며 사무실에 도착했다. 마치 부에노스아이레스의 날씨가 갑자기 한여름으로 바뀌기라도 한 듯, 이마에는 땀이 송골송골 맺혀 있고 몸에서는 지하철 냄새가 났다.

"오, 메치다*. 다행히 아직 퇴근하지 않았군. 그런데 그 영상 말이야, 아주 거지 같아. 단서가 될 만한 장면은 전부 다 모자이크 처리가 되어 있더라고. 빌어먹을! 아무짝에도 쓸모없어졌어. 여자아이를 태운 트럭은 번호판도 보이지 않는데다, 놈들은 모두 스키 마스크로 얼굴을 꽁꽁 가리고 있다고. 집은 다른 집들과 별반 다르지 않고, 거리 또한 그란 부에노스아이레스에 있는 여느 거리와 마찬가지로 지저분하기 짝이 없더군. 영상만 보고 그곳이 어디인지 알아내기는 불가능해. 불행 중 다행으로 여자아이의 모습은 똑똑히 나와. 마치 볼 테면 보라는 듯이 아이를 뒤집고, 이리저리 던지더라고. 소리가 나오지 않는 걸 보면, 그자가 일부러 휴대전화로 그 영

* 메치의 애칭.

상을 찍었는지는 불확실해. 아무튼 놈들이 아이를 이리 저리 함부로 옮기다가 담요를 떨어뜨리는 바람에 얼굴이 훤히 드러나고 만 거지. 그러고 나더니 곧장 클로즈업된 듯한 장면이 나오는 거야. 아! 미친놈들 같으니. 가슴에 얹혀 있던 팔 하나가 이렇게 힘없이 아래로 축 늘어지더라니까."

"그럼 죽은 거야?"

"상태가 심각한 것 같기는 한데, 아직 몸이 뻣뻣하게 굳지는 않았어. 그리고 얼굴에 구타의 흔적도 없고. 화면으로 봐서는 마약에 취해 깊게 잠든 것 같기도 해. 아무래도 바가지를 쓴 것 같아. 하지만 저 아이가 죽었을 가능성도 배제할 수 없으니까 좀 두고 봐야지. 총 30초짜리 영상인데, 저 아이의 얼굴을 볼 수 있는 시간은 불과 10초도 안 돼. 영상만 보고 확인하기에는 무리가 있어. 그건 그렇고 보면 볼수록 아름답고 우아한 아이야. 절세의 미녀라고. 모델 같은 분위기를 풍겨."

메치도 땀이 나고 위가 딱딱해지면서 얼굴이 화끈거렸다. 마치 이어폰을 낀 채 정신을 놓고 가다가 빨간불에 길을 건너고 있다는 사실을 알아차렸을 때와 같은 느낌이었다. 그녀는 자기가 바나디스에 대해 얼마나 집착하고 있는지 아직 페드로에게 털어놓지 못했다. 그 이유에 대해 생각하고 싶지 않았지만, 왠지 모를 수치심, 혹은 죄책감에 시달리고 있다는 것을 그녀 자신도 알고 있었다. 그래서 그녀는 영상 속의 주인공이 누구인지 분명하게 안다는 것을, 그리고 그로 인해 얼마나 큰 충격을 받았는지를 지금 당장 그에게 밝힐 수 없었다. 그녀는 바나디스의 서류철을 찾아 페드로에게 건네주면서 혹시 이 아이가 아닌지 물어볼 때, 자기 얼굴을 못 보도록 일부러 몸을 돌렸다. 이 아이 맞아. 페드로는 주저 없이 대답했다. 그러곤 곧장 그가 본 것 중에 가장 두툼한 서류철을 훑어보기 시작했다. 그리고 세 페이지를 더 넘기지 못하고 갑자기 고개를 들고 물었다.

"그런데 이 아이라는 것을 어떻게 안 거지? 그러니까 내 말은, 조금도 망설이지 않고 곧바로 내게 이 파일을 건네주었다는 거야!"

"그거야 단순히 우연의 일치였겠지."

"우연의 일치라고? 메치, 괜히 숨기려 하지 말고 털어놓으라고. 자, 어서."

"며칠 전에 우연히 이 서류철을 뒤적거리고 있었어. 일하다 보면 가끔 지루해지거든……. 마침 거기 있던 면담 기록을 읽었어. 바나디스의 길거리 친구와 면담한 내용이야. 참, 그 아이는 바나디스라고 해. 그런데 친구의 증언에 따르면, 두 명의 남자가 그녀를 겁탈하고 그 장면을 카메라로 찍었다고 하더라고. 거기에 다 나와 있어. 친구는 콘스티투시온에서 매춘을 하고 있고."

페드로는 입을 반쯤 벌린 채 이야기를 들으면서 가끔 흡족한 표정을 짓기도 했다. 그 친구라는 아이는 누구지? 그가 묻자 메치는 예전에 카세로스 형무소로 사용되던 건물 이야기를 들려주었다. 갈수록 페드로의 표정이 더 밝아졌다. 반면 그가 자신의 경력에 보탬이 될 만한 새로운 기삿거리를 얻고 좋아하는 모습을 보자 메치는 은근히 부아가 치밀었다. 따지고 보면 그는 더할 나위 없이 좋은 기회를 잡은 셈이었다. 죽음의 집, 마약에 중독된 레즈비언, 또 좀비를 좋아한 아리따운 여자아이. 메치는 기분이 가라앉을 때까지 잠자코 있었다. 이제 와서 페드로에게 그렇게 행동하지 말라고 요구해 봐야 아무 소용없다는 것을 잘 알고 있었기 때문이었다. 내친김에 그에게 바나디스의 마이스페이스 주소도 알려 주었고, 타투 아티스트에 대해서도 귀띔해 주었다. 그가 몇 분 동안 사정사정한 끝에 그녀는 바나디스의 서류철을 통째로 복사하도록 허락해 주었다. 그들은 업무 마감 시간이 지났는데도 사무실에 남아 복사를 하고 있었다. 그 사이 밖에는 어둠이 내려앉았고 자동차들이 머리 위를 쉴 새 없이 지나다녔다. 일을 마치고 문을 나서는 순간, 페드로는 그녀에게 영상을 보고 싶지 않은지 다시 물었다. 그녀는 보고 싶은 마음이 전혀 없다고 대답했다. 그리고 아직 화가 덜 풀렸는지, 쌀쌀맞은 목소리로 다음 날 아침 검사에게 영상을 제출하라고 말했다. 하지만 그는 어떻게 할지 아직 갈피를 못 잡고 있었다. 그는 증거물을 중간에서 가로채는 것이 어불성설이라는 것을 잘 알고 있었지만, 혼자서 사건을 파헤치고 싶은 욕심이 났다. 더구나 예전에 비해 자료도 충분히 확보한 상태였다. 영상만 가지고는 아무것도 입증할 수 없었지만, 계획한 대로 제보자와 서류철을 통해 추적 가능한 바나디스의 친구들로부터 중요한 자료와 정보를 캐낸다면, 훨씬 좋은 기사를 쓸 수 있을 것이고 검사에게 더 확실한 증거를 제시할 수도 있을 것 같았다. 메치는 그의 생각을 말없이 듣기만 했다. 영상을 즉시 당국에 넘겨야 했지만, 페드로가 딴생각을 품고 있는 것 같아 불안했다. 그녀는 더 이상 순진한 척할 수 없었다. 그녀도 그 휴대전화 영상을 보고 싶었다. 아니, 보고 싶어 죽을 지경이었다. 그렇다고 그런 병적인 호기심을 선행을 위한 것이라고 포장할 수도 없을 것 같았다. 페드로도 더 이상 영상을 보라고 권하지 않았고, 그녀 또한 보여 달라고 하

지 않았다. 그 정도는 충분히 참을 수 있었다. 페드로는
지하철역 계단에서 그녀에게 작별 키스를 했다. 그리
고 다음 날 전화하겠다는 말을 덧붙였다. 그는 저녁 일
찍 폐허로 변한 카세로스 형무소에서 롤리를 찾고, 어둠
이 내리면 거리로 출근하는 여장 남자들과 이야기를 나
눠 볼 속셈이었다. 일만 잘 풀리면 사랑에 빠진 타투 아
티스트에게 연락할 수 있을지도 모른다. 그녀는 전화를
기다리겠다고 말했다. 그녀의 휴대전화 전원은 늘 켜져
있었다. 하지만 그날 밤에는 푹 자기 위해 휴대전화의
전원을 껐을 뿐만 아니라, 유선전화의 선마저 뽑아 버렸
다. 그런데도 아무 소용이 없었다. 자다가 여러 번 깜짝
놀라며 잠에서 깼다. 일어나 보면 가슴으로 식은땀이 흘
러내렸다. 그다음 날 아침, 커피를 마시면서 밤에 무슨
악몽을 꾸었는지 떠올려 보려고 했지만 아무것도 기억
나지 않았다. 다만, 날개가 뽑힌 어린 천사처럼 벌거벗
은 채 등이 피범벅이 된 여자아이의 모습이 희미하게 떠
올랐다.

메치는 오전 내내 불안한 듯 곁눈질로 휴대전화를 힐
끔거렸다. 페드로는 밤에 연락하기로 했는데도 말이다.
그녀는 평소보다 조금 일찍 점심을 먹으러 나갔다. 그녀
는 분위기도 바꾸고 기분 전환도 할 겸 공원 맞은편에

있는 바에 가기로 했다. 하지만 끝내 길을 건너가지 못했다. 정오라 시원한 물줄기를 뿜어내고 있는 차카부코 공원 중앙 분수대의 층계를 오르려던 찰나, 계단에 걸터앉아 있는 바나디스의 모습이 눈에 들어왔기 때문이었다. 의심할 여지가 없었다. 그 아이였다. 그녀는 마이스페이스에 올라와 있는 사진―전신이 나온 것은 그 사진이 유일했다―과 똑같은 옷을 입고 있었다. 바로 그것, 그 옷 때문에 메치는 그녀를 금방 알아볼 수 있었다. 마치 3차원의 사진을 보는 듯한 느낌이었다. 검은색 반장화, 청치마, 검은색 스타킹, 그리고 숱이 많은 검은 머리. 내가 헛것을 본 게 틀림없어. 그녀는 속으로 중얼거렸지만 이내 생각을 고쳐먹었다. 저기 앉아 있는 아이는 바나디스임이 분명했기 때문이었다. 속에서 구역질이 올라오고 손이 벌벌 떨리는 것을 보면 분명했다. 그녀는 천천히 아이에게 다가갔다. 마침내 그녀는 아이의 주의를 끌기 위해 바로 앞에 멈춰 섰다.

"바나디스? 너 바나디스 맞지?"

"네, 맞아요. 안녕하세요?" 그 아이가 대답했다. 죽지 않았다. 페드로가 입수한 영상에 나오는 아이는 바나디스일 리 없었다. 그런 끔찍한 경험을 한 아이가 햇빛 아래에서 저토록 환하게 웃고 있다는 게 말이 되는가. 완벽한 외모를 갖춘 아이였지만, 웃을 때 삐뚤어지는 입술 사이로 누런 이가 보였다. 사진에서는 볼 수 없던 아이의 유일한 결점이었다. 하긴 사진 찍을 때 입을 벌리고 크게 웃지 않았을 테니까 그런 것까지 알아차리기는 무리였다.

메치는 무슨 말을 해야 할지 몰라 망설이고 있었다. 아이도 입을 다문 채 아무 말도 하지 않았다. 그녀는 아이가 당장이라도 일어나 가 버릴까 봐, 행여 이 기회를 놓칠까 봐 두렵기만 했다. 그녀는 아이에게 자기와 같이 갈 수 있겠냐고 물어보았다. 바나디스는 군말 없이 부탁에 응했다. 아무리 마음이 급해도 초면에 이것저것 물어볼 수는 없는 노릇이었다. 다만 아이가 자기를 따라오는지 확인하는 것 외에는 딱히 할 일이 없었다. 그녀가 바나디스를 데리고 사무실 안으로 들어서자, 그라시엘라와 마리아 라우라는 기쁨과 놀람이 뒤섞인 아우성을 지르며 맞이했다. 특히나 그 아이가 누구인지 알았을 때, 둘은 기뻐서 어쩔 줄 몰라 했다. 그들은 자판기에서 카푸치노를 뽑아 아이에게 권하더니 질문 공세를 퍼붓기 시작했다. 아이는 그들의 질문에 대부분 고개를 끄덕이거나, "기억이 안 나요"라고 대답할 뿐이었다. 그라시엘라는 검찰청과 바나디스의 어머니에게 전화를 걸면서 말했다. "지금 저 아이는 쇼크 상태에 빠져 있어." 20분도 채 지나지 않아 좁은 사무실은 사람들로 인산인해를 이루었다. 특히 바나디스의 가족과 친지들은 잃어버린 줄로만 알았던 아이를 다시 만나자 미친 듯이 기뻐하다가 결국 기절하거나 흐느끼기도 하고, 고함을 지르기도 했다. 참 이상한 일도 다 있지. 그녀는 속으로 생각했다. 바나디스가 실종된 지 1년이 다 되어 가도록 전화 한 통하지 않던 인간들이 저 난리를 피우니 말이야. 더구나 그전에 저 아이가 소년원에 들어갔을 때 면회를 간 사람이 아무도 없었잖아. 열네 살 때 거리에서 매춘을 시작했을 때도 저들은 아이를 구하려고 애를 쓰기는커녕 관심조차 갖지 않았다. 메치는 옆에 있던 그라시엘라에게 넌지시 자기 생각을 이야기했다. 그러자 그라시엘라는 마치 '애, 넌 사람이 어떻게 그렇게 모질고 독하니?'라는 표정으로 그녀의 얼굴을 빤히 쳐다보았다. 그라시엘라는 가르치는 듯한 어투로 말했다. "사람들은 저마다 다른 방식으로 정신적 상처와 상실감에 반응하는 법이야. 집착에 빠져 끝까지 아이를 찾으려는 가족들이 있는가 하면, 아무 일도 없었던 것처럼 행동하는 이들도 있어. 그렇다고 해서 그들이 자식을 사랑하지 않는 건 아니라고." 그라시엘라는 언제나 분노에 찬 사회 심리학자의 말투로 간결하면서도 도도하게 설명하는 버릇이 있었다. 메치는 이 두 여자와 따로 떨어져 일하는 것 외에도 자기를 친구로 여기지 않는 사실에, 그리고 자신이 마주 앉아 저들의 이야기를 들어야 하는 가엾은 가족이 아니라는 사실에 다시 한번 고마움을 느꼈다.

사무실에 한바탕 소동이 일어나는 바람에 그녀는 깜박 잊고 페드로에게 전화하지 못했다. 바나디스와 그녀의 가족이 소송에 필요한 자료를 제출하러 차를 타고 법원으로 출발하자마자 그에게 연락했다.

"그사이 무슨 일이 있었는지 모를 거야."

"하! 여기서 무슨 일이 있었는지 당신은 짐작도 못할 걸. 오늘 바나디스 건을 알아보러 콘스티투시온이나 형무소에 갈 생각이었는데, 다 틀렸어. 아 글쎄 정신 나간 편집국장이 전화해서 나를 여기로 보내 버렸다니까……."

"거기가 어딘데? 잠깐만, 페드로. 이게 더……."

"여긴 시내 카바이토에 있는 리바다비아 공원이야. 어떤 여자가 실종된 아이를 찾았어. 후안 미겔 곤살레스라고, 13살짜리 남자아이인데 노점에서 영화를 보다가 발견되었다고 하더라고."

"페드로, 잠깐만……."

"안 돼. 이제 그만 끊어야겠어. 지금 여기는 난리도 아냐. 그나저나 당신이 아무 소식도 못 들었다니 이상하네."

"지금 여기도……."

"가만, 내 말 좀 들어 봐. 그래서 여자가 아이한테 다가갔대. 전부터 아는 사이였나 봐. 아이에게 조심스럽게 너, 후안 미겔 맞지? 물어보니까 그 아이가 고개를 끄덕이더라는 거야. 그리고 나서 여자는 공원에서 곧장 아이의 가족에게 휴대전화로 연락했나 보더라고. 그런데 아이의 엄마는 이미 아들을 찾았다고 소리를 지르기 시작하더래. 석 달 전에 죽은 채 발견되었다는 거야. 혹시 그 사건 기억나? 떠들썩한 사건이었잖아. 텔레비전에도 나오고, 하여간 나라 안이 발칵 뒤집혔었지. 아이가 기차에서 떨어져 죽은 사건 말이야. 내 얘기 끝까지 들어 봐. 그 아이가 멀쩡히 살아서 공원에 나타났다는데도, 엄마는 오지 않겠다고 했대. 공황 발작을 일으켰나 봐. 그래도 아버지는 버틸만한지 여기 왔어. 아무튼 아이는 지금 경찰서에서 보호 중이야. 그래서 편집국장이 나를 여기 보낸 거야. 경찰이 국장한테 직접 연락했나 보더라고. 잠깐, 방금 아버지가 나왔는데, 아! 자기 아들이 맞대! 머리가 빙빙 도는 것 같아. 거짓말 아니야. 무서워 죽겠

어. 정말이야. 그 아이는 분명 죽었어. 기차에 깔려 다리
는 잘렸지만, 얼굴은 멀쩡했다고. 그런데 얼굴이 똑같
아. 같은 아이가 분명해."

"페드로……."

"게다가 어제 본 영상까지. 이건 정말 말도 안 되는 소
리라고."

"페드로, 바나디스도 찾았어. 여기 차카부코 공원에
서."

"뭐라고?"

"바나디스 말이야. 영상 속 주인공……."

"바나디스, 물론 알지. 해괴망측한 이름을 가진 그 아
이잖아! 그 아이를 찾았다니, 그건 또 무슨 소리야?"

"공원 계단에서 내가 찾았어. 분수 부근에 있는 층계
말이야."

"지금 나랑 장난해?"

"장난이라니, 정신 나간 소리 좀 작작 해."

"그 아이는 지금 어디 있어?"

"법원으로 갔는데, 가족과 함께 있어."

"그 아이가 분명해?"

"응. 좀 이상해 보이기는 했지만, 그 아이가 맞아."

"그럴 리가. 절대 그럴 리 없어. 잠깐만, 전화가 왔어.

좀 있다가 다시 전화할게. 거기 계속 있을 거지?"

　그다음 몇 주에 걸쳐 상황은 극도의 흥분 상태에 이르렀고, 그 후로도 점점 악화되어 갔다. 집에서 감쪽같이 사라졌던 아이들이 놀랍게도 하나둘씩 나타나기 시작했다. 그렇다고 아무 데서나 나타나지는 않았다. 아이들은 부에노스아이레스의 4대 공원, 즉 차카부코, 아베야네다, 사르미엔토, 리바다비아 공원에서만 나타났다. 그들은 거기 머물면서 밤이 되면 따닥따닥 붙어 잤다. 아무리 봐도 어디 갈 생각은 전혀 없는 것 같았다. 심지어 갓난아이들도 몇몇 눈에 띄었다. 부모에 의해 납치된 경우가 대부분이겠지만, 병원의 산부인과 병동에서 몰래 훔쳐 낸 아기들도 있었을 것이다. 가족들은 소식을 듣자마자 자기 아이를 찾으러 허겁지겁 몰려오기 시작했다. 하지만 그들은 이런 일들이 연이어 발생한 것을 수상쩍게 여기지 않았고, 아이들이 모두 한꺼번에 돌아올 경우 또 어떤 예기치 못한 사태가 일어날지에 대해서도 그다지 깊게 생각하지 않았다. 가장 먼저 공원을 떠난 것은 분명 아기들이었다. 조금 더 나이가 많은 아이들 사이에서는 무거운 침묵이 흐르고 있었다. 말을 많이 하는 아이들은 전혀 없었고, 그동안 어디에 있었는지에 대해서는 모두 말하고 싶어 하지 않는 눈치였다. 그들은 자기 가족들도 몰라보는 것 같았다. 그러면서도 자기를 데리러 온 이들을 순순히 따라가는 모습이 소름 끼쳤다.

모두들 무슨 말을 해야 할지 몰라 안절부절못하는 와중에도 황당무계한 주장이 떠돌고 있었다. 아이들이 모두 입을 다물고 있는 걸 보면, 범죄 조직이 그들을 한꺼번에 풀어 주었다는 주장은 설득력이 없었다. 하지만 일부 일간지는 여전히 그런 가능성을 제기했다. 심지어 경찰의 기습 단속으로 체포된 이들은 카메라를 향해 자신의 무죄를 외치면서 끌려가기도 했다. 어쩌면 그들의 말이 사실인지도 모른다. 사실 그들이 아이들을 납치했다는 증거는 전혀 나오지 않았다. 하지만 수사관과 공무원, 그리고 기자 중에서 메치나 페드로만큼 정직한 이들은 그리 많지 않았다. 메치와 페드로는 당시 어떤 일이 벌어지고 있는지 정말 몰랐고, 이를 설명할 수도 없었다. 다만 자기들이 두려움에 떨고 있다는 사실만 알고 있었다.

아이들이 나타나고 한 주 내내 들뜨고 혼란스러운 분위기가 이어졌지만, 찬물을 끼얹은 듯 별안간 오싹한 공포가 확산되기 시작했다. 곧장 '되찾은' 아이들을 조사했지만, 별다른 특이 사항이 발견되지 않았고 사건은 일주일 만에 종결되었다. 하지만 달리는 열차에 깔려 죽은 후안 미겔이라는 아이는 예외였다. 언론 매체에서는 후안 미겔의 부모가 가난하고 술주정뱅이라서 진술에 신빙성이 없다고 주장했다. 다시 말해, 잘못 보고 자기 아이인 줄 착각했다는 것이다. 사람들은 불안감을 달래기 위해 언론의 주장을 액면 그대로 받아들이려 했다. 첫 주 동안에는 모든 일이 비교적 순조롭게 풀려나갔다. 최근에 사라졌던 아이들은 대부분 안정적인 가정 출신인데다, 폭력의 흔적도 없었다. 실제로 모든 일이 해피엔딩으로 끝나가는 듯했다. 그런데 둘째 주 중반 무렵, 별안간 소리 없는 공포가 사람들의 가슴을 파고들기 시작했다. 두려움이 전염병처럼 걷잡을 수 없이 퍼질지도 모른다는 생각에 아무도 불안한 마음을 입 밖에 낼 엄두조차 내지 못했다. 상황이 그렇게 급변한 배경에는 빅토리아 카리데 사건이 있었다. 경제학부 재학생인 그녀는 실종된 아이들 중 몇 안 되는 중상류층 출신이었다. 들리는 말에 따르면, 그녀는 인신매매 조직에 의해 납치당했거나, 항우울제 복용을 중단하면서 정신 착란을 일으켜 자취를 감추었다고 했다. 혹은 유부남과 눈이 맞아 함께 달아난 것이라는 소문도 돌았다. 아무튼 빅토리아 실종 사건은 미스터리에 싸여 있었다. 그녀는 비스킷을 사러 집을 나섰다가 돌아오지 않았다. 그녀는 답답할 정도로 내성적이어서 평소에도 친구, 돈, 전공 공부밖에 모르고 살았고 무료급식소에서 자원봉사를 하며 도덕적 부채감을 덜어 낼 정도로 고지식했다. 실종된 지 5년이나 지난 터라 그녀를 찾을 가망은 거의 없어 보였다. 그런데 그런 그녀가 아베야네다 공원에서, 정확히 말하면 공원을 빙 도는 순환 열차 역 부근에서 발견되었다. 목격자의 증언에 따르면, 그녀는 벤치에 앉아 한때 농장 주인의 집이던 저택을 멍하니 바라보고 있었다고 했다. 그 소식을 들은 가족들은 기뻐서 어쩔 줄 몰라 했다. 텔레비전에서 딸아이의 얼굴을 보자마자—그 당시에는 공원마다 이동 중계 차량이 밤낮 가리지 않고 대기하고 있었다— 한걸음에 공원으로 달려온 그들은 눈물과 콧물이 범벅이 된 채 그녀를 부둥켜안으며 집으로 데려갔다.

그 당시, 그녀의 가족은 물론 어느 누구도 빅토리아의 모습이 사라진 5년 전 그때와 똑같다고 말하지 못했다. 사실 그녀는 실종되던 그날 입고 있던 것과 같은 옷을 입고 있었고, 심지어 밤색 곱슬머리에 묶여진 헤어핀까지 똑같았다.

두 번째 사건은 설명하기가 훨씬 더 까다로웠다. 비

야 솔다티에 살던 로레나 로페스는 가출해서 택시 운전사와 함께 달아났는데, 그때 이미 임신 5개월째였다. 그런 그녀가 차카부코 공원의 장미 정원에 나타났는데, 여전히 임신 5개월째였다. 그녀가 실종된 기간은 1년 반이었다. 그런데 그녀를 진단한 산부인과 의사들 모두 첫 임신이라고 진단했다. 이게 어찌 된 일인가. 가출할 무렵 임신한 상태가 아니었지만 잘못 알고 있었거나, 의도적으로 거짓말을 했을 수도 있다—택시 운전사는 이에 대해 왈가왈부하고 싶지 않았는지 나타나지 않았다—. 하기야 사람들 앞에 모습을 드러내 봐야 아동 및 청소년 대상 성범죄 혐의로 곧장 구속 수감되었을 테니까 현명한 셈이다. 그도 아니면, 의사들이 오진했을지도 모른다. 아무리 의사들이라고 해도 어떻게 그리 자신 있게 단정할 수 있단 말인가? 아무튼 로레나가 무사히 비야 솔다티로 돌아오기는 했지만, 가족들은 보름 뒤 그녀를 해당 소년 법원으로 '돌려보냈다'. 페드로는 가족이 그녀를 법원에 인계하는 모습을 지켜보았다. 그는 그녀의 어머니가 여자 판사한테 했던 말을 메치에게 들려주었다. "판사님. 저는 이 아이가 누군지 모르겠어요. 얘는 내 아이가 아니랍니다. 사람을 잘못 본 것 같아요. 많이 닮긴 했지만, 얘는 내 딸이 아니에요. 로레나는 내 속에서 나온 아이라고요. 깜깜한 곳에서 냄새만 맡고도 우리 아이를 식별할 수 있답니다. 아무튼 얘는 내 아이가 아니에요." 모두가 그러자 판사는 곧장 DNA 검사를 하도록 명령했다. 검사 결과에 주목하고 있는 동안, 리바다비아 공원의 볼리바르 동상 아래에서 아이들과 수다를 떨고 있던 또 한 명의 아이가 발견되었다. 아이의 본명은 호나탄 레데스마였지만, 흔히 구아친*, 혹은 슈퍼 구아친이라는 별명으로 불리던 아주 유명한 가출 아동이었다. 구아친은 기회만 생기면 집을 나갔고 아주 어릴 때부터 남의 물건에 손을 대는 버릇이 있었다. 열두 살 때, 이미 폼페야**에 있던 집에서 열 번이나 도망갔고, 두 곳의 소년원에서 삼엄한 감시를 뚫고 탈출한 기록이 있다. 구아친은 거리를 휘젓고 돌아다니다가 주로 누에베 데 훌리오 대로 신호등 앞에서 소매치기를 했다. 때문에 사람들의 눈에 자주 띄었지만 그를 집이나 소년원으로 끌고 갈 만큼 오랫동안 그를 추적한 사람은 아무도 없었다. 더군다나 그의 행방이 묘연해진

---

* 아르헨티나에서 사용되는 속어로 동네에서 노는 불량 청소년을 가리킨다. 하지만 최근에서 친구들 사이에서 친근함의 표시로 사용되기도 한다.
** 부에노스아이레스 남쪽 끝에 있는 동네로 도시 빈민들이 몰려 살고 있다. 탱고의 발원지로도 유명하다.

지 너무 오랜 시간이 흘렀다.

그렇지만 구아친 사건은 종결되었다. 1년 전 구아친은 라 노리아 다리에서 트럭에 치여 세상을 떠났기 때문이다. 그는 남의 지갑을 훔치다 현기증이 일면서 아스팔트 도로 위에 쓰러졌는데, 하필 그 순간 트럭 바퀴가 그의 가슴 위로 지나가는 바람에 그 자리에서 즉사하고 말았다. 하지만 달리던 열차에 깔린 후안 미겔처럼 얼굴은 원래 모습 그대로 말짱하게 남아 있었다. 사고 현장에서 본 얼굴은 사진 속의 모습이나 리바다비아 공원에서 수다를 떨고 있던 아이의 인상착의와 똑같았다. 하지만 이미 죽은 아이가 공원에 다시 나타나 다른 아이들과 함께 사진을 찍는다는 것은 불가능한 일이었다.

구아친의 사건이 터지기 직전까지, 메치는 모든 것을 꾹 참고 고속도로 아래 있는 사무실에서, 그리고 아동 및 청소년 권리 위원회의 직원으로 계속 일하고 있었다. 하지만 죽었다던 구아친은 산 채로, 그것도 폐에 갈비뼈가 박혀 있지 않은 채—그녀는 도로가 피와 내장으로 범벅된 사진을 보았다— 멀쩡한 모습으로 발견되었고 또 다른 아이는 여덟 살 때 사라졌다가 6년만에 다시 나타났는데 열네 살이 아니라 여전히 여덟 살이었다. 그 정도의 시간이 흘렀으면, 그는 어린 꼬마에서 청소년으로 성장하는 것이 마땅했다. 메치는 이제 더 이상 견딜 수 없었다. 처음에는 기뻐서 어쩔 줄 몰라 하더니 나중에는 겁에 질려 부들거리는 부모들도, 그들이 정신병원에 입원했다는 소식도, 그리고 공원 잔디밭, 층계, 어린이 놀이기구에 앉아 길고양이들과 놀고 분수대 속으로 들어가려 하는 아이들의 눈빛도, 더 이상 견딜 수가 없었다. 그녀는 서류철을 정리하면서 최근에 벌어진 사건들을 되새겨 보았지만, 이런 초자연적인 현상을 도무지 이해할 수 없었다. 그녀는 시간을 되돌리고 싶을 뿐이었다.

메치는 그날 밤 페드로를 초대해 함께 식사를 하면서 직장을 그만두기로 마음먹었다. 그녀는 텔레비전에서 돌아온 아이들에 대해 지나치게 흥분한 채 떠들어 대는 소리가 듣고 싶지 않아 아예 선을 뽑아 버렸다. 인터넷만으로도 충분했다. 그녀는 몇 시간에 걸쳐 각종 뉴스와 주장을 읽고, 틈나는 대로 토론방도 둘러봤다. 물론 정신 건강을 위해 거기에 참여하지는 않았다. 그녀는 바나디스의 마이스페이스 계정에도 여러 차례 방문했다. 그사이 무슨 일이 있었는지, 타투 아티스트인 세로 네가티보를 제외하고 새로 도착한 메시지는 한 통도 없었다. 그가 며칠 전에 마지막으로 남긴 메시지는 '오늘 밤 너를 꼭 찾을 거야'였다.

그녀는 이사 문제로 한동안 골치가 아팠다. 다른 아파트를 빌릴만한 돈도 없었을뿐더러, 저축해 둔 돈—그녀의 월급만 가지고는 생활하기도 빠듯했다—도 없었다. 결국 그녀는 부모님의 집으로 돌아갈 수밖에 없었다. 미리 부모님께 상의를 드렸는데, 두 분은 내심 기뻐하는 눈치였다. 정든 아파트를 떠나려니 섭섭한 마음이 들었다. 욕실에는 아주 근사한 욕조가 있었는데, 물이 새는 바람에 한 번도 사용해 보지 못했다. 공사를 하려면 누군가를 불러야 하는데 그럴 만한 시간도, 굳이 고치고 싶은 마음도 없었다. 다른 때 같았으면 까다롭기 이를 데 없는 집주인이 와서 분명 한마디했을 것이다. 메치가 거의 2년 동안 살면서 집 안을 군데군데 망가뜨려 놓았다면서 말이다. 특히 침대에 누워 텔레비전을 보려고 발코니에서 방까지 케이블을 연결하느라 벽 여기저기에 내놓은 구멍과 컴퓨터 위 하얀 벽지에 남은 거무스름한 얼룩이 신경 쓰였다. 컴퓨터의 열과 계속 돌아가는 팬 때문에 어쩔 수 없다고는 하지만, 지저분해 보이는 것은 어쩔 수 없었다. 게다가 그녀가 얼룩을 지운답시고 물걸레로 문지르는 바람에 더 흉하게 번지고 말았다. 그래도 그 정도는 양반이었다. 또 다른 얼룩은 정말 심각한 수준이었다. 레드 와인을 마시고 너무 취해 잘 기억은 나지 않지만, 새벽녘에 들어와 방으로 이어지는 복도에 다 토해 내고 만 모양이었다. 아무리 지우려고 애를 써도 지워지지 않는 거무죽죽한 얼룩이 남고 말았다. 그날 어떤 남자가 아파트 입구까지 바래다주었는데, 거기서 그를 돌려보내고 머리가 빠개질 듯 아파 근처 상점에 가서 미그랄*과 숙취 해소용 코카콜라를 한 병 산 것까지는 어렴풋하게 기억났다. 하지만 다음 날 아침, 편두통이 심해 잠에서 깨어났을 때—옷은 물론 부츠도 신은 채 잠들어 있었다— 언제 저기에 토했는지 전혀 기억나지 않았다. 토사물이 복도 바닥에서 악취를 풍기고 있었고, 열쇠는 여전히 문에 꽂혀 있었다. 다행히 아무도 열쇠를 빼가지 않았고, 다행히 이웃들도 그 사실을 알아차리지 못한 모양이었다. 그들은 편집증이 심해서, 문에 꽂혀 있는 열쇠를 봤다면 분명 경찰에 신고했을 것이다.

하지만 이제 집주인은 아무 말도 하지 않을지 모른다. 심지어 마지막 몇 달치 월세도 받지 않을지 모른다. 아이들이 무사히 돌아온 후로 사람들이 이상해졌다. 거리 매점 주인들은 누군가 과자를 슬쩍 집어 가도 대수롭지 않은 듯 멍하게 쳐다보기만 하고 지하철 역무원들은 잔

---

* 두통약.

돈이 없으면 무료로 들여보내 주기까지 했다. 의기소침하고 무기력한 모습이 분명히 드러나고 있었다. 사방이 귀가 먹먹할 정도로 고요했다. 버스에는 깊은 침묵이 흘렀고, 전화도 뜸해졌을 뿐만 아니라, 아파트의 텔레비전은 밤늦게까지 켜져 있었다. 집 밖으로 나가는 사람도 거의 없었지만, 아이들이 사는 공원 근처에는 특히나 아무도 얼씬거리지 않았다. 아이들은 아무것도 하지 않고, 거기에 머무르기만 했다. 사라졌던 아이들이 돌아온 지 몇 달이 지난 뒤, 사람들은 무언가 이상하다는 것을 깨닫기 시작했다. 아이들은 전혀 먹지 않았다. 처음에는 몇몇 사람들이 과일과 피자, 그리고 통닭을 아이들에게 가져다주었다. 아이들은 미소를 지으며 받았지만, 카메라나 저녁을 갖다준 동네 주민들 앞에서는 절대 먹지 않았다. 시간이 흐르자 배짱이 두둑한 카메라맨들과 소형 카메라를 가진 몇몇 사람들은 아이들의 일거수일투족을 촬영하기 시작했다. 아이들은 잠은 잤지만, 절대 먹지도 마시지도 않았다. 물이 있어야 씻기라도 할 텐데, 그마저도 필요 없는 모양이었다. 목욕하는 모습은 한 번도 눈에 띄지 않았다. 공원 내에 있는 공공 풀장과 호수, 그리고 분수대의 물을 가지고 저들끼리 놀 뿐이었다. 어느 누구도 이런 문제를 언급하지 않았다. 한창 자라는 아이들이 아무것도 입에 대지 않는다는 말을 함부로 입에 올릴 수는 없었다. 그래서인지 아이들이 밤에 몰래 아베야네다 공원의 슈퍼마켓에 들어와 통조림과 우유 제품을 한 무더기 가져갔다는 주인의 말을 듣자, 사람들은 오히려 마음이 홀가분해졌다. 하지만 얼마 후, 그것은 인근 공공 임대 주택 단지에 사는 청년들이 저지른 흔한 강도 사건으로 밝혀졌다. 아이들이 슈퍼마켓을 털었다는 소식이 거짓으로 드러나자 도시 전체는 숨죽인 채, 다시 불면의 기다림으로 되돌아갔다.

페드로는 제시간에 맞춰 도착했다. 열 시에 만나기로 했는데, 열 시 정각에 도착한 것이다. 그가 제시간에 도착하는 일은 드물었다. 그가 시간을 잘 지키는 사람도 아니었을 뿐더러, 신문사에서 막판까지 그를 붙잡아 두는 일이 다반사였기 때문이었다. 하지만 지금은 사정이 많이 달라졌다. 대부분의 일간지와 마찬가지로, 그가 일하던 신문사도 가사 상태에 빠져 있었다. 그들에게 피자를 배달해 준 남자아이도 마찬가지였다. 그는 여러 집의 벨을 누른 끝에 마침내 메치네 집을 찾았다. 문이 열리자 그는 동 호수를 적어 놓은 종이쪽지를 잃어버리는 바람에 늦었다고 웅얼거리는 소리로 사과했다. 그리고 딴데 정신이 팔려서—어물쩍 잔돈을 챙기려고 했던 것은 아니다— 하마터면 거스름돈도 주지 않고 떠날 뻔했다.

메치는 피자를 자르면서—그것 또한 달라졌다. 그녀
는 더 이상 피자를 세모로 자르지 않았다— 페드로에게
배달원의 태도가 아무래도 이상하다고 했지만, 페드로
는 고개를 저으며 와인 병을 땄다. 그는 고주망태가 되
도록 술을 마시고 세상만사 다 잊어버리기로 마음먹은
것 같았다.

"이봐, 메치. 어떻게 이렇게 될 수가 있지?" 와인을 한
모금 들이켠 후 그가 물었다. "맹세하건대, 난 인신매매
범들과 뚜쟁이들에 관한 중요한 단서를 차곡차곡 모아
두었어. 그런데 어느 날 갑자기 그 아이들이 아무 일 없
었던 듯이 나타나면서, 모든 게 물거품이 되고 말았다
고. 그 녀석들이 그동안의 내 노력을 다 망쳐 버렸단 말
이야. 도저히 믿을 수가 없어. 하지만 내가 취재한 내용
은 모두 사실이야. 맹세해. 빌어먹을! 이젠 취재고 뭐고
아무 쓸모도 없어. 담당 검사가 어떻게 됐는지 보라고!"

"왜? 사직했어?"

"그러려고 하는 중이야."

"그럼 바나디스의 영상은?"

"알고 보니까 악마 같은 계집애더라고. 그 영상은 텔
레비전 방송국에 팔아 버릴 생각이야. 그걸 팔아서 돈을

받으면 몬테비데오나 브라질에 가서 살려고 해. 이젠 어쩔 도리가 없어. 이걸로 끝이야. 메치, 나랑 같이 떠나자. 우리 할머니 말마따나, 이건 악마의 수작이라고."

"며칠 전에 인터넷에서 읽은 게 있는데, 내 생각에는…… 잘은 모르겠지만, 그건 어리석은 생각이야."

"인터넷에 시간 낭비하지 마. 요즘 인터넷 때문에 사람들이 미쳐 돌아가고 있잖아. 하여간 무슨 글을 읽었는지 말해 봐."

"정확히 기억은 안 나지만, 대략 이런 내용이었어. 일본인들은 사람이 죽으면 그들의 영혼이, 말하자면 어떤 한정된 공간으로 간다고 믿어. 그러다 빈 공간이 없으면, 그러니까 영혼이 들어갈 자리가 없어지면, 다시 이 세상으로 돌아온다는 거지. 영혼들이 돌아온다는 것은 결국 세상의 종말을 알리는 신호라고 하더라고."

페드로는 말없이 가만히 있었다. 그는 법정에서 보았던 구아친의 사진—가슴은 바닥에 달라붙어 있고, 다리는 세 토막으로 잘린—을 떠올렸다.

"역시 일본인들은 저세상에서도 부동산 관념이 투철하군."

"나라는 작은데 사람은 많으니까 그렇겠지."

"그렇지만 메치, 그럴 수도 있을 것 같아. 그들이 돌아온다는 것은 충분히 가능한 일이야. 뭐든지 될 수 있잖아. 사실 어제 죽음의 집, 아니 카세로스 형무소에 갔다 왔어."

"바나디스의 친구를 찾으러 간 거야?"

"응…… 근데 뭐 하러 거기 갔는지 나도 잘 모르겠어. 이제 와서 그 친구를 찾아봐야 무슨 소용이 있겠어. 안 그래? 어떤 곳인지 그냥 보러 간 거야. 근데 어떻게 됐는지 알아? 갔더니 아무도 없더라고."

"아무도 없다니, 말도 안 돼. 거기는 이미 망가질 대로 망가진 아이들로 바글거렸다고. 나도 그 부근에 여러 번 가봤는데, 사방에 마약쟁이들이 깔려 있었어."

"그 동네 사람들도 다 똑같은 말을 하더라고. 그래서 내 말을 정 못 믿겠다면 직접 가서 보라고 했지. 정말 아무도 남아 있지 않았어. 나도 제정신은 아니지만, 그나마 완전히 미치지는 않았으니까 낮에 들어갔던 거야. 아무튼 사방에 옷가지들이 어지럽게 널려 있고, 판지, 매트리스, 심지어는 텐트도 두어 개나 있더라고. 아이들이 텐트를 치고 살았던 모양이야. 그중 하나는 도이테 텐트더라니까! 어떤 중산층 집안의 아이가 가출해서 거지 같이 살고 있는 거겠지. 하지만 사람은 하나도 없었어. 그런데 간간이 무슨 소리가 들리고, 그림자가 빠르게 움

278

직이더라고. 그 순간, 너무 무서워서 황급히 달아나고 말았어."

"개였을 거야."

"그게 뭔지 내가 무슨 수로 알겠어. 아무튼 거기에는 아무도 없었어. 정말이야. 모두 도망친 것 같더라고."

그들은 잠시 아무 말도 하지 않았다. 피자에는 손도 대지 않았다.

"정말로 부에노스아이레스를 떠날 생각이야?"

"난 모두 미쳐 가고 유령들이 우글거리는 이런 도시에서 잠시도 머물고 싶지 않아. 메치, 이제 더 이상 견딜 수가 없어. 그런데 넌 왜 여기 남아 있으려는 거지?"

"수중에 한 푼도 없으니까."

"그럼 내가 빌려줄게. 사태가 진정될 때까지 잠시라도 떠나 있자. 더 이상 이렇게 기다리고 있을 수만은 없어. 여기 있는 사람들 모두 뭔가를 기다리고 있다는 걸 알고 있어? 조만간 저 아이들 몸에 불을 지르거나 가스를 퍼붓고, 경찰을 보내겠지. 다른 건 몰라도 그런 꼴은 못 보겠어. 아니면 아이들이 먼저 사람들을 공격하기 시작할지도 몰라."

"당신도 인터넷을 너무 많이 하는 것 같은데."

"그런 셈이지. 인터넷 때문에 사람들이 미쳐 돌아간

다고 했던 것도 다 경험에서 나온 말이야. 아무튼 무슨 일이 벌어지든 간에 나는 여길 뜰 거야. 당신도 같이 가면 좋을 텐데."

메치는 한동안 아무 말 없이 가만히 있다가 고개를 들어 페드로를 쳐다보았다. 마치 스프링이라도 달아 놓은 것처럼 그는 오른쪽 다리를 달달 떨고 있었다. 그리고 기름으로 떡이 진 머리를 수시로 만지작거렸다. 하지만 그녀는 페드로와 어디든 갈 생각이 없었다. 더군다나 그녀는 끝까지 그곳에 남아서 어떻게 될지 보고 싶은 마음이 간절했다.

"이봐, 나랑 같이 가는 게 어때?"

"싫어."

"젠장, 생각보다 고집이 세군."

"왜 여기만 그렇다고 생각하지? 다른 데도 똑같을지 어떻게 알아?"

"그게 사실이니까. 부에노스아이레스만 그런 거야. 그건 당신도 잘 알잖아. 마르 델 플라타에 한번 가보라고. 거기는 절대 이렇지 않으니까. 괜히 모르는 척하지 말라고."

"아니, 내 말은 다른 곳에서는 아무 일도 없으리라는 걸 어떻게 아느냐는 거야."

280

"메치, 당신 참 이상한 사람이군. 죽은 이들이 살아 돌아오는 종말의 세계라도 상상하는 거야? 여러 말 할 것 없이, 아이들은 죽지 않았어. 당장 인터넷부터 끊으라고."

페드로가 새벽에 집을 나설 때, 꼭 껴안고 작별 인사를 했다. 그는 브라질에 있는 친구네 집에서 묵기로 했다. 친구는 상파울루의 어느 신문사에서 일하는 기자였는데, 부에노스아이레스에서 무사히 돌아온 아이들을 직접 목격한 기자를 만나고 싶어 했다. 이 사건은 이미 전 세계에 널리 알려져 있었다. 떠나기 전에 그는 직장 상사가 태연스럽게 4주간 장기 휴가를 승인해서 다소 마음이 놓였다고 말했다. 그리고 상사가 자기를 곁에 두고 싶어 하지 않는 느낌을 받았다고 덧붙였다. 왠지 그가 자기를 두려워하는 것 같다고 말이다.

페드로가 떠난 뒤, 메치는 부모님이 약간 정신 나간 사람들처럼 멍하다는 것을 알아차렸다. 그가 알고 지내던 사람들의 상태도 대부분 크게 다르지 않았다. 아무튼 부모님은 그녀를 도와 물건—어릴 때부터 가지고 있던 것들이었다—을 방에 옮겨 주면서도 뭐가 그리도 궁금한 게 많은지 이것저것 확인하고 물어보기 시작했다.

그녀가 자기는 전혀 아는 것이 없다고, 다른 이들만큼 당혹스러울 뿐이라고 대답하자, 부모님은 실망하면서도 믿지 않는 눈치였다. 이삿짐센터 직원들은 많지도 않은 그녀의 짐을 집 뒤의 창고에 모두 쌓아 놓았다. 부모님의 집은 꽤나 괜찮은 동네로 알려진 비야 데보토에 있었다. 집도 널찍한데다, 크지는 않아도 풀장까지 있어서 마음에 들었다. 거기서 며칠을 보내자 메치는 모든 것을 잊고 쉬기에 딱 좋은 곳이라는 생각이 들었다.

게다가 공원에서 멀찌감치 떨어져 있어서 너무너무 좋았다.

직장을 그만두는 과정은 별 탈 없이 진행되었다. 시의회 의장은 도리어 그녀의 입장을 십분 이해할 수 있다면서 위로하기까지 했다. 따스하고 인자한 성품을 가진 그는 메치의 말을 듣고 정말로 충격을 받았는지, 눈우물과 실핏줄이 터져 벌게진 왼쪽 눈을 파르르 떨었다. 하지만 메치가 자기 물건을 가지러 사무실에 들렀을 때, 왠지 분위기가 심상치 않았다. 그라시엘라의 자리는 비어 있었고 마리아 라우라는 메치를 보자 갑자기 화를 버럭 내면서 그라시엘라가 정신과 치료를 받기 위해 병가를 냈다고 했다. 그리고 심각한 공황 발작을 일으켜 자리에서 일어날 수도 없을 정도라, 복직할 수 있을지 의문이라고 덧붙였다. 가엾은 그라시엘라. 메치가 말하자, 마리아 라우라는 그녀에게 문진을 집어던졌다. 이를 가까스로 피한 메치는 그녀를 노려보았다. 보기 흉한 와인색으로 염색한 머리에 뻐드렁니, 그리고 빳빳하게 세운 목과 화가 나서 붉으락푸르락한 얼굴. 마리아 라우라는 고속도로 바로 아래 사무실에서 그렇게 흉한 몰골을 하고 있었다.

"죽여 버리기 전에 당장 여기서 꺼져!"

"왜 그래? 대체 무슨 일이야?"

그러자 마리아 라우라는 메치가 그 더러운 매춘부 년을 데리고 온 다음부터 모든 게 엉망진창이 되고 말았다고 악을 쓰며 소리를 지르기 시작했다. 그날 오전, 메치가 공원에서 그 아이를 데리고 오는 바람에 그라시엘라도 미쳐 버렸고, 자기도 결국 무사하지 못할 것이라는 얘기였다. 모든 게 메치의 탓이라는 식이었다. 그런데도 뻔뻔스럽게 물건을 가지러 와? 물건부터 태워 버렸어야 했어. 그리고 애당초 너를 감옥에 처넣었더라면 이런 일도 없었겠지. 아무튼 네가 재수 없는 매춘부를 여기 데려오면서부터 모든 게 틀어지기 시작한 거라고. 너희 둘을 다 쏴 죽였어야 했어. 그런데도 이 빌어먹을 놈의 정부는 손을 놓고 구경만 하고 있다니까. 정말이지 손 하나 꿈쩍도 안 한다고……

메치는 자기 물건을 주섬주섬 가방에 챙겨 넣고 도망 치듯이 사무실을 빠져나왔다. 다행히 평소 책상 서랍에 많은 물건을 넣어 두지 않았다. 정든 기록 보관소를 이런 식으로 떠나게 되어 애석했고, 무엇보다 그 많은 문서와 기록을 가져갈 수 없다는 것이 너무도 안타까웠다. 어차피 그녀의 소유가 아니었기 때문에 가져갈 수도 없었다. 아무튼 페드로가 브라질행 비행기에 오르기 전에 바나디스의 서류를 포함해 그동안 복사해 둔 서류철을 모두 그녀에게 넘겨준 것이 큰 위안이 되었다.

따지고 보면 마리아 라우라의 마음도 충분히 이해가 갔다. 너무 두려운 나머지 누군가에게 책임을 전가하지 않고는 못 배겼을 것이다. 게다가 거기로 바나디스를 데려간 건 분명 메치였고, 그 후로 사라졌던 아이들이 하나둘씩 돌아오기 시작했으니까 화를 낼 만도 했다. 메치는 본인이 위험에 처했음을 직감했고 머릿속이 혼란스러웠다. 마리아 라우라는 마음만 먹으면 당장에라도 그녀를 죽일 수도 있었다. 하지만 그녀는 메치를 해코지하지 않았다. 그라시엘라가 충격을 받아 약간 불안해할 뿐 심각한 상태도 아닌데다, 공원의 아이들도 특별히 문제 될 만한 행동을 하지 않았고, 싫든 좋든 사무실은 그녀의 직장이기 때문이었다. 그럼에도 불구하고 문진은 메치의 머리를 향해 날아왔다. 하마터면 그녀의 머리에 정통으로 맞을 뻔했다. 메치가 직장을 그만두기로 한 것은 정말 탁월한 선택이었다.

그녀는 공원 맞은편 길모퉁이에서 비야 데보토로 가는 134번 버스를 기다렸다. 공원 쪽으로 시선을 돌렸지만 아이들의 모습은 거의 보이지 않았다. 공원 가장자리에는 축대가 쌓여 있었는데, 아이들은 대부분 그 안쪽으로만 돌아다녔기 때문이다. 예전에는 어느 시간에 나와도 수십 명의 사람이 차카부코 공원의 둘레길을 따라 조깅하곤 했다. 운동선수들, 대로 맞은편의 장미 정원과 아주 가까운 지하철역에서 쏟아져 나온 사람들과 개를 산책시키려고 나온 주민들이 한데 뒤섞여 북새통을 이루었다. 그런데 이제 둘레길은 인적마저 끊어져 삭막해 보였고, 지하철역은 추후 공지가 있을 때까지 잠정적으로 폐쇄되었다. 거기서 버스를 기다리고 있는 사람은 그녀밖에 없었다. 그런데 버스 기사는 제한속도의 두 배나 빠른 속도로 그녀 앞을 지나가 버리더니, 공원에서 멀찌감치 벗어나자 다시 정상 속도로 운행했다. 메치는 거기서 버스를 탄다는 것은 기적에 가까운 일이라는 생각이 들었다.

그녀는 부모님 집에서 첫날밤을 비교적 조용하게 보냈다. 물론 저녁을 먹고 거실 소파에 앉아 텔레비전을 켰을 때를 제외하면 말이다. 메치가 자기 방으로 가겠다고 하자, 부모님은 화를 냈다. 현실에서 도피하려고 하면 안 돼. 부모님이 그녀에게 말했다. 그녀는 그 말을 무시한 채 방에 들어가 나오지 않았다. 그녀는 그들이 텔레비전에서 무엇을 보고 싶어 하는지 잘 알고 있었다. 그들은 —뉴스 채널에서 계속 보도하고 있었듯이— 찾아온 딸아이를 거리로 쫓아낸 뒤, 엘 팔로마르에서 자살한 부모에 관한 보도가 나오기만을 기다리고 있었다. 여자아이는 3년 전 아버지와 험하게 말싸움을 하다 두드려 맞고 집을 나갔다. 아이—센테나리오 공원에 모여 있던 여자아이들 중 하나였다—가 돌아왔을 때, 눈두덩이는 퉁퉁 부어올라 있었고, 아랫입술은 터져 피가 흐르고 있었다. 마치 24시간 전에 두들겨 맞은 듯한 몰골이었다. 그녀는 키가 작고 짧은 금발에 코에 피어싱을 하고 있었다. 메치는 아버지가 그 아이를 구타했다는 사실을 기록 보관소 문서에서 본 적이 있었다. 이런 정보라면 기자들도 이미 다 알고 있었을 것이다. 그런데도 아이가 집으로 돌아오자 기자들은 이런 사실을 전혀 밝히지 않은 채, 오로지 감동적인 상봉 장면만 부각시켰다.

그들이 "마리솔, 어디 숨었다가 이제 나타난 거니?" 하고 단도직입적으로 물으면, 아이는 "난 숨지 않았어요"라고 짧막하게 대답할 뿐이었다. 하지만 그들은 누가 그녀를 때렸는지에 대해서는 일언반구의 언급도 하지 않았다. 메치가 보기에 기자들의 선택적 침묵은 아버지의 구타에 관해 알고 있었지만 의도적으로 언급하지 않고 있다는 증거였다. 왜냐하면…… 구타는 3년 전에 일어난 일이었기 때문이다. 그사이 몇 년의 세월이 흘렀지만, 놀랍게도 그녀는 도망칠 때와 똑같은 머리 길이와 색깔을 하고 있었다.

메치는 그들이 보여준 비겁하고 용렬한 모습에 종종 분노가 치밀었다. 그녀는 누군가 텔레비전에 나와 울부짖으며 소리 지르기를 바랐다. "이건 도대체가 말이 안 되는 상황이라고요. 이 아이들은 누굽니까? 대체 누구냐 말이에요."

이제 그녀는 차라리 둑이 무너지기 바랐던 것을 후회하고 있었다. 이미 그런 일은 눈앞에서 벌어지고 있었고, 집단 히스테리 또한 극에 달했기 때문이다. 아버지와 어머니는 아기 때 마리솔의 사진을 사이에 두고 함께 누웠다. 아버지가 먼저 관자놀이에 총을 쏘았다. 그러자 어머니는 그의 손에서 총을 빼내 입 안에 넣고 머리를 날려 버렸다. 그들은 이전에 많은 부모들이 했던 말을 마지막 유언으로 남겼다. "저건 우리 딸이 아니야."

부모의 방에서 총성이 들린 후, 마리솔은 집을 떠났다. 그녀가 나서는 것을 본 이웃들은 몽둥이와 돌을 들고 쫓아갔다. 그중 한 명은 멀리서 그녀를 향해 총을 쏘기도 했다. 페드로가 암시하던 사냥이 시작된 걸까? 그때까지만 해도 많은 부모들은 그저 아이들을 돌려보내기만 했다. 도저히 이해할 수 없는 이 상황을 감당할 수 없게 되자, 부모들은 정신병원에 입원했고 아이들은 공원으로 되돌아가게 된 것이다. 아이들과 함께 사는 게 왜 그토록 견디기 어려웠는지, 자세한 내막은 밝히지도 않았다. 들리는 소문에 의하면 일부 텔레비전과 라디오 프로그램, 그리고 일간지와 잡지들이 자기 아이들을 돌려 보낸 부모들에게 사례비를 들이밀며 인터뷰를 하려고 했지만, 부에노스아이레스 사람들처럼 특별히 말이 많고 대중 매체에 정통한 이들은 그 누구도 쉽게 입을 열지 않았다.

그런데 엘 팔로마르에서만 자살 사건이 일어났던 것은 아니다. 며칠 전, 메치는 타투 아티스트를 찾기 위해 바나디스의 마이스페이스에 들어가 보았다. 한동안 잠잠하던 그에게서 새로운 메시지가 와 있었다. '너를 만나러 갔지만 네가 아니더군. 내가 만난 그 여자는 너와 판박이기는 했어. 뱀파이어처럼 하얀 이를 가지고 있고, 우리가 어떻게 놀았는지 잘 기억하고 있었어. 그런데 나를 몰라보더라니까. 게다가 입 모양도 다르고. 이제 더는 견딜 수 없어 더는 못 참겠다고. 안녕, 바나디스, 내 사랑, 언젠가 다시 만나겠지?'

'언젠가 다시 만나겠지'라는 말을 보자 메치는 정신이 번쩍 들었다. 그러곤 곧장 세로 네가티보의 프로필을 클릭했다. 타투 아티스트의 친구들이 남긴 댓글을 보면, 그가 이미 자살했음을 추측할 수 있었다. 황급히 페이지를 빠져나왔고, 그녀의 눈에는 눈물이 그렁그렁 맺혀 있었다. 하지만 열네 살짜리 여자아이와 사랑에 빠진 서른 살의 남자 때문에 울음을 터뜨리고 싶지는 않았다. 지금 와서 그를 불쌍히 여겨서는 안 될 것 같았다. 그가 그 아이를 사랑한 것은 분명하지만, 그는 이미 몸과 마음이 병들어 있었다. 그렇지만 메치는 자기 자신을 위해 울 수 있었다. 왜냐하면 살면서 타투 아티스트가 바다니스를 보면서 느낀 감정을 본인은 한 번도 느껴보지 못했기 때문이다.

세로 네가티보의 자살은 알려지지 않은 채 그냥 묻히고 말았다. 반면에 엘 팔로마르 부부가 자살한 후로 여러 목소리들이 터져 나오기 시작했다. 죽은 부모의 이웃에 사는 사람들은 그 아이가 돌아온 후로 어머니가 밤새쉬지 않고 통곡하는 소리를 들었다고 했다. 언젠가 정육점 주인이 아버지에게 마리솔에 관해 묻자, 그는 잘 지내고 있다고 대답했다. 그리고 아이가 워낙 말수가 적어서 그런 것뿐이라고 덧붙였다. 이웃 사람들은 모두 아이가 집 밖 출입을 일절 하지 않았다고 입을 모았다. 반면 아이를 맹렬히 비난하는 사람들도 있었다. 그들은 아이의 부모가 모두 독실한 신자이고 어디 하나 나무랄 데없는 사람들이었기 때문에 자살했을 리 없다고 주장했다. 아이가 자기 부모를 죽인 것이 틀림없다는 말도 덧붙였다. 그러자 갖가지 증언이 쏟아져 나오기 시작했다. 어떤 부모들은 자신의 경험담을 털어놓으면서 어렵게 만난 아이를 왜 돌려보낼 수밖에 없었는지 그 이유를 밝히기 시작했다. 메치는 그들의 말을 듣고 싶지 않았다. 아무리 생각해도 그들의 주장은 아이들에게 부당한 것 같았다. 어쩌면 아이들은 정체를 알 수 없는 괴물인지도 모른다. 하지만 아직 보호받아야 될 어린아이들이 짐승처럼 밖에서 자야 한다는 것은 너무 부당한 처사였다.

메치는 낮에 주로 그런 생각을 하면서 보냈다. 그러나 밤에는 거실의 텔레비전 소리가 희미하게 들리는 방에서 침대 아래 숨겨 둔 문서 복사본을 꺼내 읽으며 미소 지을 때 훤히 드러나던 바나디스의 삐뚤어진 이를 떠올렸다. 그녀는 끝내 보지 않았던 그 영상—페드로가 어떻게든 그것을 팔았다면 조만간 텔레비전에 나올지도 모른다—에 대해 생각하면서, 무슨 일이 있어도 그 아이를 절대 집 안에 들이지 않겠다고 마음속으로 다짐했다. 검은 머리에 무시무시한 미소를 짓던 조용한 그 아이, 그녀가 사랑에 빠질 뻔했던, 하지만 이제는 악몽 속에만 나타나는 그 아이를 말이다.

마리솔의 부모가 자살하고 이웃들의 반발이 심해지면서 상황은 급변하기 시작했다. 시간이 흐를수록 이웃들은 아이를 잡아 족쳐야 한다거나, 아니면 최소한 살인죄를 물어 법의 심판을 받게 해야 한다고 주장했다. 아니면 차라리 아이를 다른 곳으로 옮겨 달라고 요구하기도 했다. 그러자 아이들은 공원을 떠나기 시작했다. 그들은 한밤중에 안개를 뚫고 어디론가 줄지어 갔다. 엑소더스는 겨울에 이루어졌다. 아이들이 대로를 따라 줄지어 걸어가고 있을 때, 사람들은 발코니에 나와 물끄러미 그들을 바라보았다. 어떤 이가 그들에게 욕설을 퍼부어 댔지만, 곧 제지되었다. 그들은 조용히 물러났다. 공원에 모여들 때와 마찬가지로 조용히 떠났다. 자동차 따윈 무섭지 않다는 듯이 길 한복판으로 걸어갔다. 경찰은 만약의 사태에 대비하기 위해, 또 어떻게 해야 좋을지 몰라서 시내 주요 도로를 모두 폐쇄했다. 도로는 며칠 동안 계속 폐쇄되었다. 그사이 페드로는 상파울루에서 메치에게 이메일을 보냈다. 거기서 그는 다시 나타난 아이들 사건의 전문가로 활약하고 있었다(페드로는 무슨 수를 써서라도 자기에게 유리한 상황을 만들었다). 이메일에는 이렇게 쓰여 있었다. "나도 텔레비전에서 봤어. 소름 끼치는군. 그 사건 때문에 여기도 난리야. 그런데 브라질 사람들은 겁이 없더라고. 우리처럼 겁쟁이들이 아닌 모양이야. 직접 가서 자기 눈으로 현장을 보고 싶어 한다니까. 확실히 여기 사람들은 다르더라고. 아주 멋져. 당신도 여기 와 보면 생각이 달라질 거야. 그런데 그 아이들의 행진을 보면서 어떤 생각이 들었는지 알아? 18세기 말에 파리의 공동묘지를 옮기는 장면이 떠오르더군. 정말 정신 나간 짓이었어. 물론 당시 파리 공동묘지는 미어터지기 일보 직전이었지. 게다가 너무 더러워서 감염과 전염병의 온상이기도 했대. 그래서 거기 있던 뼈는 일단 땅속에 묻어 두고 공동묘지만 도시 외곽으로 이전할 계획을 세웠던 거야. 그들은 몇 년에 걸쳐 밤마다 뼈를 마차에 싣고 옮겼다고 하더라고. 그리고 분위기에 어울리도록 말에는 검은색 모포를 둘러 주고 수도사들을 불러 노래를 시켰다는 거야. 물론 촛불도 들었지. 당신은 내가 이런 걸 어떻게 아는지 궁금할 거야. 예전에 돈이 생겨서 유럽 여행을 간 적이 있었는데, 그때 카타콤도 들러 봤거든. 거기 가니까 다 설명해 주더라고. 그 이야기를 듣고 나서부터 그 장면이 내 뇌리에서 떠나지 않더군.

얼마 전에 당신이 했던 말이 자꾸 떠오르더라고. 일본 사람들은 죽은 사람들의 영혼이 들어갈 자리가 없으면 이 세상으로 돌아온다고 믿는다던 그 이야기. 카타콤에 있는 뼈도 결국 마찬가지 운명을 맞은 거야. 공동묘지에 자리가 없었기 때문에 결국 지하로 내려간 셈이니까. 잘 모르겠지만, 아무튼 희한한 일이야. 악몽에 시달리지 말고, 웬만하면 여기로 와. 아니, 일단은 거기 남아서 무슨 일이 있는지 내게 알려 주는 게 좋겠어.”

메치는 잠시 수도사들과 뼈에 대해 생각해 보았다. 그러자 페드로가 무슨 뜻으로 그런 말을 했는지 이해할 수 있었다. 아이들이 떠나가는 모습은 장례식처럼 음울했고, 종교적인 분위기를 풍겼다.

그 아이들이 어디로 가는지는 여전히 오리무중이었

다. 리바다비아 공원에서 출발한 첫 번째 무리는 나아갈 방향을 미리 정해 놓은 듯했다. 대열이 갈라지기 시작하더니, 잠시 후 각 열은 서로 다른 폐가로 들어갔다. 300명의 아이들은 시내 한복판, 리오밤바 거리에 야자나무가 있는 빈집으로 들어갔다. 또 다른 300명은 파르케 차카부코 지구의 카페라타 동네에 있는 이구알다드 거리 모퉁이로 가더니, 오랜 세월 동안 방치된 탓에 원래 색을 잃어버려 분홍색으로 칠해 놓은 집으로 들어갔다. A자 모양의 지붕 바로 아래에는 아이들이 안으로 들어가면서 열어 둔 창문이 하나 있었다. 작지만 신흥 부자들이 모여 사는 그 동네는 공포에 휩싸이고 말았다. 길모퉁이 초소에 있던 경찰들은 어쩔 줄 몰라 발만 동동 구르고 있었다. 아이들이 안으로 들어갔지만, 경찰들은 그들을 끌어낼 엄두도 내지 못했다.

그들은 판사가 발부한 영장을 들고 왔지만, 속수무책이었다.

그들은 겁에 질려 있었다. 더구나 아이들이 어떻게 그 집에 들어갔는지 도무지 이해할 수가 없었다. 분홍색 집의 문과 창문—지붕 아래에 있는 창문을 제외하고—을 모두 벽돌로 막아 버렸는데도, 아이들이 쉽게 안으로 들어갔으니 그럴 만도 했다. 아이들이 어떻게 들어갔는지 설명할 수 있는 사람은 아무도 없었다. 사람들은 아이들이 안으로 들어가는 건 봤지만, 그렇다고 벽을 뚫고 들어가지는 않았다고 했다. 간단히 말해 아이들은 벽돌이 아예 없던 것처럼 안으로 쏙 들어가 버렸다는 것이다.

카페라타 동네에 모인 무리는 바나디스가 이끌고 있었다. 기쁨에 들뜬 가족의 품으로 돌아갔지만, 보름 만에 내쫓긴 그 아이 말이다. 그녀의 가족은 아이를 거리로 내쫓은, 법원 문 앞에 놓아두고 간, 아예 공원으로 되돌려보낸 가족들과 똑같은 주장을 했다. "쟤는 우리가 알던 딸이 아니에요. 우리 집 아이가 아니라고요. 우리도 저 아이가 누군지 모르겠어요. 얼굴 생김새도 같고, 목소리도 같아요. 또 우리 딸아이의 이름을 부르면 대답까지 한답니다. 아주 사소한 점까지 다 똑같다고요. 하지만 저 아이는 우리 딸이 아니에요. 그러니까 알아서 처리해 주세요. 더 이상 저 아이를 보고 싶지는 않으니까요."

메치는 신문을 보고 바나디스와 분홍색 집에 관해 알게 되었다. 신문에는 2층 창가에서 입을 굳게 다문 채 카메라를 노려보고 있는 바나디스의 사진이 큼지막하게 나왔다. 그녀는 아이의 눈빛을 보자 현기증이 일면서, 손에 땀이 나기 시작했다. 바나디스를 만나서 몇 가지 물어보고 싶었다. 공원 분수대 계단에서 만났을 때 그렇게 하지 않은 것이 너무 후회스러웠다. 솔직히 그 아이가 무서웠지만, 일단 만나서 이야기를 나누어 보고 싶었다. 왜냐하면 메치는 영상 속에 나온 아이가 진짜 바나디스라고 확신하고 있었기 때문이다. 더러운 변두리 호텔 방에서 배불뚝이 남자들에 의해 유린당하다 결국 무참하게 살해되고만 어린 여자아이, 그리고 자기가 세상 물정에 밝다고 여기고 아름다움이 부여한 특권을 과신한 나머지 너무 위험한 일에 뛰어들고 만 그 여자아이 말이다.

그녀는 텔레비전에서 문제의 영상을 보았다. 페드로는 그 영상을 성공적으로 판 뒤, 언제 방영할 예정인지 알려 주었다. 아이의 얼굴이 분명하게 보였는데, 바나디스가 틀림없었다. 페드로는 그 아이가 아직 살아 있을 수 있다고 믿었지만, 메치는 이미 죽었을 거라고 확신했다. 그녀가 이런 생각을 갖게 된 것은 타투 아티스트가 남긴 마지막 유언을 본 다음부터였다. 영상에 나온 여자아이는 입을 반쯤 벌리고 있었는데, 그 사이로 커다랗고 날카로운 이가 보였다. 타투 아티스트가 말한 것처럼 뱀파이어와 비슷한 끝이 뾰족한 모양이었다. 그사이 아이의 이가 저렇게 변해 버린 걸까? 아무리 그래도 저 정도는 아닐 것이다. 절대 그럴 리 없다. 영상 속에 드러난 바나디스의 이는 누렜을 뿐만 아니라, 부러지고 뒤틀려 있었다. 메치가 보기에, 그건 바나디스가 이미 죽었다는 증거나 다름없었다. 분홍색 집에 있는 아이는 바나디스가 아니었다. 하지만 그녀는 그 아이를 만나 이야기를 하고 싶었다. 꼭 그래야 할 필요가 있었다.

버스를 타고 가는 내내 그녀는 이상한 느낌을 떨칠 수 없었다. 마치 전염병을 옮기기라도 하는 것처럼, 사람들은 띄엄띄엄 앉아 있었고 서로 간의 접촉을 피했다. 메치는 부모님에게 어디에 가는지 말하지 않았다. 괜한 일로 걱정을 끼치고 싶지 않았기 때문이다. 그녀는 주머니에 열쇠만 넣고 나오면서, 비야 데보토에서 가장 예쁜 영국인 동네에 산책을 갈 거라고 했다. 하지만 그녀는 대로로 달려가 134번 버스를 탔다. 그녀는 왜 뛰어간 것일까? 최근 들어 부모님의 감시가 부쩍 심해진 느낌이 들었기 때문이다. 더구나 언젠가 한 번은 자고 있는데 방문이 닫히는 소리가 들리기도 했다. 그사이 그녀의 동태를 감시했던 모양이었다. 그녀는 부모님이 자기를 무서워한다는 생각이 들었다. 이제 어린 시절의 추억이 남아 있는 집을 다시 떠나 다른 곳으로 가야 할 시간이 점점 다가오고 있었다.

현장에 도착해 보니, 경찰 병력이 카페라타 동네를 빙 둘러싸고 있었다. 메치는 그 동네에서 수년 동안 일하면서 알게 된 중산층 가정들이 어떻지 쉽게 상상할 수 있었다. 그들은 안락하던 삶이 왜 갑자기 무너졌는지 이해하지 못해 곧장 미쳐 버렸을 것이다. 그런데 의외로 경찰들은 아무런 제지 없이 그녀를 통과시켜 주었다. 그들은 겁에 질려 얼굴이 새파래진 채 벌벌 떨고 있었다. 집 안의 아이들이 이상한 낌새를 조금만 보여도 걸음아 날 살려라 하고 달아나겠군. 메치는 생각했다. 만약 그런 일이 일어나면, 군대를 투입할까? 텔레비전에 나와 저 아이들은 속이 텅 빈 껍질 같은 존재라고 말했던 그 어머니의 요구대로, 그들을 모두 죽여 버릴까?

어쩌면 그럴지도 모른다. 하지만 아직은 아니다.

메치는 분홍색 집 앞 보도에서 걸음을 멈추었다. 작은 창문은 여전히 열려 있었다. 추운 겨울날이었지만, 해가 나고 구름 한 점 없는 맑은 날씨였다. 그리고 눈이 부실 정도로 파란 하늘이 머리 위로 펼쳐져 있었다. 그녀는 입에 두 손을 모으고 바나디스의 이름을 외쳤다. 다른 집에서 페르시아나와 문을 조심스럽게 여는 소리가 희미하게 들렸다. 심지어 경찰들이 접근하는 소리도 들렸다. 하지만 그녀는 전혀 개의치 않고 하얀 창문을 뚫어지게 쳐다보면서 기다렸다.

바나디스가 창밖으로 고개를 내밀었다. 그 아이의 얼굴에서 중앙아메리카의 여신, 비앙카 재거의 10대 시절 모습이 살짝 겹쳐 보였다. 그 아이는 거의 눈에 띄지도 않을 만큼 고개만 까딱 숙이며 인사했다. 메치를 알아본 걸까, 검은 눈동자가 반짝 빛났다. 메치는 뭔가를 말하려고 했지만, 온몸이 떨리고 가슴이 벌렁거려서 입이 떨어지지 않았다. 크게 심호흡을 하자, 마음이 조금 진정되면서 그제야 무슨 말이든 할 수 있을 것 같았다. 그러나 정작 입을 열자 떨리고 평소보다 훨씬 날카로운 목소리가 나왔다.

"안녕, 바나디스. 거기서 뭘 하는 거니? 거기 왜 들어간 거야?"

바나디스는 아무 대답도 하지 않았다. 메치가 그 안에 몇 명이나 있는지 묻자, 바나디스는 어두워서 정확히 셀 수 없지만 많다고 했다. 메치가 어디서 온 아이들이냐고 묻자, 바나디스는 여러 곳에서 모인 아이들이라고 했다. 메치가 부모님과 함께 집에 돌아가고 싶은지 묻자, 바나디스는 정색하면서 단호하게 싫다고 했다. 자기나 부모님 모두 원치 않는다고 덧붙여 말했다. 그러곤 방금 전 흘려보낸 첫 번째 질문에 대답이라도 하듯이 아주 크고 또렷한 목소리로 말했다.

"이 위에 모두 모여 있어요."

그러자 다른 아이들이 창가에 나타나기 시작했다. 그들의 얼굴이 바나디스를 중심으로 원을 그리고 있었다. 10대 청소년과 어린 소년들, 가출한 아이들과 유괴된 아이들, 살아 있는 아이들과 죽은 아이들. 메치가 대부분 알고 있는 아이들이었다.

"그럼 그 위에서 계속 있을 생각이니?"

거기 있던 모든 아이들이 이구동성으로 대답했다. "여름에 내려갈 거예요." 메치는 저들이 단지 어린아이들이라기보다, 오히려 무리 지어 움직이는 하나의 완전한 존재, 즉 단일 유기체라는 생각이 들었다. 그 순간 길모퉁이에 있던 경찰이 다가와 그녀의 어깨를 잡아 깜짝 놀란 그녀는 비명을 질렀다. 순간 한 대 칠 뻔했지만, 경찰인 것을 알고 가까스로 참았다. 예순 살쯤 되어 보이는 그 남자—왜 조금 더 젊은 사람을 보내지 않은 걸까?—는 그녀만큼이나, 아니 그녀보다 훨씬 더 놀란 기색이었다.

"아가씨. 여기서 이러시면 안 됩니다. 당장 여기서 나가 주세요."

"안 돼요. 저 아이들에게 물어볼 게 많다고요."

"제발 이러지 말아요." 경찰관은 그녀의 허리와 어깨를 붙잡았다. 그는 나이에 비해 힘이 센 편이었다. 그는 분홍색 집에서 조금 떨어진 곳으로 그녀를 끌고 갔다.

"알았어요. 갈 테니까 날 좀 놓아주세요." 메치가 소리를 질렀다. 하지만 그는 그녀를 놓아주기는커녕 계속 질질 끌고 갔다. 바로 그때, 동네 여기저기서 고함 소리가 들려오기 시작했다. "형사 양반, 그 여자 당장 여기서 끌어내요. 괜히 남의 일에 끼어들지 말고, 우리를 좀 가만히 내버려 두라고요." 심지어 페르시아나를 쾅쾅 두드리는 이들도 있었다. 분홍색 집이 시야에서 사라지자, 메치는 있는 힘껏 소리를 지른 덕에 경찰의 손아귀에서 벗어날 수 있었다. 그녀는 여름이 오기 전, 그러니까 아이들이 내려오기 전에, 먼 곳으로 떠날 생각을 하면서, 어쩌면 페드로와 함께, 저 아이들이 어디로 가든지 간에 돌아오지 않는 곳으로 가고야 말 생각을 하면서 아삼블레아 대로 쪽으로 뛰어갔다.

LOS
PELIGROS
DE
FUMAR
EN
LA
CAMA

그건 불나비였을까, 아니면 나방이었을까? 그녀는 둘을 제대로 분간할 수 없었다. 하지만 이것 한 가지만큼은 분명했다. 불나비들은 마치 몸속에 내장이나 피가 전혀 없는 것처럼 손으로 집으면 곧장 가루로 변한다. 살짝만 건드려도 재떨이에 있는 담뱃재처럼 되고 만다. 그래서인지 이런 나비들은 죽여도 딱히 역겹지 않았다. 그대로 바닥에 내버려 두어도 며칠이면 자연 분해되기 때문이다. 또 한 가지. 나비들이 뜨거운 물건 가까이에 가면 금방 타 버린다는 속설은 거짓이다. 어떤 사람은 나비가 뜨거운 전구에 살짝 닿자마자 불이 붙는 걸 본 적이 있다고 했다. 하지만 그녀가 본 바에 따르면, 나비들은 전구에 거듭 몸을 부딪치고도 멀쩡하게 날아갔다. 마치 그 충격을 즐기듯이 전구에 덤벼들다가 지루해지면 창밖으로 날아가 버렸다. 어떤 나비들은 플로어 램프 안에 죽어 있었는데, 아마 부딪치다가 힘이 다 빠졌거나 출구를 찾지 못해 자포자기했을 수도 있고, 수명을 다해서 그렇게 된 건지도 모른다. 몸에 불이 붙어 천천히 타오르는 동안에도 나비들은 평소처럼 날개를 퍼덕거리며 유리 벽에 부딪쳤다. 그러다 결국에는 바닥에 떨어진 채 미동도 하지 않았다. 그녀는 가끔 죽은 나비와 나방이 쌓여 있는 램프를 비우기 위해 한밤중에 일어나곤 했다. 그럴 때마다 탄내가 코를 찔러 쉽게 잠을 이루지 못했다. 더구나 그녀는 자기 전에 깜박하고 램프를 끄지 않는 경우가 많았다.

어느 이른 봄날 밤, 그녀는 타는 냄새 때문에 잠에서 깼다. 그런데 평소와는 전혀 다른 냄새였다. 그녀는 몸이 으슬으슬 추울 때마다 사용하던 회색 여행용 담요를 걸치고, 부엌으로 갔다. 혹시 곤로 위에 뭘 올려놓고 불을 끄는 걸 깜박 잊은 건 아닌지 확인하기 위해서였다. 하지만 주방에서는 아무 냄새도 나지 않았다. 그렇다고 나비나 나방 타는 냄새도 아니었다. 그날 밤에는 플로어 램프를 켜지도 않았으니까 말이다. 아파트 건물 복도에서도 아무 냄새가 나지 않았다. 그녀는 페르시아나를 올렸다. 밖을 내다보니, 비가 추적추적 내리는 가운데 시커먼 연기가 올라오고 있었다. 빗속에서 무언가가 타고 있는 모양이었다. 곧 소방차 사이렌 소리와 길거리로 몰려든 동네 사람들의 웅성거리는 소리가 들렸다. 이른 새벽에 깬 탓에 사람들은 잠옷 위에 우비를 걸치고 있었다. 그녀는 그들 중 어떤 남자가 갈라진 목소리로 "불쌍한 할머니"라고 말하는 것을 들었다. 불은 멀리 떨어진 곳에서 난 것이었고 파울라는 다시 침대로 돌아갔다. 나중에 동네 소식통인 경비원에게서 들은 바에 의하면, 불은 길모퉁이에 있는 아파트 건물 5층에서 났다. 화재는 결국 한 명의 사망자를 냈는데, 온몸이 마비된 채 줄곧 병상에 누워 계시던 할머니가 그 주인공이었다. 할머니는 꺼지지 않은 담배를 손가락 사이에 낀 채로 잠을 자다 참변을 당하고 말았다. 할머니를 간호하던 딸―그녀도 이미 육십 줄에 접어든 노인이었다―은 연기 때문에 숨이 막혀 콜록거리면서 일어났지만, 어머니를 구하기에는 너무 늦은 때였다. "가엾은 노인네 같으니. 나쁜 습관 때문에 그만……." 경비원이 말했다. 그리고 할머니는 담배를 엄청 피웠지만 밖에는 일절 나가지 않았다고 덧붙였다. 파울라는 경비원에게 따지고 싶었다. "당신 말대로 일절 밖으로 나오지 않았다면, 할머니가 골초였는지 어떻게 알죠? 할머니가 담배 피우는 것을 본 적이나 있어요?" 하지만 그녀는 애써 그를 외면하고 입을 닫았다. 애먼 경비원을 붙들고 말싸움하기도 우스웠거니와, 자신의 발끝에서 타오르는 화염을 가만히 보고 있었을 5층 할머니의 모습이 떠올랐기 때문이다. 할머니는 다리에 감각이 전혀 없었기 때문에 담요가 타들어 가도 그냥 지켜보고만 있었을 것이다. 하지만 할머니는 차라리 불이 모든 것을 다 태워 버리기를 바랐는지도 모른다. 고통스러운 것이야 당연하지만, 할머니처럼 늙고 폐 기능이 손상된 여자가 의식을 잃는 데까지 얼마나 걸렸을까? 게다가 무거운 짐을 벗은 딸은 또 얼마나 마음이 홀가분해졌을까.

경비원은 불타 죽은 할머니의 안온한 세계에 어렴풋이 빠져 있던 그녀를 끄집어내 층계참으로 데려갔다. 그는 주중에 남자가 와서 아파트 전체를 소독할 예정이라고 알려 주었다. 그것참 잘됐네요. 파울라는 그에게 그렇게 말하고, 현관 벨이 울리면 소독하는 남자를 들이겠다고 했다. 그녀가 사는 아파트에는 나비와 나방을 제외하면 벌레가 그리 많지 않았던데다, 벌레라고 해야 대부분 거리에서 날아 들어왔기 때문에 약을 뿌린다고 해도 별 효과가 없을 것이 분명했다. 그녀의 집에서 생명이 있는 것은 무엇이든 결코 오래 버티지 못했다. 심지어 식물을 갖다 놓아도, 최근 몇 달에 걸쳐 하나둘씩 말라 죽어 버렸다. 그 아파트에서 살아 있는 것이라고는 그녀밖에 없었다.

그녀는 경비원에게 작별 인사를 하고 곧장 자러 갔다. 이불에 치킨커틀릿 냄새가 잔뜩 배어 있었다. 그녀는 전날 밤 치킨커틀릿 두 개를 오븐에 넣었다. 그런데 냉동실에 넣어 둔 비닐 백이 얼음에 딱 달라붙은 바람에 떼어내기가 너무 어려웠다. 하는 수 없이 팔팔 끓는 물을 거기 부었는데 애꿎은 맨발만 데었을 뿐, 아무 소용도 없었다. 그녀는 트라몬티나 식칼로 비닐 백을 떼어내려다 자기 연민에 빠져 눈물을 글썽거렸고 그런 자신을 비웃었다. 팔을 높이 들어 올려 칼로 냉동실의 얼음을 내리찍는 자기 모습이 마치 연쇄 살인마처럼 느껴졌기 때문이다. 우여곡절 끝에 간신히 치킨커틀릿을 떼어냈지만, 추위에 손이 곱아 제대로 움직여지지도 않았다. 간신히 구출해 낸 치킨커틀릿을 오븐에 집어넣었지만, 시간 조절을 잘못해서 약간 타고 말았다. 탄 것은 그럭저럭 넘어갈 수 있었지만, 너무 오랫동안 냉장고에 넣어 둔 탓에 다른 음식 냄새가 배어서 도저히 먹을 수가 없었다.

아파트에 들어온 이후로 3년 동안 오븐을 한 번도 닦지 않아 상태가 엉망인데다, 가스까지 새고 있었다. 도저히 먹을 수 없어 쓰레기통에 버렸고 도로 배가 고파졌다. 더군다나 아파트 안에 냄새가 진동을 해서, 잠도 잘 수 없었다. 그녀는 그 냄새가 지독히도 싫었다. 목구멍까지 울음이 치밀었다. 그동안 가슴속에 첩첩이 쌓여온 설움이 한꺼번에 터져 나왔고 눈물을 쏟아내기 시작했다. 그 냄새만도 감당하기 어려운데, 악취를 없애려고 피운 향에서 더 역한 냄새가 났기 때문이었다. 게다가 집 안에 찌든 담배 냄새—사실 그녀는 워낙 골초였기 때문에 집 안에 담배 냄새가 나는지 느끼지 못했다—를 없애려고 방향제—이 냄새도 끔찍하기는 마찬가지지만—를 사려고 했지만, 늘 잊어버렸기 때문이었다. 또한 언제나 햇볕과 레몬, 그리고 나무 향기가 은은하게 풍기는 깨끗하고 밝은 집에 살고 싶었지만, 그럴 만한 경제적 여유가 없었기 때문이었다.

그녀는 침대 위에 텐트를 치기로 했다. 텐트라고 해야, 시트를 무릎으로 들어 올리고 머리까지 뒤집어쓴 것에 불과하지만 말이다. 텐트 아래에서는 담뱃불만 빨갛게 타오르고 있었다. 담뱃불은 파르르 떨리다가도, 연기가 그녀를 스치고 지나갈 때면 다시 살아나는 것 같았다. 시트에는 군데군데 담뱃재 얼룩이 져 있었다. 파울라는 다리를 벌리고 노는 손 검지로 클리토리스를 부드럽게 애무하기 시작했다. 처음에는 원을 그리며 빙글빙글 돌리다가 차츰 위아래로 문질렀다. 그리고 살짝 잡아당기다 옆으로 문지르기도 했다. 하지만 그날따라 아무 느낌도 없었다. 평소 같았으면 온몸이 부르르 떨리기 시작하다 피가 돌아 몸이 뜨거워지면 손가락으로 까칠까칠하고 울퉁불퉁해진 성기를 애무했을 것이다. 마지막으로 전율이 등골을 타고 내려가면 축축하게 젖곤 했다. 그럴 때면 오줌을 지린 듯한 느낌이 들었다. 예전에는 그랬다. 하지만 지금은 아무 느낌도 들지 않았다. 그녀는 따끔거리고 아플 때까지 그곳을 비볐지만, 아무렇지도 않았다. 그녀는 피가 나기 전에 그만두었다. 이런 상황이라면 흘러나올 건 피 밖에 없으리라는 것을 경험으로 이미 알고 있었기 때문이다.

그녀는 침대 전등을 시트 아래로 갖고 왔다. 안쪽 허벅지 군데군데에 붉은 반점이 돋아 있었다. 겉으로 봐서는 더위나 알레르기에 의한 발진 같았지만, 각화증*이라고 불리는 증세였다. 허벅지뿐만 아니라, 팔과 엉

---

* 피부 표면의 경단백질층이 비정상적으로 증식하여 살갗이 딱딱하고 두껍게 굳어지는 증상.

덩이, 그리고 갈비뼈 부근에도 조금씩 나 있었다. 피부과 의사는 꾸준히 치료를 받으면 나아질 거라고 했다. 그리고 건선이나 습진과 비슷한 피부 질환이니까 너무 걱정하지 말라고도 했다. 하지만 그녀는 누런 치아나 아침에 양치질할 때마다 잇몸에서 나는 피만큼이나 그 것들이 끔찍하게 느껴졌다. 기왕 잇몸 질환 이야기가 나왔으니 말인데, 그녀의 경우 피가 잠깐 나다가 멎는 정도가 아니라 하얀 세면대 위로 핏방울이 뚝뚝 떨어질 만큼 심각했다. 소위 치주염인데, 요즘 치과의사들은 조금 더 멋있는 용어를 사용한다. 그런데 정작 너무 어려운 말이라서 잘 기억이 나지 않는다. 아무튼 그녀는 멋보다 진실을 더 중시했기 때문에, 치주염이라는 말이 더 마음에 들었다. 그 무렵, 그녀의 몸에는 떠올리기조차 싫을 만큼 이상한 증세가 많이 나타나고 있었다. 비듬, 우울증, 등에 난 여드름, 셀룰라이트, 치질, 그리고 건조한 피부. 이런 여자를 좋아할 사람이 누가 있겠는가?

그녀는 시트 아래에서 다시 담배를 피워 물었다. 그리고 자신의 천막 은신처 안으로 기어들어 온 나비 한 마리를 쫓아내기 위해 연신 연기를 내뿜다 결국 나비를 죽이고 말았다. 당신이라면 담배 연기로 나비를 질식시

킬 수 있겠는가? 이 얼마나 약하고 어리석은 동물이란 말인가. 그녀는 자기 다리 사이에서 몸부림치고 있는 나비를 무심히 바라보았다. 부들거리는 나비의 다리가 아주 작은 구더기처럼 보였다. 그녀는 처음으로 역겨움을 느꼈다. 그래서 나비를 발로 차서 바닥으로 떨어뜨렸다. 그녀는 텐트 아래에서 담배 연기를 뿜어 도넛 모양의 동그라미를 만들고 놀았지만, 금세 지겨워졌다. 담뱃불로 시트를 지져보기로 했다. 오렌지 빛깔의 동그라미가 점점 커지는 것을 지켜보고는 신기하다는 표정을 지었다. 불꽃이 탁탁 튀면서 주위로 빠르게 퍼지기 시작하자, 덜컥 겁이 났다. 그녀는 손으로 시트에 붙은 불을 쳤고 다행히 금방 꺼졌다. 타다 남은 천이 천막 안에 둥둥 떠다녔다. 그녀는 천막 여기저기 나 있는 작은 동그라미를 보며 깔깔댔다. 그리고 시트 밖으로 고개를 내밀어 어스름이 깔린 방 안을 둘러보았다. 시트에 난 구멍으로 전등 불빛이 새어 나와 천장을 비추고 있었다. 그 불빛으로 인해 천장은 마치 별로 뒤덮인 밤하늘처럼 보였다.

이럴 줄 알았다면 시트에 구멍을 좀 더 많이 만드는 건데. 천장을 보자마자 그녀는 후회했다. 자기가 바라던 건 바로 총총하게 빛나는 별이 가득한 하늘이었다는 걸

깨달았기 때문이다. 그녀가 바라던 것은 오로지 그것뿐
이었다.

CUANDO
HABLÁBAMOS
CON
LOS
MUERTOS

죽은 자들과 이야기하던 때

그 나이에는 마치 두개골 바로 아래, 목덜미에 라디오가 숨겨져 있기라도 하듯 머리에서 계속 음악이 흘러나온다. 그러던 어느 날 갑자기 소리가 작아지거나 아예 음악이 멈추어 버린다면, 청소년기가 끝났다는 뜻이다. 하지만 죽은 자들과 대화하던 무렵, 우리에게는 전혀 이런 일이 일어나지도, 그럴 낌새조차 보이지도 않았다. 당시 음악은 슬레이어의 '레인 인 블러드Reign in blood'처럼 귀가 먹먹할 정도로 시끄러웠다.

우리는 폴라카의 집에서 방문을 걸어 잠근 채 위저 보드* 게임을 하기 시작했다. 이 게임을 몰래 하게 된 이유

---

* 위저 보드는 '예'를 의미하는 프랑스 'Oui'와 독일어 'Ja'를 결합한 말로, 영혼과 대화하는 심령술 판을 가리킨다.

는 폴라카의 여동생인 마라가 유령과 악령이라면 질겁을 했기 때문이다. 하긴 마라는 귀신뿐 아니라 모든 것을 무서워하는 철부지였다. 마라 문제도 있었지만, 대가족이 모여 살아 모두 일찍 잠자리에 들었기 때문에 우리는 낮에만 게임을 할 수 있었다. 더군다나 폴라카의 가족은 한 번도 미사에 빠지지 않고 언제나 로사리오 기도를 드릴만큼 독실한 가톨릭 신자였기에 위저 보드게임 같은 것을 좋아할 리 만무했다. 집안에서 그나마 깨어 있는 사람은 폴라카가 유일했다. 어느 날 그녀는 신문 가판대에서 잡지를 샀는데, 마법과 주술, 그리고 초자연적 현상을 주로 다루는 부록 『오컬트의 세계』와 더불어 엄청난 위저 보드도 특별 사은품으로 받아 왔다. 부록은 시리즈로 나오는데, 다 모으면 한 권의 책으로 묶을 수도 있었다. 이전에도 여러 번 부록과 함께 위저 보드를 사은품으로 증정한 적이 있었지만, 우리가 그걸 살 돈을 모으기도 전에 매진되고 말았다. 폴라카가 더 이상 기회를 놓치지 않겠다는 마음을 굳게 먹고 돈을 모으고서야 비로소 위저 보드를 손에 넣을 수 있었다. 덕분에 우리는 한복판의 동그라미를 중심으로 빨간색 바탕에 회색 숫자와 글자, 그리고 신비로우면서도 사탄을 연상시키는 그림이 그려진 예쁜 보드를 가지고 즐겁게 놀 수 있었다. 그 당시 항상 모이던 아이들은, 나를 포함해 홀리타, 피노키아(우리가 이렇게 부른 것은 코가 커서가 아니라 몸이 나무처럼 뻣뻣한데다 학교에서 가장 멍청했기 때문이었다), 폴라카, 그리고 나디아, 모두 다섯이었다. 한데 모이면 우리 다섯은 늘 담배를 피웠다. 그 바람에 우리가 게임을 할 때는 보드가 연기 위로 떠다니는 듯했고, 폴라카가 여동생과 함께 쓰던 그 방은 언제나 담배 냄새에 찌들어 있었다. 우리가 위저 보드를 가지고 놀기 시작했을 때는 한겨울이었기 때문에, 너무 추워서 창문을 열 수도 없었다.

　그러다 결국 폴라카의 엄마인 달릴라에게 들키고 말았다. 달릴라는 연기 속에 파묻힌 채 위저 보드에만 정신이 팔려 있던 우리를 보자 발길질하며 모두 쫓아내 버렸다. 그 와중에 나는 몰래 보드를 챙겨 달아났고―그 후로 보드는 내가 가지고 있었다― 홀리타는 하마터면 박살이 날 뻔한 컵을 간신히 건져 냈다. 하지만 이 일로 가엾은 폴라카와 가족들에게 재앙이 몰아닥칠까 봐 두려웠다. 하필 그날 우리가 이야기를 나누고 있던 영혼이 정말로 사악해 보였기 때문이다. 그는 자기가 죽은 자의 영혼이 아니라, 악마라고 했다. 하지만 그 무렵 우리는 유령들이 거짓말을 아주 잘한다는 것을 이미 알고 있었기 때문에, 그들이 할아버지 할머니의 중간 이름이나 생일을 맞추는 따위의 뻔한 속임수를 쓰더라도 쉽게 속아 넘어가지 않았다. 우리 다섯은 몰래 컵을 움직이지 않을 것을 피—바늘로 손가락을 찔렀다—로써 맹세했고, 그 다짐을 굳게 믿었다. 나는 컵을 움직이지 않았다. 맹세컨대, 손가락 하나 건드리지 않았다. 그리고 친구들 또한 컵에 손대지 않았다고 진심으로 믿고 있다. 컵은 처음에 웬만해서는 쉽게 움직이지 않는다. 하지만 일단 움직이기 시작하면, 마치 컵과 우리 손가락 사이에 자석이라도 붙어 있는 것 같았다. 그러다 보니 우리가 군이 컵을 건드리거나 밀 필요도, 거기에 손가락을 살짝 댈 필요도 없었다. 가만히 놓아두어도 컵은 신비스러운 그림과 글자 위를 빠르게 미끄러져 갔다. 얼마나 빠르게 움직이는지 우리가 특별히 장만한 공책에 질문에 대한 대답을 적어 놓을(우리는 돌아가면서 한 명씩 대답을 기록했다) 시간조차 없었다.

폴라카의 어머니에게 들키고 나서(달릴라는 너무 화가 난 나머지 우리를 보고 악마 같은 년이라는 둥, 망할 년이라는 둥, 입에 담지 못할 악담을 퍼부었을 뿐만 아니라, 우리 부모님들에게도 모두 일러바치는 바람에 모든 게 엉망이 되고 말았다), 우리는 이 놀이를 잠시 중단

해야만 했다. 그사이 몰래 만날 수 있는 장소를 찾아보
았지만, 마땅한 곳이 없었다. 우리 집은 애당초 불가능
했다. 그 당시, 엄마는 편찮으셔서 집에 누가 오는 것을
극도로 꺼려 했다. 심지어 할머니와 내가 있는 것도 달
가워하지 않는 눈치였다. 이런 상황에서 학교 친구들까
지 데려왔더라면 아마 날 죽이려 들었을 것이다. 홀리
타의 아파트도 사정은 크게 다르지 않았다. 그녀는 할
아버지 할머니, 남동생과 한방을 쓰고 있었는데, 방을
둘로 나누기 위해 옷장으로 가운데를 막아 놓았다. 그
래 봐야 사생활 따윈 존재하지 않는 공간이었다. 남은
곳은 주방과 화장실, 그리고 알로에베라와 가시나무로
가득 차 있어 밖을 내다보기조차 힘든 발코니뿐이었다.
나디아의 집은 빈민가에 있어서 모일 수 없었다. 그렇
다고 나머지 넷이 부유한 동네에 사는 것은 아니지만,
판자촌에서 친구들과 함께 밤을 보내겠다고 하면 부모
들이 가만히 있을 것 같지 않았다. 우리 부모님이라면
허락하지 않을 것이 뻔했다. 물론 부모님에게 알리지
않고 집에서 몰래 빠져나갈 수도 있었지만, 솔직히 말
해 우리도 나디아의 동네가 무서웠다. 게다가 나디아도
언젠가 동네의 분위기가 너무 거칠고 살벌해서 자기도
최대한 빨리 그곳을 뜨고 싶다고 까놓고 말했다. 밤마

다 어디선가 총소리가 나고, 술 취한 가우초*들이 고래고래 소리를 질러 대는 통에 겁이 나서 아무도 찾아올 엄두를 내지 못한다고 했다.

이제 남은 곳은 피노키아의 집밖에 없었다. 다른 건 다 괜찮은데, 너무 멀다는 것이 문제였다. 그 먼 데까지 가려면 버스를 한 번 갈아타야 하는데다, 부모님에게 허락을 받아내야 했다. 우리는 가까스로 허락을 맡았다. 피노키아의 부모님은 아이를 거의 방치하다시피 했다. 그 덕분에 하느님의 말씀을 들으며 집에서 쫓겨날 위험은 없었다. 더구나 피노키아는 오빠들이 이미 집을 나갔기 때문에 독립된 자기 방을 가지고 있었다.

어느 여름날 밤, 마침내 허락을 받아낸 우리 넷은 피노키아의 집으로 갔다. 정말 멀기도 했거니와, 그녀의 집 앞 거리는 포장도 되어 있지 않았고 보도 옆으로는 하수구가 있었다. 거기까지 가는 데 두 시간이나 걸렸지만, 일단 도착하고 보니 아무리 멀어도 그곳에서 모이기로 한 것이 신의 한 수였던 것 같다. 피노키아의 방은

---

* 아르헨티나, 우루과이, 브라질 대평원, 즉 팜파스에 살며 유목 생활을 하던 목동이다. 대부분 스페인인과 인디오의 혼혈이다. 아르헨티나와 우루과이의 독립에 커다란 역할을 했으나 독립 후에는 대부분 농장의 일꾼이나 도시의 날품팔이 노동자로 전락했다.

굉장히 큰데다, 더블 침대와 2층 침대까지 있었다. 그래서 우리 다섯은 그 방에서 아주 편하게 잘 수 있었다. 아직 공사가 완전히 끝나지 않아 집은 우중충하다 못해 을씨년스럽기까지 했다. 석고벽에는 아직 페인트칠도 하지 않았고, 보기 흉한 검은색 전선에는 전구만 대롱대롱 매달려 있었다. 그리고 전등은 하나도 없었고, 타일이나 나무 같은 것을 깔지 않아 시멘트 바닥이 휜히 드러나 있었다. 그렇지만 집이 아주 넓었고 테라스와 바비큐용 화덕도 있었다. 우리 중 피노키아의 집이 가장 좋은 것 같았다. 너무 멀다는 것이 단점이지만, 그 정도의 집—비록 미완성이기는 해도—이라면 살아 볼 만하다는 생각이 들었다. 도시에서 멀리 떨어진 곳이라 그런지, 밤하늘은 짙은 남색이었고 반딧불이가 반짝반짝 빛을 내며 날아다니고 있었다. 게다가 무언가 다른 냄새가 코로 스며들어 왔는데, 풀 타는 냄새와 강물에서 나는 냄새가 뒤섞인 듯했다. 피노키아의 집 창문에는 모두 쇠창살이 달려 있었고, 황소만 한 검은 개가 집을 지키고 있었다. 개는 로트와일러종이었던 것 같은데, 너무 사나워서 데리고 놀 수가 없었다. 그렇게 외진 곳에서 살다 보면 종종 위험한 일도 있을 테지만, 피노키아는 이러쿵저러쿵 군소리하는 법이 없었다.

그날 밤, 훌리타는 하얗게 질린 얼굴로 우리를 둘러보면서 뜸을 들이더니 죽은 자들 중 누구와 이야기를 나누고 싶은지 털어놓았다. 훌리타가 용기를 내어 이런 말을 할 수 있었던 것은 갑자기 장소가 바뀐 탓도 있지만, 피노키아의 집—부모님이 맥주를 마시면서 로스 레돈도스의 노래를 듣는 동안, 개는 그림자만 얼씬거려도 사납게 짖어대곤 했다—에서 전혀 다른 느낌을 받았기 때문이었는지도 모른다.

훌리타는 자기 엄마 아빠와 이야기하고 싶어 했다.

그동안 훌리타에게 여러 가지 궁금한 점이 많았지만, 직접 물어볼 엄두를 내지 못했다. 훌리타가 마침내 자기 입으로 부모에 대해 털어놓는다면, 그보다 더 다행스러운 일은 없을 것 같았다. 물론 학교에서는 이 문제를 놓고 수군거리는 아이들이 많았지만, 훌리타의 면전에 대고 말한 사람은 아무도 없었다. 혹시라도 누군가 쓸데없는 소리를 하면 우리가 곧장 뛰어들어 훌리타를 지켜 주었다. 그런데 문제는 훌리타의 부모가 사고로 돌아가시지 않았다는 것을 모두 알고 있었다는 점이다. 사실 훌리타의 부모는 언젠가 갑자기 사라졌다. 그들은 행방이 묘연한 상태였다. 그들은 어느 날 갑자기 온데간데없이 사라져 버렸다. 그 당시 우리들은 이런 상황을 어떤 말로 표현해야 할지 잘 몰랐다. 홀리타는 할아버지 할머니로부터 자기 부모가 어딘가로 끌려갔다는 말을 들었다고 했다. 부모는 끌려갔지만, 다행히 방에 있던 아이들은 그대로 내버려 두었다는 것이다(아마 아이들이 있던 방을 제대로 확인하지 않았던 모양이다. 하여튼 홀리타와 동생은 그날 밤이나 부모님에 대해서 아무것도 기억하지 못했다).

홀리타는 위저 보드게임을 통해 자기 부모를 만나고 싶었지만, 어렵다면 다른 영혼을 찾아 그들을 본 적이 있는지라도 물어보고 싶어 했다. 당연히 두 분을 만나 이야기를 나누는 게 먼저지만, 무엇보다 그들의 시신이 어디 있는지 꼭 알아내고 싶어 했다. 죽은 아들의 시신조차 찾지 못한 우리 할아버지 할머니는 얼마나 애가 타겠니. 특히 할머니는 꽃을 가져갈 무덤도 없다고 매일 서럽게 우시는데 측은해서 못 보겠어. 홀리타는 겉으로 평범해 보이지만 정말 대담한 아이였다. 만약 아빠 엄마의 시신을 찾는다면, 우리가 정말 죽은 자들의 도움을 받아 그 위치를 알아내고 그것이 사실로 밝혀지면, 곧장 텔레비전 방송국이나 신문사를 찾아갈 거야. 그러면 우리는 하루아침에 유명해질 테고, 모든 사람으로부터 사랑받게 될 거라고. 그녀는 말했다.

홀리타의 이런 냉정한 면이 눈에 좀 거슬리기는 했지만, 어차피 홀리타의 문제니까 그냥 내버려 두는 것이 나을 것 같았다. 우리가 제일 먼저 해야 할 일은 이미 알고 있는 다른 실종자들을 불러내서 도움을 얻는 거야. 그녀가 말했다. 우리 모두 위저 보드 사용 방법을 다룬 어떤 책에서 읽었잖아. 죽은 자들 중에서 우리가 알고 있는 이에게 정신을 집중하고 냄새, 옷, 몸짓, 머리 색깔 등을 기억해 머릿속으로 그의 모습을 그려 보면 도움을 얻을 수 있을 거라고 했어. 그러고 나면 정말로 죽은 자를 불러내기가 훨씬 쉬워진다는 거지. 가끔 가짜 영혼들이 나타나 거짓말로 정신을 나가게 한다더라고. 그런데 문제는 그 영혼이 진짜인지 가짜인지 구별하기가 쉽지 않다는 거야.

폴라카는 자기 이모의 남자 친구가 월드컵 기간 동안 어디론가 끌려간 뒤로 실종되었다고 했다. 폴라카네 식구들이 그렇게 인정사정없는 사람들인 줄 몰랐던 우리는 그 말을 듣고 적잖게 놀랐다. 폴라카에 의하면, 집 안에서는 이 문제에 관해 서로 입도 뻥끗하지 않았는데 집에서 바비큐 파티를 하던 날, 반쯤 취한 이모가 자기한테 몰래 알려 주었다고 했다. 그날 남자들이 향수에 젖어 켐페스*와 월드컵에 대해 떠들어대자, 이모는 짜증을 내며 레드 와인 한 잔을 벌컥 들이켜더니 그간 가슴속에 꼭꼭 담아 두었던 이야기를 폴라카에게 쏟아 내기 시작했다. 사라진 남자 친구에 대해, 그리고 그때 얼마나 두려움에 떨었는지를 말이다. 폴라카의 말이 끝나자 나디아는 자기 아빠의 친구를 불러내기로 했다. 그녀가 어렸을 때 일요일마다 저녁을 먹으러 오던 분이었는데, 어느 날부터 갑자기 발걸음이 끊겼다고 했다. 하지만 식사를 마치면 언제나 나디아만 빼놓고 아빠, 그리고 오빠들과 함께 축구 경기장에 가 버렸기 때문에, 그녀는 그가 더 이상 집에 오지 않는다는 사실조차 알아차리시 못했다. 반면 오빠들은 무언가 수상한 낌새를 느끼고 아저씨가 왜 안 오는지 아빠에게 물어보았다. 아빠는 싸워서 그런 거라고 거짓말로 둘러대려고 했지만, 말이 차마 입 밖으로 나오지 않았다. 그래서 결국 어디론가 끌려갔다고 오빠들에게 털어놓을 수밖에 없었다. 홀리타의 할아버지 할머니가 했던 것과 똑같은 이야기였다. 오빠들은 나중에 그 이야기를 나디아에게 들려주었다. 그 당시, 나디아는 물론, 오빠들도 어디로 끌

---

* 마리오 켐페스는 아르헨티나 축구 스타로, 1978년 월드컵 우승의 주역이다.

려갔다는 것이 무슨 소리인지, 누군가를 어디로 끌고 간다는 것이 흔한 일인지, 그리고 그것이 좋은 건지 나쁜 건지조차 알 수 없었다. 하지만 <연필의 밤>*(이 영화를 보는 내내 우리는 울음을 그칠 수 없었고 최소한 한 달에 한 번 정도 비디오를 빌려 보았다)과 『눈카 마스』**—피노키아는 집에서 이 책을 못 읽게 해서 학교에 가져왔다— 그리고 당시 잡지와 텔레비전에서 쏟아져 나오던 특집 기사와 프로그램을 본 뒤로 우리도 사건들에 대해 비교적 소상히 알게 되었다. 반면 나는 우리 뒷집에 살던 남자를 불러내기로 했다. 사실 그는 거기 1년도 채 살지 않았기에 별로 아는 것이 없었다. 그는 좀처럼 집 밖 출입을 하지 않았고, 뒤쪽 창문을 통해 산책하는 모습을 종종 볼 수 있었다(그의 집 뒤에는 작은 마당이 있었다). 물론 그에 대해 기억나는 것이 그리 많지 않았지만, 떠오르는 모습 또한 꿈속에서처럼 아득하게만 느껴졌다. 더구나 그가 뒷마당에서 많은 시간을

---

* 1986년 엑토르 올리베라 감독이 제작한 영화. 아르헨티나 군사독재 정권 초기인 1976년 9월 라플라타시 고등학생 10명이 정권의 하수인들에 의해 납치 살해된 사건을 영화화한 것이다.
** '절대 다시는'이라는 뜻으로, 아르헨티나 민주화 이후 실종자 진상 조사 위원회의 주도로 작성한 군사독재 시절의 민간인 고문과 납치, 그리고 학살에 대한 보고서다.

보냈던 것 같지도 않다. 그러던 어느 날 밤, 정체불명의 남자들이 그를 찾으러 들이닥쳤다. 엄마는 만나는 사람마다 호들갑을 떨면서 그때 상황을 알려 주었다. 그 망할 인간 때문에 하마터면 우리도 모두 잡혀갈 뻔했다니까. 이웃집 남자가 내 뇌리에 박혀 잊히지 않은 것도 따지고 보면 엄마한테서 그 이야기를 너무 많이 들었기 때문이었는지 모른다. 다른 가족이 그 집으로 이사 오고서야 비로소 마음이 진정되었다. 그가 다시는 돌아오지 않을 테니까.

피노키아는 불러낼 사람이 아무도 없었다. 하지만 우리가 불러내기로 한 이들—사라져 죽은 이들—만으로도 충분하다는 결론을 내렸다. 그날 밤, 우리는 새벽 네 시까지 게임을 했다. 그때쯤 하품이 나오기 시작했고, 담배를 너무 많이 피워 목이 따끔거렸다. 그런데 가장 놀라운 것은 피노키아의 부모님이 어서 자라고 문을 두드리며 성화를 부리지 않았다는 점이다. 내가 보기에—위저 보드를 하는 데에만 정신이 팔렸었기 때문에 피노키아의 부모님이 정말 문을 두드리지 않았는지는 정확히 알 수 없다— 그들은 새벽까지 텔레비전을 보거나 음악을 듣고 있었던 것 같다.

그날 밤 후로 우리는 그달에만 두 번 더 피노키아의 집에 가도 좋다는 허락을 받았다. 허락을 받아내기는 했지만 쉽게 믿어지지 않았다. 하여간 부모님과 보호자들이 피노키아의 부모님과 직접 통화했는데, 어떤 대화가 오갔는지는 몰라도 그 뒤로 크게 안심하는 눈치였다. 하지만 정작 문제는 다른 데 있었다. 우리가 미리 정해 놓은 영혼들과 이야기를 나누기가 힘들어진 것이다. 우리는 몇몇 영혼들에게 말을 걸어 봤지만, 그들은 말을 빙빙 돌리기만 할 뿐, 가타부타 결정을 내리지 못했고 대화는 언제나 원점을 맴돌았다. 어디에서 납치당했는지는 말해 주었지만, 이야기는 늘 거기서 끝났다. 거기서 죽었는지, 아니면 다른 곳으로 끌려가 죽었는지에 관해서는 끝내 입을 열지 않았다. 그러면서 계속 말을 빙빙 돌리다 자리를 피해 버렸다. 답답하기 짝이 없었다. 이웃집 남자도 불러내 대화를 나눴던 것 같은데 그는 포소 데 아라나*라고 쓴 뒤에 곧바로 사라져 버렸다. 그 남자가 분명했다. 그는 우리에게 자기 이름을 알려 주었다. 곧장 『눈카 마스』를 찾아보았더니, 정말로 이름이 실종자 명단에 있었다. 그 순간 온몸에 소름이 쫙 끼쳤다. 그

---

* 아르헨티나 군사독재 시대에 수많은 사람들을 비밀리에 납치해서 구금하고 고문하던 장소로, 부에노스아이레스주 라플라타시에 위치했었다.

는 우리가 진짜로 대화를 나눠본 첫 번째 영혼이었다. 하지만 훌리타의 부모님은 아무리 애를 써도 불러낼 수가 없었다.

피노키아의 집에서 보낸 네 번째 밤에 여러 가지 일이 일어났다. 우리는 우여곡절 끝에 폴라카 이모의 남자친구를 아는 이와 연결되었다. 우리는 같이 학교를 다녔지. 그가 말했다. 이야기를 나눈 영혼의 이름은 안드레스였는데, 자기는 끌려가지도 실종된 것도 아니라고 했다. 그는 혼자서 멕시코로 탈출한 뒤, 거기 살다가 교통사고로 죽은 사람이었다. 한마디로 실종과 아무 관련이 없었다. 그래도 안드레스는 성격이 시원시원한 사람 같았다. 우리는 죽은 사람들에게 자신의 시신이 어디 있는지 물어보면 왜 다들 도망가기에 바쁜지 물어보았다. 안드레스에 의하면, 일부는 자신의 시신이 어디 있는지조차 모르기 때문에 불안하고 거북해 자리를 피한 것뿐이라고 했다. 하지만 다른 이들은 우리 중 누군가가 자기들을 방해하고 있어 대답하지 못하는 것이라고 했다. 그 이유를 물었지만, 자기도 왜 그런지 정확히 모른다며 다만 이 자리에 어울리지 않는 사람이 하나 있어 그런 것 같다고만 했다.

그리고 나서 영혼은 곧장 자리를 떠났다.

우리는 잠시 그가 한 말의 의미를 되새겨 보았지만, 깊게 생각하지 않기로 하고 다시 위저 보드게임을 시작했다. 그 이후로 게임을 하다 영혼이 찾아오면, 혹시 우리 중 방해되는 사람이 있는지 꼭 물어보았다. 하지만 영혼들은 그 질문으로 우리를 재미나게 골려 댔다. 처음에 그들은 그게 나디아라고 했다가, 나중에는 아니라고 했다. 나디아한테는 아무 문제도 없어. 여기서 방해가 되는 존재는 훌리타야. 이런 식으로 영혼들은 컵에 손가락을 얹으라고 했다가 나중에는 떼라고 하고, 심지어는 방에서 나가라고 하면서 밤새도록 우리를 가지고 놀았다. 빌어먹을 영혼들은 그렇게 변덕이 죽 끓듯 해서 우리에게 온갖 것을 다 요구했다.

반면 안드레스와 나눈 대화는 깊은 인상을 남겼다. 그래서 맥주병을 따는 동안 공책에 적어 둔 대화 내용을 다시 한번 검토하기로 했다. 바로 그 순간, 누군가 문을 두드리는 소리가 났고 우리는 화들짝 놀랐다. 그동안 피노키아의 부모님이 한 번도 방에 찾아온 적이 없었기 때문에 그럴 만도 했다.

"누구세요?" 피노키오가 떨리는 목소리로 물었다. 솔직히 말해서 방 안에 있던 우리 모두 아연실색했다.

"레오야. 들어가도 돼?"

"깜짝 놀랐잖아, 멍청아!" 피노키아는 자리에서 벌떡 일어나 문을 열어 주었다. 레오는 그녀의 오빠였다. 시내에 살던 그는 매일 출근해야 했기 때문에 주말에만 잠깐씩 부모님을 찾아뵈러 집에 들렀다. 하지만 일이 너무 고되어 주말에 못 오는 경우도 있었다. 우리는 레오 오빠의 얼굴을 알고 있었다. 우리가 어렸을 때, 그러니까 1학년 아니면 2학년 때, 그가 가끔 부모님 대신 피노키아를 데리러 오곤 했으니까 말이다. 좀 크고 나서부터 우리는 버스로 통학하기 시작했다. 다른 건 다 괜찮았는데, 구릿빛 피부와 근육질 몸매, 그리고 초록빛 눈동자와 강렬한 인상을 가진 레오를 더 이상 볼 수 없다는 생각에 미칠 것만 같았다. 그날 밤, 피노키아의 집에서 실로 오래간만에 만난 레오는 예전과 다름없이 멋있었다. 우리는 가볍게 한숨을 몰아쉬면서 그가 이상한 낌새를 눈치채지 않도록 재빨리 보드게임을 숨겼다. 하지만 그는 별로 신경 쓰지 않는 눈치였다.

"위저 보드게임 하니? 그런 걸 왜 하니? 그나저나 너희들 참 겁도 없구나. 난 무서워서 못 하겠던데." 그가 말했다. 잠시 후, 그는 자기 동생을 향해 고개를 돌리며 말했다. "야, 트럭에서 내릴 물건이 있는데, 나 좀 도와줄래? 엄마 아빠 드리려고 뭘 좀 가져왔거든. 엄마는 이미 자러 들어가셨고, 아빠는 허리가 아프다고 하셔서……."

"에잇, 정말 귀찮게 구네. 지금이 몇 시인 줄이나 알아?"

"그래도 최대한 빨리 온 거라고. 일이 늦게 끝나서 그런 건데, 난들 어쩌겠어? 어서 가자. 트럭에 물건을 그대로 두면, 밤새 다 털어 갈 거라고."

피노키아는 영 달갑지 않은 표정을 지으며 알았다고 했다. 그러곤 우리에게 잠깐만 기다려 달라고 했다. 우리는 위저 보드를 빙 둘러앉아, 레오에 관해서 쑥덕거렸다. 레오 오빠 참 잘 생겼지, 그치? 지금 스물세 살 정도 먹었을 거야. 그는 우리보다 나이가 훨씬 많았다. 한참 지났는데도 피노키아가 돌아오지 않자, 이상한 생각이 들었다. 30분이 지나자, 훌리타는 무슨 일이 났는지 보러 가자고 했다.

그리고 그때 모든 일이 순식간에, 그리고 한꺼번에 일어나고 말았다. 컵이 저절로 움직이기 시작한 것이다. 그런 장면은 한 번도 본 적이 없었다. 우리가 손가락을 갖다 댄 것도, 가까이 있지도 않았는데, 컵은 저 혼자서 움직이고 있었다. 컵은 움직이면서 무언가를 빠르게 쓰고 있었다. "이제 다 끝났어." 이제 다 끝났다니. 대체 뭐가 다 끝났다는 거지? 바로 그 순간, 거리에서, 아니 문에서 비명 소리가 들렸다. 피노키아의 목소리였다. 우리는 무슨 일인지 보러 달려 나갔다. 어머니의 품에 안긴 채 울고 있는 피노키아의 모습이 보였다. 둘은 전화 테이블 옆 소파에 앉아 있었다. 그때까지만 해도 우리는 무슨 일인지 도무지 이해할 수가 없었다. 잠시 후, 분위기가 조금—아주 조금— 가라앉자 우리는 상황을 어느 정도 재구성할 수 있었다.

피노키아는 오빠를 따라 길모퉁이까지 갔다. 그녀는 집 앞에도 자리가 많은데 왜 굳이 트럭을 거기에 세웠는지 이해할 수 없었지만, 동생의 물음에 그는 아무 대답도 하지 않았다. 집을 나서자마자 오빠는 완전히 딴 사람으로 변해 버렸다. 그는 뚱한 표정을 지으며 그녀에게 아무 말도 하지 않았다. 길모퉁이에 도착했을 때, 그는 잠깐 기다리라고 했다. 피노키아에 따르면, 그러곤 어느새 사라져 버렸다고 했다. 물론 주변이 너무 어두웠기 때문에, 몇 걸음 걷다가 어둠에 묻혀 시야에서 사라져 버린 것일 수도 있다. 아무튼 그는 사라지고 없었다. 피노키아는 혹시 오빠가 돌아올지 몰라 잠시 기다리기로 했지만, 그 자리에 있다던 트럭도 보이지 않자 덜컥 겁이 났다. 하는 수 없이 집으로 돌아와 부모님의 방문을 빠끔 열어 보았다. 부모님은 잠에서 깨어나 침대에 앉아 있었고 피노키아는 그들에게 모든 걸 털어놓았다. 조금 전에 레오 오빠가 왔는데 오늘따라 이상하더라고 요. 완전히 딴 사람 같았어요. 그러더니 갑자기 트럭에서 내릴 물건이 있는데 자기를 좀 도와달라고 했어요. 하지만 그들은 마치 실성한 사람을 보는 듯한 눈빛으로 딸을 쳐다보았다. "얘. 레오가 오다니, 대체 무슨 소리를 하는 거니? 네 오빠는 내일 일찍 출근한다고 못 온다고 했단 말이야." 피노키아는 두려움에 온몸을 부르르 떨며 말했다. "레오 오빠였어요. 레오 오빠가 분명했단 말이에요" 그녀의 아빠는 너무 흥분한 나머지, 약에 취해서 그런 헛소리를 하는 거냐고 소리를 질러 댔다. 그러자 잠자코 있던 엄마가 나서며 피노키아에게 말했다. "자, 그럼 우리 이렇게 하자꾸나. 먼저 레오네 집에 전화를 걸어서 확인해 보는 거야. 지금쯤 곯아떨어져 있을 테니까." 말은 그렇게 했지만, 피노키아가 저렇게 펄펄 뛰면서 자신만만하게 말하는 걸 보니 왠지 기분이 꺼림칙했다. 그녀는 전화를 걸었다. 레오는 한참 후에야 전화를 받았다. 그는 비몽사몽간에도 전화기에 대고 짜증을 부렸다. 엄마는 "나중에 연락할게"라고 대충 얼버무린 뒤, 신경 이상 증세를 보이는 피노키아를 달래 주기 시작했다.

급기야 피노키아는 '그게' 자기 몸에 닿았다면서(마치 포옹하듯이 누군가의 팔이 자기 어깨를 감쌌는데, 따뜻하기는커녕 오히려 온몸에 한기가 들 정도로 차갑게 느껴졌다고 했다) 고래고래 소리를 질렀다. '방해한 게' 자기였기 때문에 그것이 온 거라는 얘기였다. 결국 피노키아의 부모는 앰뷸런스를 불러야 했다.

홀리타는 내 귀에 대고 속삭였다. "그러니까 피노키아에게는 사라진 사람이 아무도 없었던 거네." 나는 그녀에게 조용히 하라고 했다. 불쌍한 피노키아. 나도 무서워 죽을 것만 같았다. 그런데 방문을 두드린 게 레오가 아니었다면, 대체 누구였을까? 그때 피노키아를 찾으러 온 사람이 그녀의 오빠와 일란성 쌍둥이라고 해도 이상하지 않을 만큼 닮았기 때문에, 피노키아 역시 단 한순간도 의심하지 않았다. 누구였을까? 나는 그 남자의 눈을 떠올리고 싶지 않았다. 위저 보드게임은 물론, 피노키아의 집에도 더 이상 가고 싶지 않았다.

그 후로 우리는 모이지 않았다. 피노키아는 그 사건의 충격에서 벗어나지 못했다. 그녀의 부모님은 모든 것을 우리 탓—가엾은 부모들은 그들대로 누군가에게 책임을 전가해야만 했다—으로 돌렸다. 우리가 그 아이에게 못된 장난을 쳐서 결국 반쯤 돌아 버린 거라는 얘기였다. 물론 우리는 모두 그렇지 않다는 걸 잘 알고 있었다. 영혼이 그 아이를 찾으러 온 것은 안드레스라는 이름의 영혼이 말한 것처럼, 자기들을 방해한 것이 바로 피노키아였기 때문이었다. 결국, 우리 다섯이 죽은 자들의 영혼과 이야기를 나누던 시기는 그렇게 끝이 났다.

남쪽 세계의 공포

『침대에서 담배를 피우는 것은 위험하다』에 수록된 단편들은 내가 처음 쓴 공포 소설이다. 그전에도 두 편의 장편소설을 출판했는데, 그 작품들 또한 개인적으로 마음에 들지만, 예전부터 가장 쓰고 싶었던 것은 공포 소설이었다. 공포 소설은 원체 넓은 범주라서 호러와 환상, 다크 픽션*과 네오고딕 등 많은 명칭을 가지고 있지만, 게 중 무엇이 되었든 나의 감수성과 내가 하고자 하는 이야기에 가장 적합한 장르 같았다. 하지만 막상 구상하던 글을 쓰자니 두 가지 문제에 부딪쳤다. 우선 여성을 주인공으로 삼을 계획이었지만, 화자가 여성인 글

---

* 다크 픽션ficción oscura는 공포와 불안감, 죽음, 그리고 인간 본성의 사악한 측면을 다룬 장르로, 공포 소설과 유사한 의미로 사용되고 있다.

을 한 번도 써본 경험이 없었다. 물론 내 소설에 등장하는 화자들은, 기존의 소설과 다른 점이 많은 남자들이긴 했지만, 어쨌든 남자들이었다. 공포와 불안의 세계를 파고 들어가려면 무엇보다 여성 인물이 필요했지만, 글 속에서 여성들의 목소리를 제대로 살리지 못해 한계를 느끼기 시작했다. 그리고 더 중요한 문제는, 예전부터 공포 소설을 즐겨 읽는 팬이었지만 한 번도 직접 써 보지 않았다는 점이었다. 공포 소설에는 무시무시하거나 비극적인 것, 아니면 음울한 요소들이 등장하기 마련이지만, 꼭 거기에 얽매일 필요는 없을 것 같았다. 물론 장르 특유의 수사법, 저주받은 집과 유령, 그리고 잔인하고 유혈이 낭자한 장면이 나오는 나름의 규칙을 철저히 따르고 싶었지만, 이곳만의 고유한 표현이나 특색도 살려야 한다고 생각했다. 다시 말해, 아르헨티나, 조금 더 넓게 말하자면 남아메리카 특유의 공포 소설을 만들어 내고 싶었다. 왜 그런 생각을 했을까? 첫 번째로 이곳에서의 이야기들 ─내 문학의 자양분이 된─ 은 앵글로색슨 문학의 엄청난 전통처럼 자주 이야기되지도, 그렇게 널리 알려지지도 않았기 때문이다. 두 번째로 작품에 나타난 두려움과 공포가 작가로서의 나와 밀접하게 연결되어 있어야 한다고 생각했기 때문이다. 굳이 먼 옛날 수도원이나 미국의 메인주 이야기, 혹은 일본의 귀신 이야기를 쓰고 싶지는 않았다. 세상의 남쪽 끝에서, 그곳만의 독특한 이야기와 언어로, 그리고 스페인어로 다른 지역의 공포 이야기를 쓸 수는 없었다. 언어는 현실을 만들어 내고, 픽션은 진실을 밝힌다. 그래서 내 작품 세계는 스페인어로 이루어져 있고, 라틴아메리카에서 벌어져야만 한다. 나는 무엇보다 우리만의 공포 소설이 필요했다고 생각한다.

여성들과 공포를 하나로 결합시키자—이런 일은 전에 한 번도 시도해 본 적이 없었다— 나만의 고유한 목소리를 찾을 수 있었다. 이는 글이 독자들과 어떤 관계를 맺고 또 어떻게 수용되는지의 문제—이것이 가장 중요한 문제인데—를 넘어 내 스스로 글을 쓰며 즐거운 마음이 들게 했다. 그리고 인간 내면의 어두운 구석을 아무 거리낌 없이, 단 공포라는 장르 안에서 제한적으로 파헤칠 수 있게 되었다.

『침대에서 담배를 피우는 것은 위험하다』에 수록된 작품들 중에서 가장 먼저 쓴 단편은 「우물」이다. 이 작품은 저주를 받아 심각한 정신 질환에 걸린 어느 젊은 여성의 이야기다. 전통적인 고딕 소설의 두 가지 주제 (저주와 정신병)를 모두 다루고 있지만, 이 작품의 무대는 아르헨티나 북부 지방인데다 그곳 특유의 전설과 민간 신앙 성인들, 그리고 "여자 주술사들"—꼭 마녀라고 할 수는 없지만 그렇게 보인다—도 등장하고 있다. 게다가 주인공을 괴롭히는 병은 주변에서 흔히 볼 수 있는 공황 발작 증세, 즉 광장 공포증이다. 내가 쓰고 싶은 다크 픽션은 이 작품에 드러나 있듯이 지역 특유의 분위기와 삶의 요소들, 그리고 전통적인 무대와 지형 등을 작품 전면에 내세우는 것이다. 맨 앞에 배치된「땅에서 파낸 앙헬리타」도 이와 비슷한 양상으로 전개된다. 지금은 거의 사라지다시피 했지만 아직도 내륙 지방의 마을에서 간간이 찾아볼 수 있는 전통적인 풍습, 특히 아기가 죽으면 천국의 일원이 된다고 믿기 때문에 "수의" 대신 등에 날개를 붙여서 장례를 치르는 관습을 주요 소재로 삼았다. 이 작품은 블랙 유머가 약간(혹은 아주 많이) 가미된 유령 이야기다. 반면「쇼핑카트」에서는 스티븐 킹에게서 빌린 아이디어를 기초로 다시 저주의 모티프가 등장한다. 하지만 이 단편에서 사람들에게 닥치는 것은 악마가 아니라, 가난이다. 라틴아메리카처럼 불평등한 사회에서 가난에 대한 두려움은 분명하게 느껴진다. 두려움은 언제나 우리를 괴물로 만들 뿐만 아니라, 우리와 다른 이들(타자들), 특히 가난한 이들에 대해 공포를 느끼게 만든다. 사람들에게 가장 끔찍한 악몽은 우리가 두려워하는 가난한 이들의 모습으로 변하는 것이다. 사회-정치적인 것은 라틴아메리카의 공포와 불가분의 관계에 있기 때문에, 내가 쓰고자 하는 다크 픽션의 주요한 구성 요소를 이룬다. 개인적인 생각으로, 그 두 가지 요소는 서로 공존할 수 있고, 또 공존해야 한다.

다른 작품들은 젊은 여성들과 그들의 트라우마—그리고 그들의 적의—에 초점을 맞추고 있다.「호숫가의 성모상」은 자전적인 이야기에 가까운데, 성에 대한 관심과 억제할 수 없는 욕망으로 인해 상처받기 쉬울 뿐만 아니라, 위험하기까지 한 10대 여자아이들을 다룬 작품이다.「전망대」는 자해를 하면서 여자 유령과 함께 지내는 어느 여성의 고통을 그리기 위해 실제 장소, 즉 대서양에 면해 있는 아르헨티나 해안의 낡은 호텔을 무대로 삼았다. (여기서 인물들의 역할은 수시로 바뀐다. 이 단편은 20세기 아르헨티나에서 가장 중요한 작가 중 한 명인 훌리오 코르타사르의 작품에서 영향을 받은 것이다.)「슬픔에 젖은 람블라 거리」의 이야기는 바르셀로나에서 전개된다. 위기에 빠진 여성들과 도시 전설에 1990년대 아르헨티나의 경제 위기로 인해 바르셀로나로 이민을 떠난 이들의 서글픈 이야기가 더해 지고 있다. 「생일, 영세식 사절」은 악마나 유령에 홀린 현상과 정신병 사이를 오가고 있지만, 우리 모두가 어느 정도 가지고 있는, 음험하고 도착적인 것에 이끌리는 퇴폐적인 성향과 관음증을 다룬 작품이다. 「카르네」는 10대의 팬덤 현상과 카니발리즘에 관한 이야기이고 「심장이여, 그대는 어디 있는가」는 페티시즘과 인터넷의 문제를 다루고 있다. 이 두 작품에서는 다크 픽션에서 흔히 "바디 호러"*라고 일컬어지는 것이 잘 드러나 있지만 지역 특유의 풍습과 분위기는 세부석으로 묘사되어 있지 않다.

나의 삶과 우리나라에 얽힌 이야기는 「우리가 죽은 자들과 이야기를 나누던 때」에서 다시 등장한다. 10대 여자아이들이 이 작품의 주인공이지만, 그들은 위저 보드게임을 하면서 1876~1983년 군사독재 정권에 의해 무참하게 살해된 정치 운동가/활동가(와 무고한 민간인들)의 영혼을 불러내 이야기를 나누려고 한다. 당시 유년기였던 나에게 지워지지 않는 흔적을 남긴 이 사건은 내 작품에서 반복적으로 등장하는 주제가 되었다. 사회 전반에 걸쳐 비밀리에 자행되던 폭력 때문이라기보

---

* 그로테스크하고 충격적인 인체 훼손과 변형을 드러내는 장르를 지칭한다. 주로 비정상적인 섹스와 신체 절단, 돌연변이와 좀비화, 기괴한 질병과 신체의 부자연스러운 움직임을 통해 폭력적인 장면이 나온다.

다, 나의 어린 시절을 공포와 불안감으로 몰아넣은 주요 원인이었기 때문이다. 나라 전체를 뒤덮고 있던 공포, 집 안 구석구석에 감돌던 불안감, 하지만 철저하게 가려져 있던 공포. 군사 독재 체제가 무너지면서 정권에 의해 자행된 잔혹한 행위들이 만천하에 알려지기 시작했다. 당시에 출간된 모든 서적과 간행물, 그리고 앞다투어 모든 범죄를 상세하게 밝혀낸 대중 매체 모두 내가 작가로서 성장하는 과정에 아주 중요한 영향을 미쳤다. 지금도 그때 읽은 책들이야말로 태어나서 처음 접한 공포물이라고 입버릇처럼 말하곤 한다. 엄밀히 말하면 고전적인 공포 문학과 유령 이야기들이었지만 말이다. 그렇지만 현실 세계의 공포를 다룬 책을 읽은 것은 그때가 처음이었다. 그런 책을 읽으면서 나는 어떠한 제약도, 연민도 없는 권력이 어디까지 갈 수 있는지 이해하게 되었다.

시간이 많이 흐른 지금 이 단편들—이 작품집의 스페인어판은 2009년에 처음 출간되었다— 중에서 가장 마음에 드는 작품이 있다면, 「돌아온 아이들」이다. 이 작품은 사회적인 주제와 고전적인 공포 소설의 인물들, 불확실성에 휩싸여 있는 주인공—내 단편 문학의 주요 특징이기도 하다— 등이 적절하게 배합된 것 같다.

아르헨티나가 아닌 다른 문화권의 독자들이 이 작품들을 어떻게 읽을지 무척이나 궁금하다. 내 글을 읽고 두려움을 느낄까 아니면 호기심을 느낄까? 그리고 어떤 것에서 흥미를 느낄까? 아마 내가 잘 모르는 나라나 지역의 문학 작품을 독자로서 읽을 때와 비슷한 느낌일 것 같다. 생소한 목소리와 이야기에 집중해 보려 하지만, 대부분은 이야기 속에 휩쓸려 들어가 그 차이를 완전히 잊어버리고 만다. 아무쪼록 이 단편 작품들이 한국의 독자들에게 흥미와 열정을 일으키기를, 그리고 가능하다면 즐거움도 선사해 주기를 바란다. 그것이야말로 공포 문학의 위대한 도전이자 존재의 이유가 아니겠는가. 우리는 공포 이야기를 읽으면서 즐거움을 얻는 동시에 이 세상에서 가장 심각한 문제들, 즉 두려움과 공포, 죽음, 불안정성, 광기, 비밀 등에 대해서 말하고 있는 셈이다. 공포 소설은 저주받은 집과 같다. 그 안으로 들어가는 문을 연 이상, 발길을 되돌릴 수는 없다. 우리 모두 과감하게 발걸음을 내디디며 문턱을 넘어가야 한다.

2021년 9월,
마리아나 엔리케스

옮긴이 엄지영

한국외국어대학교 스페인어과를 졸업하고 동 대학원과 스페인
콤플루텐세대학교에서 라틴아메리카 소설을 전공했다. 역서로
마세도니오 페르난데스의 『계속되는 무』, 리카르도 피글리아의
『인공호흡』, 루이스 세풀베다의 『느림의 중요성을 깨달은 달팽이』,
오라시오 키로가의 『사랑 광기 그리고 죽음의 이야기』, 호르헤 루이스
보르헤스의 『아르헨티나 사람들의 언어』(공역), 카를로스 루이스
사폰의 『영혼의 미로』 등이 있다.

침대에서 담배를 피우는 것은 위험하다

초판 1쇄 인쇄 2021년 9월 16일
초판 1쇄 발행 2021년 10월 1일

지은이 마리아나 엔리케스
펴낸이 정은선

편집 이우정, 최민유
마케팅 왕인정, 이선행
디자인 손주영

펴낸곳 (주)오렌지디
출판등록 제2020-000013호
주소 서울특별시 강남구 선릉로 428
전화 02-6196-0380
팩스 02-6499-0323

ISBN 979-11-91164-94-7 03870

www.oranged.co.kr